中國語言文字研究輯刊

二三編

許學仁 主編

第 25 冊

李國正論文自選集
（第四冊）

李國正 著

花木蘭文化事業有限公司

國家圖書館出版品預行編目資料

李國正論文自選集（第四冊）／李國正 著 -- 初版 -- 新北市：
花木蘭文化事業有限公司，2022〔民 111〕
目 4+180 面；21×29.7 公分
（中國語言文字研究輯刊 二三編；第 25 冊）
ISBN 978-626-344-039-5（精裝）
1.CST：漢語 2.CST：語言學 3.CST：中國文學 4.CST：文集
802.08　　　　　　　　　　　　　　　111010182

ISBN-978-626-344-039-5

中國語言文字研究輯刊
二三編　　第二五冊　　　　　ISBN：978-626-344-039-5

李國正論文自選集（第四冊）

作　　者　李國正
主　　編　許學仁
總 編 輯　杜潔祥
副總編輯　楊嘉樂
編輯主任　許郁翎
編　　輯　張雅淋、潘玟靜、劉子瑄　美術編輯　陳逸婷
出　　版　花木蘭文化事業有限公司
發 行 人　高小娟
聯絡地址　235 新北市中和區中安街七二號十三樓
　　　　　電話：02-2923-1455／傳真：02-2923-1452
網　　址　http://www.huamulan.tw 信箱 service@huamulans.com
印　　刷　普羅文化出版廣告事業
初　　版　2022 年 9 月
定　　價　二三編 28 冊（精裝）新台幣 96,000 元

李國正論文自選集
（第四冊）

李國正 著

目次

瀘州話古語詞考察

摘　要

　　瀘州話蘊涵的古代漢語成分至今未有系統研究。本文以歷代文獻記載的釋義和音讀為依據，結合瀘州市人民口語中常用語詞的現代語義和音讀，考出 209 個古語詞。給出每個語詞對應的本字、方言標音、本義和引申義。在此基礎上舉例分析其句法功能，並盡可能列出有關的常用短語、熟語或兒歌作為參考。

關鍵詞：瀘州話；古語詞；考察

　　瀘州市江陽區歷史上是瀘縣縣城所在地，本文以此地口語作為標音（寬式）依據。所考 209 個古語詞在瀘州市人民口語中使用頻率極高，而且絕大部分是西南官話的常用詞。方言例句中未考出的字詞用一般通用字。所考語詞按音序排列，先按聲調，次按韻母，再按聲母。次序如下：

　　聲調：陰平 44　陽平 21　　上聲 42　去聲 13　　入聲 33

　　韻母：a　e　ɚ　o　ɿ　i　u　y　ai　ei　au　əu　ia　ie　ua　ue　uə　ye yə　iai　iau　iəu　uai　uei　an　ən　in　yn　ian　uan　uən　yan　aŋ　oŋ iaŋ　uaŋ　yoŋ

　　聲母：p　pʻ　m　f　t　tʻ　n　ts　tsʻ　s　z　tɕ　tɕʻ　ȵ　ɕ　k　kʻ　ŋ x　ø

　　【儏】tsa⁴⁴　《龍龕手鑒・人部》：「儏，陟加反。張也。」《大部》：「奓，

陟加陟嫁二反。張也，開也。又尺式反。」《廣韻・麻韻》：「夌，張也。陟加切。」張開謂之夌。作謂語：坐端正，腳不要夌起。常用短語：「夌口巴、夌胯擺胯」。

【粡滓】tsa⁴⁴tsŋ⁴² 《集韻・麻韻》：「粡，滓也。通作渣。莊加切。」垃圾謂之粡滓或粡粡。零碎小物亦謂之粡粡。1. 作主語：粡滓成堆。2. 作賓語：清潔工拉著車，一邊搖鈴子一邊喊：「倒粡滓」。3. 作定語：粡滓的處理是個難題。常用短語：「粡粡皮皮」。

【沙糖】sa⁴⁴tʻaŋ²¹ 玄應《一切經音義・善見律・第十卷》：「沙糖，徒郎反，煎甘蔗作之也。」熬製時泛起細小顆粒的蔗糖謂之沙糖。1. 作主語：沙糖熬化捬糉子。2. 作賓語：小娃兒愛吃沙糖。3. 作定語：沙糖的營養不錯。

【趖】so⁴⁴ 《集韻・戈韻》：「趖，《說文》：走意。蘇禾切。」悄悄跑掉謂之趖。作謂語：開會趖得快。常用短語：「趖老二（蛇）、陰趖趖」。

【蓑衣】so⁴⁴i⁴⁴ 《集韻・戈韻》：「蓑，《說文》：艸雨衣。蘇禾切。」棕櫚所製雨披謂之蓑衣。1. 作主語：鄉壩頭蓑衣家家有。2. 作賓語：披蓑衣做活路不打濕背。3. 作定語：棕櫚是蓑衣的原料。

【屙】o⁴⁴ 《玉篇・尸部》：「屙，烏何切。上廁也。」《龍龕手鑒・尸部》：「屙，烏何反。屙大便也。」排泄大小便謂之屙。作謂語：屙嘍一大爬尿。諺語：屙屎屙尿，正明公道。

【癡】tsʻŋ⁴⁴ 《說文・疒部》：「癡，不慧也。从疒疑聲。徐鉉丑之切。」《玉篇・疒部》：「癡，丑之切。不慧也。」大腦神經不正常謂之癡。作謂語：弄大嘍還弄癡。常用短語：「傻癡癡」、「假癡不呆」。

【撕】sŋ⁴⁴ 《龍龕手鑒・手部》：「撕，音西。提撕也。」《廣韻・齊韻》：「撕，提撕。先稽切。」手提小孩兩腿待其大小便謂之撕。作謂語：記倒半夜跟娃兒撕尿。

【澌】sŋ⁴⁴ 《方言・第六・34》：「東齊聲散曰澌，器破曰披。秦晉聲變曰澌，器破而不殊其音亦謂之澌。」《說文・疒部》：「澌，散聲。徐鉉先稽切。」聲音沙啞或器物裂縫謂之澌。1. 作謂語：缸鉢澌嘍。2. 作賓語：碗上驚嘍一根澌。

【𤺔小】tɕi⁴⁴ɕiau⁴² 《方言・第十・28》：「凡物生而不長大，亦謂之鮆，又曰𤺔。（郭注：今俗呼小為𤺔，音薺菜。）」《玉篇・疒部》：「𤺔，在細切，病也，物生不長也。」《龍龕手鑒・疒部》：「𤺔，齊、劑二音。病也，又短小

也。」個子瘦小謂之癠小。個子瘦小的人謂之小癠殼兒。癠癠小小即身材瘦小。1. 作謂語：對面來的訥個人身材癠小。2. 作定語：癠小的人能擠出去。3. 作補語：訥長得過於癠小。

【頹頭】tɕʻi⁴⁴tʻəu²¹　《說文‧頁部》：「頹，醜也。从頁其聲。今逐疫有頹頭。徐鉉去其切。」《玉篇‧頁部》：「頹，丘之切，醜也。今逐疫有頹頭。」《廣韻‧之韻》：「頹，去其切，方相。《說文》曰：醜也。今逐疫有頹頭。」《集韻‧之韻》：「頹，丘其切。《說文》：醜也。今逐疫有頹頭。頹頭，方相也。」便宜、好處謂之頹頭。舊俗，出喪時以麵粉作鬼頭撒於道，人撿食之，謂能避邪。撿食麵製頹頭，成都人謂「撿頹頭」，瀘州人謂「佔頹頭」，由是引申為「佔便宜」、「得好處」。作賓語：做人要厚道，不要佔頹頭。

【衣胞子】i⁴⁴pau⁴⁴tsʅ⁴²　《說文‧包部》：「胞，兒生裹也。从肉从包。徐鉉匹交切。」《玉篇‧肉部》：「胞，補交匹交二切，胞胎也。」兒生裹謂之衣胞子。1. 作主語：衣胞子又叫胎衣。2. 作賓語：有人拿衣胞子做藥引子。

【錐】tɕy⁴⁴　《玉篇‧金部》：「錐，之惟切。鍼也。」《廣韻‧脂韻》：「錐，《說文》：銳也。職追切。」用針、錐之類銳器刺人或物謂之錐。用來刺人或物的銳器謂之錐子。作謂語：不小心手遭針錐出血嘍。

【尫】y⁴⁴　《集韻‧虞韻》：「尫，《說文》：股尫也。李陽冰曰：體屈曲。邕俱切。」人體或物體屈曲謂之尫。作謂語：腰杆尫起不好過；把鐵絲尫成圈兒箍桶。

【夋夋】xai⁴⁴xai⁴⁴　《玉篇‧大部》：「夋，口才切。大貌。」《龍龕手鑒‧大部》：「夋，音開。大貌。」《廣韻‧咍韻》「夋，大貌。苦哀切。」形體龐大謂之夋夋。作補語：抓倒一個大夋夋。

【菲菲兒】fei⁴⁴fə⁴⁴　《方言‧第十三‧128》：「菲，薄也。（郭注：謂微薄也。）」《玉篇‧艸部》：「菲，孚尾切，菜名。又薄也。又芳肥切。」很薄的物體謂之菲菲兒。1. 作主語：紙菲菲兒滿地都是。2. 作賓語：把呰些紙菲菲兒都燒嘍。3. 作定語：天弄冷，咋個穿得菲菲兒薄。4. 作補語：呰個本子薄菲菲兒的。

【胞胎】pau⁴⁴tʻai⁴⁴　玄應《一切經音義‧大方廣佛華嚴‧第二十九卷》：「胞胎，補交反。《說文》：胞，兒生裹也。《爾雅》：胎，始養也。」《龍龕手鑒‧肉部》：「胞，布交定交反。胎胞也。」「胎，土來反。胞胎也。」初生胎

兒謂之胞胎。孿生胎兒謂之雙胞胎。1. 作主語：雙胞胎難得。2. 作賓語：姨媽生嘍幾胞胎？3. 作定語：雙胞胎的麻煩不少。

【詉】tau⁴⁴　《玉篇・言部》：「詉，他刀切。詉詢，言不節也。」《龍龕手鑒・言部》：「詉，土刀反。詉詢，言不節儉也。」《廣韻・豪韻》：「詉，詉詢，言不節。土刀切。」言語不節制謂之詉。引申詈罵亦謂之詉。作謂語：動不動就詉人；亂詉亂打解決不倒問題。

【撈】nau⁴⁴　《方言・第十三・53》：「撈，取也。（郭注：謂鉤撈也。）」《玉篇・手部》：「撈，路高切，取也，辭也。」憑藉竹竿或其他工具鉤取物品謂之撈。引申用不正當手段獲取好處亦謂之撈。作謂語：堰塘裏撈出一根大木頭；費盡心機也沒撈倒啥子好處。

【糟滓】tsau⁴⁴tsʅ⁴²　《說文・米部》：「糟，酒滓也。从米曹聲。徐鉉作曹切。」《玉篇・米部》：「糟，子刀切，酒滓。」釀酒用過的糧食謂之糟滓。1. 作主語：糟滓可以當飼料。2. 作賓語：用糟滓喂豬。3. 作定語：糟滓的價錢很便宜。

【臊】sau⁴⁴　《集韻・豪韻》：「臊，《說文》：豕膏臭也。蘇遭切。」臭謂之臊。作謂語：皆塊肉臊臭。

【筲箕】sau⁴⁴ tɕi⁴⁴　《方言・第十三・143》：「簅（郭注：盛餅筥也。）南楚謂之筲。」《說文・竹部》：「筲，陳留謂飯帚曰筲。从竹捎聲。一曰：飯器，容五升。一曰：宋魏謂箸筩為筲。徐鉉所交切。」《說文・竹部》：「箕，簸也。徐鉉居之切。」《玉篇・箕部》：「箕，居宜切，簸箕也。」《玉篇・竹部》：「筥，九呂切，盛米器也。方曰筐，圓曰筥。」「筲，所交切，斗筲，竹器。」盛米飯的圓形或拋物線形炊事竹器謂之筲箕。1. 作主語：筲箕瀝米裝飯淘菜多用。2. 作賓語：瀝米蒸飯離不開筲箕。3. 作定語：筲箕的大小隨便挑。

【燶】ŋau⁴⁴　《集韻・豪韻》：「燶，煨也。於刀切。」慢火煎煮謂之燶。作謂語：燶油糟兒。

【薅】xau⁴⁴　《說文・蓐部》：「薅，拔去田艸也。从蓐好省聲。徐鉉呼毛切。」《龍龕手鑒・草部》：「薅，呼毛反。耘也，去田草也。」拔去田中雜草與鋤地皆謂之薅。作謂語：下田薅秧子；那塊土都結板嘍，要去薅一下。常用短

語：「薅秧打穀」。

【搊】ts'əu⁴⁴　《玉篇·手部》：「搊，楚尤切。手搊也。」《龍龕手鑒·手部》：「搊，楚尤反。手搊也。」以手推人或物謂之搊。作謂語：遭別個搊嘍一筋斗兒；把櫃子都搊翻嘍。

【餿】səu⁴⁴　《玉篇·食部》：「餿，色求切。飯壞也。」《廣韻·尤韻》：「餿，飯壞。所鳩切。」飯菜腐敗變質謂之餿。1. 作謂語：東西餿嘍不要吃。2. 作定語：餿飯拿來喂豬。

【捜】səu⁴⁴　《方言·第二·32》：「捜、略，求也。秦晉之間曰捜，就室曰捜。」《說文·手部》：「捜，眾意也。一曰：求也。从手叟聲。徐鉉所鳩切。」《玉篇·手部》：「捜，色流切。數也，聚也，求也，勁疾也，閱也。」有目的尋找謂之捜。作謂語：屋頭都捜遍嘍還是沒找倒。常用短語：「捜根捜生」。

【趫】piau⁴⁴　《玉篇·走部》：「趫，芳消切。輕行也。」《龍龕手鑒·走部》：「趫，疋昭反。行疾貌。」《廣韻·宵韻》：「趫，輕行。甫遙切。」快步行走謂之趫。作謂語：訥趫得好快呦。

【犵】tɕ'iau⁴⁴　《集韻·爻韻》：「犵，角挑也。丑交切。」牛以角挑人或物謂之犵。作謂語：牛要犵人。

【撨】ɕiau⁴⁴　《廣韻·蕭韻》：「撨，擊也。又把也。蘇彫切。」打擊推擠謂之撨。作謂語：把些砣石頭撨開。兒歌：撨撨撨，撨老表兒。撨訥在田頭去。

【幺】iau⁴⁴　《說文·幺部》：「幺，小也。象子初生之形。徐鉉於堯切。」《玉篇·幺部》：「於條切，幼也。郭璞云後生也。」《廣韻·蕭韻》：「幺麼小也。於堯切。」「幼小」謂之幺。引申結束、排行最末亦謂之幺。1. 作謂語：些場戲終於幺臺嘍。2. 作定語：一家三兄弟，訥是幺巴郎兒。常用短語：「幺幺、老幺、幺媽、幺爸、幺姑兒、幺舅、幺姐、幺妹兒、幺哥、幺弟兒、幺尾巴兒。」兒歌：幺舅幺舅，打屁滂臭。聽倒碗響，屁股接扭。

【妖豔兒】iau⁴⁴iəɤ¹³　玄應《一切經音義·大方廣佛華嚴·第十二卷》：「妖豔，謂少壯姸好之貌也。」《玉篇·女部》：「妖，乙嬌切，媚也。」《豐部》：「豔，弋贍切，美也，好色也。俗作艷。」美而不正派謂之妖豔兒。1. 作謂語：些個婆娘很妖豔兒。2. 作定語：妖豔的女人靠不住。3. 作補語：訥個娃兒打扮妖豔兒。常用短語：「妖豔兒邪發」。

【痿】uei⁴⁴　《說文・疒部》：「痿，痹也。从疒委聲。徐鉉儒佳切。」《玉篇・疒部》：「痿，於危切，不能行也，痹濕病也。」行動困難精神不振謂之痿。作謂語：訥個老者兒簡直痿嘍。常用短語：「痿梭梭」。

【儋】tan⁴⁴　《說文・人部》：「儋，何也。从人詹聲。徐鉉都甘切。」《玉篇・人部》：「儋，丁談切，任也，何也。」以扁擔加肩負物謂之儋。作謂語：百多斤的水儋起跑得飛快。

【疳】kan⁴⁴　《玉篇・疒部》：「疳，居酣切。疾也。」育齡婦女不來月經謂之疳。作定語：隔壁姑孃兒弄年輕就得嘍疳病。

【柑兒】kan⁴⁴ə²¹　《集韻・談韻》：「柑，果名。似橘。沽三切。」橘子謂之柑兒。1. 作主語：熟嘍的柑兒掛在樹上像小燈籠。2. 作賓語：過年吃紅袍柑兒。3. 作定語：柑兒殼晾乾嘍就是陳皮。

【憨】xan⁴⁴　《玉篇・心部》：「憨，火含切。愚也，癡也。」《龍龕手鑒・心部》：「憨，呼甘反。愚癡甚也。」愚蠢癡呆謂之憨。愚蠢癡呆的人謂之憨巴兒。1. 作謂語：皆個人從過弄憨。2. 作定語：憨頭憨腦。常用短語：「憨巴兒、憨悚悚」。諺語：「裝憨得個飽」；「鵝湯不出氣，燙死憨女婿」。

【瞢】mən⁴⁴　《集韻・登韻》：「瞢，不明也。彌登切。」糊塗謂之瞢。1. 作謂語：長個豬腦殼，究竟瞢不瞢？2. 作定語：瞢頭瞢腦。

【罾】tsən⁴⁴　《說文・网部》：「罾，魚網也。从网曾聲。徐鉉作騰切。」《玉篇・网部》：「罾，子登切，取魚罔。」用一根長竹竿支撐兩根成十字形彎竹竿所繫的魚網謂之罾。以此魚網捕魚謂之搬罾。1. 作主語：罾過去農民屋頭都有。2. 作賓語：札子難得有人搬罾嘍。3. 作定語：罾的樣子娃兒些都沒見過。

【龜】ts'ən⁴⁴　《集韻・諄韻》：「龜，手凍坼也。俱倫切。」皮膚凍裂謂之龜。作謂語：天太冷，手都龜嘍。

【撐】ts'ən⁴⁴、ts'ən¹³　《玉篇・手部》：「撐，丑庚切。撐拄。又丑孟切。」《廣韻・映韻》：「牚，邪柱也。他孟切。」《集韻・映韻》：「牚，支柱也。恥孟切。」以柱承物與以棍抵物皆謂之撐。承物之柱與抵物之棍皆謂之撐子。1. 作謂語：房子靠柱子撐倒。2. 作定語：水深用橈片，水淺用撐竿兒。

【星宿兒】ɕin⁴⁴ɕiə³³　玄應《一切經音義・大般涅槃經・第四卷》：「星宿，思育反。《釋名》云：宿，宿也，言星各止住其所也。」《集韻・宥韻》：「宿，

列星也。息救切。」天上的星星謂之星宿兒。1. 作主語：星宿兒屙屎（流星）。2. 作賓語：娃兒些都愛看星宿兒。3. 作定語：不曉得星宿兒的圖案有好多。

【邊幅】pian^{44}fu^{33}　玄應《一切經音義・道行般若經・第一卷》：「邊幅，甫鞠反，幅猶邊際也，謂際畔也。」言行服飾謂之邊幅。與人交往不注重言行服飾謂之不修邊幅。作賓語：邋遢的人不修邊幅。

【癲】tian^{44}　《集韻・先韻》：「癲，《說文》：腹脹也。一曰：狂也。多年切。」大腦神經不正常謂之癲。構成聯合結構「癲悚」。作謂語：樹老心空，人老癲悚；訥個老者兒有點兒癲嘍。諺語：幾癲癲，出神仙。

【纖纖】tɕ'ian^{44}tɕ'ian^{44}　《說文・糸部》：「纖，細也。从糸韱聲。徐鉉息廉切。」《玉篇・糸部》：「纖，思廉切，細小也。」很細的條狀物，包括竹木金屬細絲謂之纖纖。1. 作主語：纖纖錐人很痛。2. 作賓語：篾片上有好多纖纖。

【拈】ȵian^{44}　《玉篇・手部》：「拈，乃兼切。指取也。」《龍龕手鑒・手部》：「拈，奴恬反。手指取物也。」以手指取物謂之拈。引申以筷子夾物也謂之拈。作謂語：頭髮頭拈嘍根纖纖出來；跟客人拈菜添飯。兒歌：請請請，豬腦頂。拈拈拈，肥嘎嘎。

【淹篼】yan^{44}təu^{44}　《方言・第五・25》：「飤馬橐，自關而西謂之淹囊，或謂之淹篼。」《說文・竹部》：「篼，飲馬器也。从竹兜聲，徐鉉當侯切。」《玉篇・竹部》：「篼，丁侯切，飼馬器也。」《龍龕手鑒・竹部》：「篼，當侯反，飼馬籠也。」竹條編的拋物線形器具謂之淹篼。1. 作主語：淹篼擱在豬圈頭。2. 作賓語：一個人帶嘍兩個淹篼。3. 作定語：插滿這塊田要一淹篼秧子。

【穅頭】k'aŋ^{44}t'əu^{21}　《說文・禾部》：「穅，穀皮也。从禾从米庚聲。徐鉉苦岡切。」《玉篇・禾部》：「穅，口郎切。米皮也。」《龍龕手鑒・米部》：「糠，苦剛反。米皮也。」《廣韻・唐韻》「糠，穀皮。苦岡切。」穀皮即稻殼謂之穅頭。1. 作主語：穅頭是上好的豬飼料。2. 作賓語：用穅頭攘枕頭。3. 作定語：機器打的穅頭灰喂豬更好。歇後語：篩子篩穅頭，接抖。

【烰】p'oŋ^{44}　《集韻・東韻》：「烰，烰焞，煙鬱貌。蒲蒙切。」濃煙鬱積謂之烰。1. 作謂語：煙子烰得厲害。2. 作補語：到處都搞得煙烰烰的。

【塳】p'oŋ^{44}　《集韻・東韻》：「塳，塵也。蒲蒙切。」灰塵飛騰謂之塳。

1. 作謂語：當心灰墢到眼睛頭。2. 作補語：屋頭灰墢墢的，打掃一下。

【懞】moŋ⁴⁴　《集韻·東韻》：「懞，懞懞，無知貌。謨蓬切。」茫然不知所措謂之懞。作謂語：禍事沒料到就來，個個都懞嘍。

【矇】moŋ⁴⁴　《說文·目部》：「矇，童矇也。一曰：不明也。从目蒙聲。徐鉉莫中切。」《玉篇·目部》：「矇，莫公切，《詩》云：矇瞍奏公。《傳》云：有眸子而無見曰矇。」看不清楚謂之矇。1. 作謂語：呰陣眼睛矇得很。2. 作賓語：眼睛有點兒矇；只看倒個矇矇兒。

【悷】toŋ⁴⁴　《玉篇·心部》：「悷，德紅切。愚也。」《集韻·東韻》：「悷，愚貌。都籠切。」愚蠢謂之悷。引申愚弄人亦謂之悷。愚蠢的人謂之「悷瓜兒」。作謂語：訥個人悷得很；你不要悷我。常用短語：「悷瓜兒、癲悷、癲癲悷悷、悷悷濁濁」。

【舂】tsoŋ⁴⁴　《說文·臼部》：「舂，擣粟也。从𠦂持杵臨臼上。徐鉉書容切。」《玉篇·臼部》：「舂，舒庸切，雍父作舂，黃帝臣也。又擣也。」《龍龕手鑒·臼部》：「舂，書容反。舂，擣也。」臼中擣物謂之舂。引申用拳頭擊人也謂之舂。作謂語：高粱舂來做粑粑；一砣子舂倒一個人。兒歌：舂舂舂，舂粢粑。黃豆兒麵，捹粢粑。

【烘】xoŋ⁴⁴　《說文·火部》：「烘，尞也。从火共聲。徐鉉呼東切。」《玉篇·火部》：「烘，許公切。燒燎也。」《廣韻·東韻》：「烘，戶公切。《字林》云：燎也。又呼紅切。」火烤謂之烘。盛有木炭的銅製或竹編的取暖器謂之烘兒。1. 作謂語：拿到竈烘上慢慢兒烘。2. 作定語：老漢兒會做烘糕。

【杷疏】pʻa²¹su⁴⁴　《方言·第五·28》：「杷，宋魏之間謂之渠挐，或謂之渠疏。（郭注：有齒曰杷，無齒曰杴。）」《說文·木部》：「杷，收麥器。从木巴聲。徐鉉蒲巴切。」《玉篇·木部》：「步牙切，收麥器也。」有齒的竹製收麥器謂之杷疏。1. 作主語：一把杷疏用不倒幾年就斷嘍。2. 作賓語：大家用杷疏把曬場上的麥子都收攏來。3. 作定語：杷疏的用處不只是收麥子，還可以撈柴火。

【佗】tʻo²¹　《說文·人部》：「佗，負何也。从人它聲。徐鉉徒何切。」人負物謂之佗。作謂語：五十斤米就把人佗得腳炟手軟，呰口箱子實在佗不起。

【籮篼】no²¹təu⁴⁴　《玉篇·竹部》：「籮，力多切。竹器也。」《集韻·戈韻》：「籮，《方言》：箕，陳魏宋楚之間謂之籮。一說：江南謂筐底方上圓曰

籮。良何切。」圓口方底的竹器謂之籮筅。1. 作主語：一個籮筅隨便裝六十斤穀子。2. 作賓語：篾片編籮筅考手藝。3. 作定語：籮筅的大小看派啥子用場。

【矬矬】ts'o²¹ts'o⁴⁴　《龍龕手鑒・矢部》：「矬，藏禾反。矬矬，短也。」《玉篇・矢部》：「矬，才戈切。短也。」身材矮矮謂之矬矬。1. 作謂語：訥個姑孃兒矮矬矬。2. 作定語：矮矬矬的娃兒不容易跩筋斗。3. 作補語：呰個娃兒長得矮矬矬的。

【粢】ts'ŋ²¹　《方言・第十三・148》：「餌謂之餻，或謂之粢。」《說文・食部》：「餈，稻餅也。从食次聲。徐鉉疾資切。餈或从齊，餈或从米。」《玉篇・米部》：「粢，在茲切，稻餅。又音咨，稷米也。」《龍龕手鑒・食部》：「餈，疾資反。飯餅也，餻也。」糯米所製糕餅謂之粢。熟糯米舂製的餅謂之粢粑。油炸的糯米塊稱為油粢。1. 作主語：粢粑四川人都愛吃。2. 作賓語：中秋來嘍舂粢粑。3. 作定語：粢粑的做法代代相傳。兒歌：粢粑粢粑，白糖搽它。一口一個，不吐粁粁。

【篾片】mi²¹p'ian⁴²　《玉篇・竹部》：「篾，亡結切。竹皮也。」《龍龕手鑒・竹部》：「篾，音滅。竹皮也。」《集韻・屑韻》：「篾，析竹也。莫結切。」竹片謂之篾片。「篾」今讀陽平。1. 作主語：篾片有很多用處。2. 作賓語：好多竹器都是用篾片編成的。諺語：篾片打人巴倒痛。

【犁】ni²¹　《說文・牛部》：「犁，耕也。从牛黎聲。徐鉉郎奚切。」《玉篇・牛部》：「犁，力兮切，耕具也。」牛耕謂之犁。作謂語：訥塊田犁過沒？

【跍】k'u²¹　《廣韻・模韻》：「跍，蹲貌。苦胡切。」《集韻・模韻》：「跍，蹲貌。空胡切。」蹲謂之跍。作謂語：一跍就是半個鐘頭；大家都跍倒。

【魚鰍兒】y²¹tɕ'iə⁴⁴　《玉篇・魚部》：「鰍，七由切。與鰌同。」「鰌，七由切。狀如鱧而小。」《龍龕手鑒・魚部》：「鰍，音秋。魚名。」《集韻・尤韻》：「鰍，魚名。《說文》：鰡也。或从秋。雌由切。」水塘稻田泥中生長的圓柱形黃色魚類謂之魚鰍兒。1. 作主語：幾個魚鰍兒翻不起大浪。2. 作賓語：早先喂貓兒都是魚鰍兒。3. 作定語：魚鰍兒的人工養殖才開頭。諺語：魚鰍兒跟黃鱔不一樣齊。兒歌：麻子麻糾糾，下河摸魚鰍兒。魚鰍兒幾板板，嚇得麻子驚叫喊。

【磑】ŋai²¹　《玉篇・石部》：「磑，午對居衣公哀三切。堅石也，磨也。」

《廣韻・灰韻》:「䃹，磨也。五灰切。」磨謂之䃹。引申拖延時間亦謂之䃹。作謂語:札子都用墨汁，沒人䃹墨嘍;要上課嘍還在路上䃹。

【蛇醫】sei²¹i⁴⁴　《方言・第八・15》:「守宮，……南楚謂之蛇醫。」野外的蜥蜴謂之蛇醫、蛇太醫、四腳蛇。1. 作主語:蛇醫就是變色龍。2. 作賓語:巴壁虎兒不是蛇醫。3. 作定語:蛇醫的顏色有保護作用。

【洮米】t'au²¹mi⁴²　玄應《一切經音義・僧祇經・第十六卷》:「洮米，徒刀反。案洮猶汰也。《通俗文》:淅米謂淘汰。」用水清洗去掉米中雜質謂之洮米。1. 作主語:洮米是煮飯要做的頭一個事情。2. 作賓語:做飯當然要學會洮米。3. 作定語:洮米的工具是筲箕。

【醪糟兒】nau²¹tsə⁴⁴　《說文・酉部》:「醪，汁滓酒也。徐鉉魯刀切。」《說文・米部》:「糟，酒滓也。」《玉篇・酉部》:「醪，力刀切，汁滓酒也。」《玉篇・米部》:「糟，子刀切，酒滓。」《龍龕手鑒・酉部》:「醪，音勞。濁酒也。」帶滓的糯米酒謂之醪糟兒。1. 作主語:醪糟兒有些地方叫米酒，古人叫濁酒。2. 作賓語:很多人愛吃醪糟兒。3. 作定語:醪糟兒蛋是瀘州的名小吃。

【螬蟲】ts'au²¹ts'oŋ²¹　《廣韻・蕭韻》:「螬，蠐螬，蟲。昨勞切。」蛔蟲謂之螬蟲。1. 作主語:螬蟲搞得人瘦骨伶仃。2. 作賓語:娃兒屙螬蟲。3. 作定語:螬蟲的防治重在吃東西要講衛生。

【橈片】zau²¹p'ian⁴²　《方言・第九・25》:「楫謂之橈。(郭注:如寮反。)」《玉篇・木部》:「奴教切。《說文》曰曲木也。《易》云棟橈本末弱也。又如昭切，小楫也。」《廣韻・宵韻》:「橈，楫也。如招切。」楫謂之橈片。1. 作主語:橈片是每條船上都有的。2. 作賓語:水深用橈片，水淺用撑杆兒。3. 作定語:橈片的用料很講究。

【褸】nəu²¹　《玉篇・衣部》:「褸，力侯切。衣壞也。」《集韻・疾韻》:「褸，《博雅》:衽謂之褸。南楚凡人貧衣破謂之褸裂。郎疾切。」衣服破爛謂之褸。引申不講究穿著亦謂之褸。1. 作謂語:呰個人太褸嘍。2. 作補語:咋個穿得弄褸?常用短語:「褸餿、褸垮垮」。

【簍簍兒】nəu²¹nə²¹　《方言・第十三・141》:「籠小者，南楚謂之簍。」《說文・竹部》:「簍，竹籠也。從竹婁聲。徐鉉洛侯切。」《玉篇・竹部》:「簍，力甫切，車弓籠也。又落侯切。」竹籠謂之簍簍兒。1. 作主語:簍簍兒裝不倒

大魚。2. 作賓語：背起簍簍兒就走。3. 作定語：簍簍兒的縫縫漏水。

【窰】iau²¹　《說文・穴部》：「窰，燒瓦竈也。从穴羔聲。徐鉉余招切。」《玉篇・穴部》：「窰，余招切，燒瓦竈也。」《龍龕手鑒・穴部》：「窰，音搖。陶師燒瓦窰也。」燒製磚瓦的建築物謂之窰。1. 作主語：窰專用來燒製磚瓦。2. 作賓語：南門外廂有瓦窰。3. 作定語：窰的名稱還在，窰其實早就沒得嘍。

【槌】ts'uei²¹　《龍龕手鑒・木部》：「槌，直類反，䑕槌也。又直危反，打也。」擊打謂之槌。作謂語：缸子槌不得；不聽話就要遭槌。

【坪】p'in²¹　《廣韻・庚韻》：「坪，平地。符兵切。」《集韻・庚韻》：「坪，地平也。蒲兵切。」平地謂之坪。1. 作主語：柏楊坪有個變電所。2. 作賓語：鮮花開滿大坪。3. 作定語：大山坪的南苑是市政府開會的地方。

【翎子】nin²¹tsʅ⁴²　《說文・羽部》：「翎，羽也。从羽令聲。徐鉉郎丁切。」《玉篇・羽部》：「翎，魯丁切，箭羽也。」長羽毛謂之翎子。1. 作主語：野雞翎子插在腦殼上。2. 作賓語：鳥尾巴上長著兩根翎子。

【趑】mian²¹　《廣韻・桓韻》：「趑，行遲貌。母官切。」《集韻・元韻》：「趑，行緩也。模元切。」《刪韻》：「趑，《說文》：行遲也。謨還切。」行動遲緩謂之趑。1. 作謂語：在路上趑嘍半天。2. 作定語：死趑蛇。

【鯰巴郎】nian²¹pa⁴⁴naŋ⁴⁴　《玉篇・魚部》：「鯰，乃兼切。鰻也。」《龍龕手鑒・魚部》：「鯰，奴兼反。鯰，魚名也。」闊口有鬚無鱗的灰色魚類謂之鯰巴郎。1. 作主語：鯰巴郎命長不容易死。2. 作賓語：紅燒鯰巴郎。3. 作定語：鯰巴郎嘴巴兒很大。

【鰱子】nian²¹tsʅ⁴²　《玉篇・魚部》：「鰱，里然切。魚名。」鱅魚謂之鰱子。有紋的鱅魚謂之花鰱，無紋的謂之白鰱。1. 作主語：鰱子最爛賤。2. 作賓語：紅燒鰱子。3. 作定語：鰱子的價錢一直都不高。

【俒】k'uən²¹　《廣韻・魂韻》：「俒，全也。戶昆切。」物體完整謂之俒。1. 作謂語：皆條魚俒的。2. 作定語：祭祖宗用俒雞俒鴨。

【撏】tɕ'yan²¹　《方言・第一・30》：「撏（郭注：常含反。）……取也。」《玉篇・手部》：「撏，徐林切。取也。又視占切。」《廣韻・鹽韻》：「撏，撏取也。視占切。」《集韻・覃韻》：「撏，《方言》：衛魯楊徐荊衡之郊謂取曰撏。徂含切。」拔取謂之撏。宰殺家禽不用熱水燙直接拔毛謂之乾撏。作謂語：雞毛撏得一根不剩。

【黃鱓】xuaŋ²¹san¹³　《玉篇・魚部》:「䱇,市演切。魚似蛇。」「鱓,同上。」《龍龕手鑒・魚部》:「鱓,俗作鱔,音善。虵形魚也。」水塘稻田泥中生長的蛇形黃色魚類謂之黃鱓。1. 作主語:黃鱓藏在水田的泥巴頭。2. 作賓語:摳黃鱓是專門手藝。3. 作定語:黃鱓特色菜各有風味。兒歌:人之初,性本善。老師教我爬桌兒,我教老師摳黃鱓。

【鮓】tsa⁴²　《廣韻・馬韻》:「鮓,《釋名》曰:鮓,菹也。以鹽米釀魚以為菹。側下切。」以鹽、碎米粉加其他作料拌魚、肉、蔬菜蒸熟謂之鮓。有「單鮓」,以鹽、碎米粉加魚或肉蒸熟;「混鮓」,肉放上層,紅苕、豇豆等疏菜放下層蒸熟;「洗手鮓」,以鹽、碎米粉或玉米粉加蔬菜煮熟。引申為「浸漬粘連」。1. 作謂語:豬肉鮓紅苕;汗水把頭髮、泥巴鮓在一起。2. 作賓語:包穀粉牛皮菜弄洗手鮓。3. 作定語:鮓肉配料多半用紅苕、南瓜、豌豆、豇豆。

【哆】tsʻa⁴²　《玉篇・口部》:「哆,處紙尺寫二切。張口也。《詩》傳云:哆,大貌。」《龍龕手鑒・口部》:「哆,丑加陟加尺氏三反,張口也。又車者反,哆唇下垂貌也。又當可反,語聲也。」張開嘴巴與嘴巴大皆謂之哆。引申凡物體張開亦謂之哆。1. 作謂語:不要哆起嘴巴兒亂說;門哆開嘍。2. 作定語:訥個老者兒是個哆口兒。兒歌:哆哆褲,偷蘿蔔。封襠褲,接媳婦。

【簸】po⁴²　《說文・竹部》:「簸,揚米去糠也。从箕皮聲。徐鉉布火切。」《玉篇・箕部》:「簸,補我切,去糠也。」《龍龕手鑒・皮部》:「簸,補過補火二反。簸,揚也。」「揚米去糠」謂之「簸」。義域廣大,揚棄糧食外殼或雜質亦謂之「簸」。去除糧食外殼或雜質的竹器謂之「簸箕」。作謂語:米裏的糠頭還沒簸乾淨;把豆子簸一下。

【嚲】tʻo⁴²　《龍龕手鑒・亯部》:「嚲,丁可反。垂下貌,嚲也。」《廣韻・哿韻》:「嚲,垂下貌。丁可切。」物體下垂謂之嚲。衣裝不整行為拖沓的人謂之「嚲神」。1. 作謂語:鼻子嚲起,快點揩嘍;裙子嚲到地下嘍。2. 作定語:穿得拖一塊跂一塊的,像個嚲神。

【𣹖】pʻi⁴²　《玉篇・歹部》:「𣹖,孚彼切。𣹖,折也。」《龍龕手鑒・皮部》:「𣹖,匹美反。枝折也。」《歹部》:「𣹖,疋美敷羈二反,枝折也。又音彼。」《廣韻・紙韻》:「𣹖,枝折。匹靡切。」折謂之𣹖。作謂語:皆根棍棍兒輕輕兒一下就𣹖斷嘍;把樹子上的椏椏𣹖下來。

【秕穀】pʻi⁴²ku³³　《說文・禾部》:「秕,不成粟也。从禾比聲。徐鉉卑履

切。」《玉篇・禾部》：「秕，卑幾切，穀不成也。」《廣韻・旨韻》：「秕，穅秕。卑履切。」稻穀不飽滿謂之秕穀。1. 作主語：年生不好秕穀多。2. 作賓語：簸出來的都是秕穀。3. 作定語：秕穀的多少受天氣影響。

【肚子】tu^{42}tsʅ^{42}　《集韻・姥韻》：「肚，胃也。動玉切。」牲畜的胃謂之肚子。1. 作主語：肚子吃嘍補脾胃。2. 作賓語：人些爭倒買肚子。3. 作定語：肚子的營養好。

【杜狗】t'u^{42}k'əu^{42}　《方言・第十一・3》：「南楚謂之杜狗，或謂之蛞螻。」螻蛄謂之杜狗。瀘州話讀為送氣音。1. 作主語：杜狗經常藏在石頭縫裏。2. 作賓語：小娃兒都不敢用手捉杜狗。3. 作定語：杜狗的樣子太嚇人。

【盬子】ku^{42}tsʅ^{42}　《說文・皿部》：「盬，器也。从皿从缶古聲。徐鉉公戶切。」《玉篇・皿部》：「盬，公戶切，器也。」矮腳鼓形陶器謂之盬子。1. 作主語：盬子蒸鮓肉好香。2. 作賓語：敬香多半用盬子裝香灰。3. 作定語：盬子的燒製看火候。

【牯牛】ku^{42}ɲieu^{21}　《玉篇・牛部》：「牯，姑戶切。牝牛。」《龍龕手鑒・牛部》：「牯，音古。牯牛也。」但有的漢語方言「牯」表示雄性，如粵語四邑方言片的許多縣市稱公狗為狗牯，母狗為狗乸。瀘州話牯牛即公牛而非母牛。作兼語：逼倒牯牛下兒（諺語）。

【崽崽】tsai^{42}tsai^{42}　《方言・第十・4》：「崽者，子也。湘沅之會凡言是子者謂之崽。」《玉篇・思部》：「子改山皆二切。《方言》云江湘之間凡言是子曰崽。」小孩謂之崽崽。重慶稱「崽兒」，瀘州稱「崽崽」。1. 作主語：幾個崽崽到處亂跑。2. 作賓語：街上圍倒一群崽崽。3. 作定語：訥個崽崽的老漢兒不管事。

【討】t'au^{42}　《說文・言部》：「討，治也。徐鉉他皓切。」《龍龕手鑒・言部》：「討，他老反。除去，治，罰，又羽也。」摘去謂之討。作謂語：公園兒頭的花不要隨便討。

【攪】kau^{42}　《玉篇・手部》：「攪，古巧反。《詩》曰：祇攪我心。攪，亂也。」《龍龕手鑒・手部》：「攪，古巧反。手攪動也。」手攪動謂之攪。作謂語：做渾水粑要把穀草灰水和米漿子攪轉。

【稾】kau^{42}　《說文・禾部》：「稾，稈也。从禾高聲。徐鉉古老切。」《玉

篇·禾部》:「藁，公道切，禾稈也。」《廣韻·皓韻》:「藁，禾稈。古老切。」蘆葦的主幹謂之藁。蘆藁。1. 作主語：蘆藁高一丈多。2. 作賓語：舂粢粑用蘆藁。3. 作定語：蘆藁的優點是舂粢粑利落不黏。

【襖子】ŋau⁴²tsɿ⁴²　《說文·衣部》:「襖，裘屬。从衣奧聲。徐鉉烏皓切。」《龍龕手鑒·衣部》:「襖，烏老反。袍襖也。」夾層中有棉毛類保暖物的衣服謂之襖子。1. 作主語：襖子很熱烘兒。2. 作賓語：冷天才穿襖子。3. 作定語：襖子夾層攘嘍棉花。

【斗笠】təu⁴²ni³³　《廣韻·緝韻》:「笠，雨笠。力入切。」《集韻·緝韻》:「笠，《說文》：簦無柄也。力入切。」用竹條、竹葉或蘆葉製作的尖頂圓形雨具謂之斗笠。1. 作主語：蓑衣斗笠，雨天不離。2. 作賓語：札子一抹多人都用傘，少有人戴斗笠。3. 作定語：斗笠的製作工藝都要失傳嘍。

【剮】kua⁴²　《說文·冎部》:「剮，剔人肉置其骨也。象形。徐鉉古瓦切。」《玉篇·刀部》:「剮，古瓦切，剔肉值骨也。」本義消失，引申用刀剝去外層謂之剮。去除亦謂之剮。作謂語：廚子一天要剮幾個兔兒；毛毛菜剮油。諺語：死嘍張屠戶，不吃剮皮豬。

【摳】ua⁴²　《集韻·馬韻》:「摳，吳俗謂手爬物曰摳。烏瓦切。」手指併攏凹掌舀物與用碗瓢之類凹形器具舀物皆謂之摳。作謂語：訥愛吃就給訥多摳點兒；幫我摳碗飯。

【瞟】pʻiau⁴²　《說文·目部》:「瞟，瞭也。从目票聲。徐鉉敷沼切。」「瞟，察也。」《玉篇·目部》:「瞟，匹昭切，瞟瞭明察。又匹小切。」快速地看一下謂之瞟。瞳子不正的人稱為瞟眼兒或瞟子。作謂語：張三兒瞟嘍李四兒一眼。諺語：天上的鷂子，地下的瞟子。

【杪】miau⁴²　《方言·第二·8》:「杪，小也。……小或曰纖，繒帛之細者謂之纖。」極小的物體，包括灰塵、微生物、細菌皆謂之杪。1. 作主語：杪落到眼睛頭夠受。2. 作賓語：快點兒洗手，手上有杪。

【枴棍】kuai⁴²kuən¹³　《玉篇·木部》:「枴，古杞乖買二切。枴子，老人杖也。」《龍龕手鑒·手部》:「拐，古買反，正作枴。老人杖也。」幫助行走的手杖謂之枴棍。1. 作主語：枴棍也是打狗棍。2. 作賓語：㧱根樹椏椏就可以當枴棍；帶根枴棍走路穩當。

【鬼】kuei⁴² 《方言・第一・2》:「虔、儇、慧也。……自關而東趙魏之間謂之黠,或謂之鬼。」《玉篇・鬼部》:「鬼,居委切。天曰神,地曰祇,人曰鬼,鬼之言歸也。又慧也。」狡黠謂之鬼。1. 作謂語:皆個娃兒鬼得很。2. 作定語:鬼把戲騙過不少人。常用短語:「鬼崇崇、鬼機靈、鬼點子、鬼花招、鬼頭鬼腦」。

【坦】t'an⁴² 《玉篇・土部》:「坦,他懶切。寬貌。又平也,明也。《說文》:安也。」《龍龕手鑑・土部》:「坦,他懶反。平也,明也,安也,寬也。」寬平謂之坦。作謂語:盤子比碗坦。

【攤】ts'an⁴² 《龍龕手鑑・手部》:「攤,所簡反。以手核物也。」「核,音亥。動也。」《廣韻・產韻》:「攤,以手核物。所簡切。」甩手揮打謂之攤。作謂語:動不動就攤人家耳屎。

【擀】kan⁴² 《集韻・旱韻》:「擀,以手伸物。古旱切。」以圓棍碾壓與用筷子撥物皆謂之擀。作謂語:大孃很會擀餃子皮;你的飯擀點兒給我。

【稈】kan⁴² 《說文・禾部》:「稈,禾莖也。从禾旱聲。徐鉉古旱切。」《玉篇・禾部》:「稈,古旱切,槀也。穰謂之稈。」植物的莖謂之稈。不單用,可重疊並且兒化。1. 作主語:稈稈兒吃不得。2. 作賓語:葉葉兒落完只剩稈稈兒。3. 作定語:稈稈兒的好處是熬灶。常用短語:「光稈兒、竹稈兒、麥稈兒、高粱稈兒、包穀稈兒、胡豆稈兒、芝麻稈兒、海椒稈兒」。

【骾】kən⁴² 《說文・骨部》:「骾,食骨留咽中也。从骨㪅聲。徐鉉古杏切。」《玉篇・骨部》:「骾,柯杏切,食骨留嗌中也。」食物卡在喉中謂之骾。作謂語:吃得太快,骾得喘不過氣。

【謇】tɕian⁴² 《玉篇・言部》:「謇,居展切。難也,吃也。」《龍龕手鑑・言部》:「謇,居展反。謇吃難言也。」《廣韻・獮韻》:「謇,吃,又止言。九輦切。」口吃謂之謇。說話結巴的人謂之「謇巴郎兒」。作賓語:皆個娃兒說話有點兒謇。常用短語:「謇口謇舌、謇巴郎兒」。

【揀】tɕian⁴² 《玉篇・手部》:「揀,儲格切。簡選也。」《龍龕手鑑・手部》:「揀,練、簡二音。揀,擇也。」選擇謂之揀。作謂語:不要挑三揀四;把混在胡豆兒頭的豌豆兒揀出來。諺語:千揀萬揀,揀嘍個漏燈盞。

【撚】nian⁴² 《龍龕手鑑・手部》:「撚,奴典反。以指撚續緊也。」用手指壓住並揉緊物體謂之撚。用竹簽卷稻草制的土紙並用手指壓住卷緊,抽出竹

簽，卷好的土紙成為筒狀長條形紙卷兒，謂之「指撚兒」，用來引火。今已失傳。作謂語：半個鐘頭撚嘍一筒指撚兒。

【碾】$ȵian^{42}$　《玉篇·車部》：「輾，豬輦切。轉也。」《龍龕手鑒·石部》：「碾，尼展女箭二反。或作輾。輾，轢也。又碾，磑也。」圓柱形大石轉動壓物謂之碾。用來壓物的圓柱形大石謂之「碾子」。作謂語：幫隔壁碾包穀。

【剬】$tuan^{42}$　《集韻·緩韻》：「剬，截也。覩緩切。」攔截謂之剬。作謂語：半路上剬倒打。

【軟臁】$zuan^{42}tɕʻian^{13}$　《玉篇·肉部》：「臁，魚兼切，美也。又口簟切，腰左右虛肉。」《龍龕手鑒·肉部》：「臁，苦忝反。腰左右虛處也。」《廣韻·忝韻》：「臁，腰左右虛肉處。苦簟切。」李實《蜀語》：「牛馬腰左右虛肉曰軟臁。」人與動物腰部左右兩邊的軟肉謂之軟臁。1. 作主語：豬軟臁做鮓肉好吃。2. 作賓語：經常揉一下軟臁。

【摓】$pʻaŋ^{42}$　《集韻·腫韻》：「摓，擊也。普講切。」碰撞謂之摓。作謂語：洋槐樹有刺摓不得。兒歌：燈籠摓，摓燈籠。紅燈籠摓倒白燈籠。

【搡】$saŋ^{42}$　《集韻·蕩韻》：「搡，摓也。寫朗切。」搎謂之搡。引申惡語傷人亦謂之搡。作謂語：訥個人搡不得；幾句話搡得鬼火沖。

【聳】$soŋ^{42}$　《方言·第六·1》：「自關而西秦晉之間相勸曰聳。中心不欲，而由旁人之勸語，亦曰聳。」己所不欲旁人鼓動謂之聳。作謂語：別個一聳就幹；有人在背後聳。

【慫慂】$soŋ^{42}yoŋ^{42}$　《方言·第十·42》：「食閻、慫慂，勸也。南楚凡己不欲喜，而旁人說之，不欲怒，而旁人怒之，謂之食閻，或謂之慫湧。」《玉篇·心部》：「慫，息勇切。悚也，動也，敬也，惡也，怨也。」「慂，與恐切。猛也，氣果也。」己所不欲旁人鼓動謂之慫慂。語法功能與「聳」同，作謂語：不要慫慂人家幹壞事。

【戅】$tsuaŋ^{42}$　《說文·心部》：「戅，愚也。从心贛聲。徐鉉陟絳切。」《玉篇·心部》：「戅，陟絳切，愚戅。」愚笨謂之戅。愚笨的人謂之戅豬、戅棒。1. 作謂語：告個人實在太戅嘍。2. 作定語：訥的歪號兒叫戅棒。

【壩】pa^{13}　《龍龕手鑒·土部》：「壩，必嫁反。蜀人謂平川為平壩。」《玉篇·土部》：「壩，必駕切。蜀人謂平川曰壩。」平地謂之「壩、壩壩、壩子」。口語重疊或後加「子」尾。1. 作主語：這個壩子好寬呦。2. 作賓語：會場在那

個垻垻。3. 作定語：垻子在草早就沒得嘍。常用短語：「太陽垻兒、蔭涼垻兒」。不兒化與兒化兩讀。

【帊】p'a¹³　《玉篇·巾部》：「帊，匹嫁切。幞帊也。」「幞，扶足切。巾幞也。」《龍龕手鑒·巾部》：「帊，普霸反。大幞也。」寬大的布片謂之帊，後加「子」尾或重疊兒化。引申凡片狀紡織物，如手巾、毛巾、抹布等等也謂之「帊子」或「帊帊兒」。1. 作主語：帊子要經常洗。2. 作賓語：熱天出門隨身帶張帊子。3. 作定語：帊子用處不同叫法也不一樣。常用短語：「手帊、洗臉帊、抹桌帊、揩腳帊、洗澡帊」。

【詐】tsa¹³　《方言·第三·14》：「膠、譎，詐也。」《說文·言部》：「詐，欺也。從言乍聲。徐鉉側駕切。」《玉篇·言部》：「詐，之訝切。詐偽。」虛張聲勢誘騙人謂之詐。作謂語：只要肯動腦筋，不怕詐不出話。常用短語：「打冒詐、呵哄嚇詐」。

【胯】k'a¹³　《廣韻·暮韻》：「胯，股也。苦故切。」《禡韻》：「胯，兩股間也。苦化切。」《集韻·禡韻》：「胯，股間也。枯化切。」兩腿之間謂之胯。1. 作主語：胯不要傝起。2. 作賓語：沒教養的人動不動就傝胯擺胯。3. 作定語：不要在別個胯底下過日子。諺語：「牛胯扯馬胯（胡扯）。」

【摞】no¹³　《廣韻·過韻》：「摞，理也。魯過切。」整理謂之摞。作謂語：衣櫃頭的東西都摞一下。

【潷】pi³³　《玉篇·水部》：「潷，音筆。笮去汁也。」《龍龕手鑒·水部》：「潷，音必。潷去滓也。」《廣韻·質韻》：「潷，去滓。鄙密切。」讓液體與液體中的物體分離謂之潷。作謂語：把藥潷在碗頭，藥渣倒嘍。

【篦】pi¹³　《說文·竹部》：「篦，導也。今俗謂之篦。徐鉉邊兮切。」《龍龕手鑒·竹部》：「篦，並迷反。梳篦也。」梳理頭髮謂之篦，今讀去聲。木製有齒工具，齒疏者謂之「梳子」，齒密者謂之「篦子」。作謂語：腦殼發癢，幫我篦一下。

【埿】ɲi¹³　《集韻·霽韻》：「埿，杇也。乃計切。」塗上泥土謂之埿。作謂語：泥巴埿在篾片上當牆壁。

【泥】ɲi¹³　《集韻·霽韻》：「泥，糜濃者。乃計切。」糜濃而黏謂之泥。作謂語：飯都泥嘍吃不得。

【詚】$ȵi^{13}$　《集韻·霽韻》：「詚，言不通也。乃計切。」說話不順暢申謂之詚。作謂語：說話詚吞吞。

【瞀】mu^{13}　《玉篇·目部》：「瞀，莫遘亡角二切。目不明貌。」《集韻·遇韻》：「瞀，目不明。亡遇切。」視物模糊謂之瞀。作謂語：眼睛瞀不要看書。

【漱口】$su^{13}kəu^{42}$　玄應《一切經音義·大般涅槃經·第一卷》：「漱口，所溜反。《說文》：漱，盪口也。」《玉篇·水部》：「漱，所又思候二切，盪也。」刷牙並用水清洗口腔謂之漱口。1. 作主語：漱口是個好習慣。2. 作謂語：先漱口，後洗臉。3. 作賓語：鄉壩頭好多人都不曉得漱口。4. 作定語：漱口的好處是嘴巴兒清爽。

【擩】zu^{13}　《集韻·遇韻》：「擩，手進物也。儒遇切。」用手把東西塞入或插入物體謂之擩。作謂語：呰點兒有個耗子洞，拿根棍棍擩進去。

【鋸鎌】$tɕy^{13}nian^{21}$　《方言·第五·30》：「刈鉤，……自關而西或謂之鉤，或謂之鎌。」《玉篇·金部》：「鎌，力詹切，刈鉤也。」鉤形有齒的鎌刀謂之鋸鎌。1. 作主語：鋸鎌是專門用來割麥子的工具。2. 作賓語：城里人不會用鋸鎌。3. 作定語：小心鋸鎌的鋸齒割倒手。

【鋊】y^{13}　《說文·金部》：「鋊，可以句鼎耳及鑪炭。从金谷聲。一曰：銅屑。讀若浴。徐鉉余足切。」《玉篇·金部》：「鋊，余玉余鍾二切，銅屑也。」《廣韻·燭韻》：「鋊，炭鉤。又銅屑也。《漢書》曰：磨錢取鋊。余蜀切。」《楊升庵集》六十三卷：「南宋孔覬鑄錢，議曰：五銖錢周郭其上下令不可磨取鋊。鋊音裕。《五音譜》：磨礱漸銷曰鋊。今俗謂磨光曰磨鋊是也。往年中官問於外庭曰：牙碑磨鋊，鋊字何如寫？予舉此答之。」段注：「《食貨志》『民盜磨錢以取鋊』。」物體磨擦體積變小謂之鋊。作謂語：一碇墨半年磨鋊嘍一半；鎌刀越磨越鋊。

【耐磨】$nai^{13}mo^{21}$　玄應《一切經音義·大方等大集經·第八卷》：「耐磨，奴代反，謂堪能任耐也。」本義消失，引申物體久磨不易銷蝕謂之耐磨。1. 作謂語：呰把菜刀耐磨，用嘍好幾年。2. 作定語：耐磨的東西多半經用。

【抱】pau^{13}　《方言·第八·4》：「北燕朝鮮洌水之間謂伏雞曰抱。（郭注：房奧反。）」《龍龕手鑒·草部》：「菢，薄報反，鳥伏卵也。」《毛部》：「毻，俗。步報反。鳥伏卵也。」母雞孵蛋以及卵生動物孵卵皆謂之抱。孵蛋雞謂之抱雞母。作謂語：母雞抱嘍一群小雞；洞洞頭有條蛇抱蛋；雀兒蛋抱出來沒？

【鉋】pau¹³　《玉篇・金部》:「鉋,蒲茅切,平木器。又防孝切。」《龍龕手鑒・金部》:「鉋,蒲効反。治木器也。鉋,大也,又步交反,鉋,刷也。」《廣韻・效韻》:「鉋,鉋刀,治木器也。防教切。」木工推平木料謂之鉋。推木料用的長方體工具謂之「鉋子」。推出的木屑謂之「鉋花兒」。1. 作謂語:把些根木頭鉋平。2. 作定語:木工房裏滿地鉋花兒。

【泡】pʻau¹³　《方言・第二・7》:「泡,盛也。……江淮之間曰泡。(郭注:泡,肥洪張貌。)」內鬆外脹謂之泡。1. 作謂語:粑粑泡嘍。2. 作定語:泡通海椒不辣。3. 作補語:灰面發得泡。常用短語:「泡粑(發糕)、泡打粉(發酵粉)」。

【瘮】nau¹³　《方言・第三・12》:「凡飲藥傅藥而毒,……北燕朝鮮之間謂之瘮。」《說文・疒部》:「瘮,朝鮮謂藥毒曰瘮。徐鉉郎到切。」毒害及中毒謂之瘮。構成定中結構名詞「瘮藥」,「瘮藥」即毒藥。作謂語:亂吃有毒的東西要瘮死人;訥個人遭瘮得又屙又吐。常用短語:「瘮耗子」。

【趮】tsau¹³　《玉篇・走部》:「趮,子到切。疾也。」《龍龕手鑒・走部》:「趮,則到反。動也,擾也,又疾也。」搗亂謂之趮。作謂語:趮得大家都不得安生,再趮就要遭打。

【竈】tsau¹³　《說文・穴部》:「竈,炊竈也。徐鉉則到切。」《玉篇・穴部》:「竈,子到切,炊竈也。」磚土砌成的炊事平臺謂之「竈」或「竈烘」。廚房謂之「竈房」。1. 作主語:竈烘就在竈房頭。2. 作賓語:正月間不打竈。3. 作定語:竈頭的平臺用磚頭兒砌成。常用短語:「燒冷竈、抹竈臺」。

【撡】tsʻau¹³　《廣韻・號韻》:「撡,手攪也。在到切。」手攪動謂之撡。引申不安分亂來亦謂之撡。作謂語:黃豆兒綠豆兒都撡轉嘍;到處撡不惹禍才怪。

【餹子】sau¹³tsʅ⁴²　《廣韻・笑韻》:「餹,小食。寔照切。」麵條裏添加剁碎的菜、肉等佐料謂之餹子。1. 作主語:餹子和在麵裏頭。2. 作賓語:麵裏頭多加點餹子更香。3. 作定語:娃兒些最愛吃餹子麵。

【潲水】sau¹³suei⁴²　《玉篇・水部》:「潲,山教切。臭汁也,潘也。」《廣韻・效韻》:「潲,豕食。所教切。」《集韻・效韻》:「潲,水激也。一曰:汎潘以食豕。所教切。」餵豬的泔水謂之潲水。1. 作主語:潲水餿臭。2. 作賓語:倒潲水餵豬。3. 作定語:潲水的儲存運輸很麻煩。

【窖】kau^13　《說文·穴部》：「窖，地藏也。从穴告聲。徐鉉古孝切。」《玉篇·穴部》：「窖，古孝切，地藏也。」《龍龕手鑒·穴部》：「窖，音教。倉窖也。」《廣韻·效韻》：「窖，倉窖。古孝切。」在土裏埋藏以及地下儲物處皆謂之「窖」。引申為埋葬亦謂之「窖」。人死無棺材掩埋謂之「軟窖」。1. 作主語：酒的質量，窖是關鍵。2. 作賓語：瀘州有個明代老窖。3. 作定語：窖的秘密就在窖泥。4. 作謂語：把肥料窖在土頭；哪點兒死嘍就窖在哪點兒。諺語：溝死溝埋，路死路窖。

【酵頭】kau^13t'əu^21　《廣韻·效韻》：「酵，酒酵。古孝切。」留存備用的發酵物謂之酵頭。1. 作主語：酵頭發泡粑。2. 作賓語：發饅頭都要用酵頭。3. 作定語：酵頭的作用就是發酵。

【撽】ŋau^13　《集韻·號韻》：「撽，動也。魚到切。」撬動謂之撽。作謂語：把呰些石頭撽開。

【豆豉】təu^13sʅ^13　《說文·尗部》：「尗，配鹽幽尗也。从尗支聲。徐鉉是義切。豉，俗尗，从豆。」《龍龕手鑒·豆部》：「豉，是義反。鹽豉也。」大豆鹽漬製成的食品謂之豆豉。1. 作主語：豆豉蒸肉噴香。2. 作賓語：最有名的是永川豆豉。3. 作定語：瀘州名菜豆豉膀。

【熁】ɕie^13　《集韻·業韻》：「熁，火迫也。迄業切。」火勢逼人謂之熁。作謂語：火大熁人。

【罣礙】kua^13ŋai^13　玄應《一切經音義·大方廣佛華嚴·第一卷》：「罣礙，《字略》作罫同，胡卦反。网，礙也。」《玉篇·网部》：「罣，古畫切，罣礙也。」《說文·石部》：「礙，止也。从石疑聲。徐鉉五漑切。」事因牽連而受阻謂之罣礙。作賓語：事情順利，沒得罣礙。

【窊】ua^13　《廣韻·禡韻》：「窊，庌下處也。屋化切。」《集韻·禡韻》：「窊，下地也。烏化切。」地勢低凹謂之窊。山岩低凹處謂之窊岩匡。1. 作謂語：呰點兒窊下去嘍。2. 作定語：山底下是個窊岩匡。

【尿脬】ȵiau^13p'au^44　《說文·肉部》：「脬，膀光也。从肉孚聲。徐鉉匹交切。」《玉篇·肉部》：「脬，普交切，膀胱也。」《龍龕手鑒·肉部》：「脬，疋交反。腹中水府，尿脬也。」膀胱謂之尿脬。1. 作主語：尿脬又叫小肚子。2. 作賓語：尿屙不乾淨毛病在尿脬。3. 作定語：尿脬的關鍵是腰子。諺語：豬尿脬打人不痛憨脹人。

【碓窩】tuei¹³o⁴⁴　《說文・石部》：「碓，舂也。从石隹聲。徐鉉都隊切。」《玉篇・石部》：「碓，丁潰切。所以舂也。」《廣韻・夬韻》：「碓，杵臼。都隊切。」用來舂物的石臼謂之碓窩。1. 作主語：青石碓窩經得舂。2. 作賓語：舂碓窩要使勁兒。3. 作定語：城裏頭沒得碓窩的用場。

【襻】p'an¹³　《玉篇・衣部》：「襻，普患切。帥下系。」《龍龕手鑒・衣部》：「襻，普患反。衣襻也。」《廣韻・諫韻》：「襻，衣襻。普患切。」不單用，重疊並且兒化。綰成圈兒用來系聯衣服的細小布條謂之襻襻兒。1. 作主語：中式衣裳的襻襻兒很講究。2. 作賓語：年輕人不會做襻襻兒。3. 作定語：襻襻兒的樣式精緻漂亮。

【晏】ŋan¹³　《玉篇・日部》：「晏，於諫切。晚也。」《廣韻・翰韻》：「晏，晚也。烏旰切。」晚謂之晏。1. 作謂語：時間太晏嘍。2. 作狀語：晏點兒來吃飯。3. 作補語：每次都來晏嘍。常用短語：「倒早不晏（時間不適當）、睡晏覺兒（睡懶覺）」。

【案】ŋan¹³　《方言・第五・7》：「案，……自關東西謂之案。」《說文・木部》：「案，幾屬。从木安聲。徐鉉烏旰切。」《玉篇・木部》：「案，於旦切。幾屬也。」桌子謂之案。1. 作主語：書案當飯桌。2. 作賓語：酒館兒頭擺嘍好多案桌。3. 作定語：案桌的油漆已經磨鉻，露出木頭本色。

【鴈鵝】ŋan¹³o²¹　《說文・鳥部》：「鴈，鵝也。从鳥我聲。徐鉉五晏切。」《玉篇・鳥部》：「鴈，五諫切，大曰鴻，小曰鴈。」大雁謂之鴈鵝。1. 作主語：雁鵝飛得高。2. 作賓語：天上有一群雁鵝。兒歌：鴈鵝鴈，扯扁擔。

【捹】pən¹³　《集韻・恨韻》：「捹，手亂貌。蒲悶切。」手腳亂動，掙扎謂之捹。引申以物蘸佐料。作謂語：隨便咋個捹都捹不脫；青菜捹海椒水，夠味。兒歌：海椒水，捹豆花，紅扯紅扯高粱粑。

【縢頭】t'ən¹³t'ən²¹　《方言・第七・30》：「縢，儋也。（郭注：今江東呼擔兩頭有物為縢，音鄧。）」《玉篇・巾部》：「縢，大互切，囊也。兩頭有物謂之縢擔。」擔子兩頭之物重量平衡謂之縢頭。作謂語：這副擔子一頭重一頭輕，不縢頭。

【甑子】tsən¹³tsʅ⁴²　《說文・瓦部》：「甑，甗也。从瓦曾聲。徐鉉子孕切。」《玉篇・瓦部》：「甑，子孕切，甗也。」《廣韻・證韻》：「甑，《古史考》曰：黃帝始作甑。子孕切。」陶製或木製的桶形蒸飯器謂之甑子。1. 作主語：大

甑子要兩個人才抬得起。2. 作賓語：札子很多人都不用甑子嘍。3. 作定語：甑子的用處不只是蒸飯。

【埂子】kən¹³ tsɿ⁴² 《廣韻·梗韻》：「埂，堤封，吳人云也。古杏切。」凸起的土堤謂之埂子。田塍謂之田埂或田坎。1. 作主語：大田埂子長。2. 作賓語：再過幾根埂子就是屋基。3. 作定語：埂子的缺口用來放水。

【碇子】tin¹³tsɿ⁴² 《集韻·徑韻》：「碇，錘舟石也。丁定切。」壓船石謂之碇子。引申拳頭亦謂之碇子。1. 作主語：碇子札子很少見。2. 作賓語：現代機動船根本不用碇子；不聽話就揉訥幾碇子。3. 作定語：碇子的消失是早遲的事。

【焮】ɕin¹³ 《玉篇·火部》：「焮，許勤許靳二切，炙也。炘，同上，又熱也。」在火上烤謂之焮。作謂語：多焮會兒就幹嘍。

【撍】in¹³ 《集韻·焮韻》：「撍，劑也。一曰：平量。於靳切。」澆灌、撒下與丈量皆謂之撍。作謂語：青菜不要天天撍水，更不要撍化肥；地下撍嘍好多灰；垱塊布撍一下有幾尺？兒歌：撍灰，打猴子，咯兒朗朗。

【菌子】tɕyn¹³tsɿ⁴² 《說文·艸部》：「菌，地蕈也。从艸囷聲。徐鉉渠殞切。」「蕈，桑檽。」「檽，木耳也。」《玉篇·艸部》：「菌，奇隕切，地菌。」木耳狀苔蘚植物謂之菌子。石頭上生長的稱為「石塌菌兒」。1. 作主語：菌子清熱涼血。2. 作賓語：不要亂吃菌子。3. 作定語：菌子的味道靠相料。

【簟子】tian¹³tsɿ⁴² 《說文·竹部》：「簟，竹席也。从竹覃聲。徐鉉徒念切。」《玉篇·竹部》：「簟，徒點切。竹席也。」《龍龕手鑒·竹部》：「簟，徒忝反。竹席也。」竹席謂之簟子。1. 作主語：簟子都是手工編織。2. 作賓語：熱天歇涼常用簟子。3. 作定語：編簟子花邊兒要靠手藝。常用短語：「床簟、枕簟、坐簟」。

【㪊】ian¹³ 《集韻·豔韻》：「㪊，以手散物。以贍切。」以手散物謂之㪊。作謂語：地下㪊嘍一層灰。

【厭人】ian¹³zən²¹ 玄應《一切經音義·大方等大集經·第一卷》：「厭人，於冉反，鬼名也。」鬼怪令人害怕而厭之。使人討厭謂之厭人。作謂語：娃兒調皮，實在厭人。

【疝氣】suan¹³tɕʻi³³ 《說文·疒部》：「疝，腹痛也。从疒山聲。徐鉉所晏切。」《玉篇·疒部》：「疝，所閒山諫二切。病也。」小腸墜入陰囊之疾謂之疝

氣。1. 作主語：疝氣不好醫。2. 作賓語：得嘍疝氣要趕緊醫。3. 作定語：疝氣的醫治不一定動手術。

【璺路】uən¹³nu¹³　《方言・第六・34》：「器破而未離謂之璺。（郭注：音問。）」《玉篇・玉部》：「璺，亡奮切，《方言》云：秦晉器破而未離謂之璺。《廣雅》云：裂也。」器破未離之裂縫謂之璺路。1. 作主語：這條璺路從瓶口貫到瓶底。2. 作賓語：水從缸子上的璺路沁出來。

【垣】yan¹³　《說文・土部》：「垣，牆也。从土亙聲。徐鉉雨元切。」玄應《一切經音義・大智度論・第三十三卷》：「垣牆，於煩反。垣謂四周牆也。」《玉篇・土部》：「垣，禹煩切。垣牆。」《龍龕手鑑・土部》：「垣，於元反。垣牆也。」環繞謂之垣，引申繞行也謂之垣。圍牆謂之「垣牆」。「垣」，瀘州話今讀去聲。1. 作謂語：進城垣嘍好長一截路。2. 作定語：屋基不遠是垣牆。常用短語：「垣山垣水、垣圈圈」。

【堰】yan¹³　《集韻・線韻》：「堰，障水也。於扇切。」擋水的土堤謂之堰或堰坎。築土堤亦謂之堰。土堤圍起來的水池謂之堰塘。1. 作謂語：把呰塊土堰起。2. 作定語：山上有個大堰塘。

【摃】kaŋ¹³　《廣韻・宕韻》：「摃，捎摃，舁也。出《字林》。古浪切。」以肩負物謂之摃。作謂語：上百斤的東西一下就摃起走。

【炕】k'aŋ¹³　《說文・火部》：「炕，乾也。从火亢聲。徐鉉苦浪切。」《玉篇・火部》：「炕，口盎切，乾極也，炙也。」《集韻・宕韻》：「炕，《說文》：乾也。口浪切。」將物烤乾謂之炕。作謂語：衣裳拿去炕一下。

【衖子】xaŋ¹³tsɿ⁴²　《龍龕手鑑・行部》：「衖，胡降反。街也。與巷同。」《廣韻・絳韻》：「巷，街巷。胡絳切。」《集韻・絳韻》：「巷，胡洚切。《說文》：里中道也。」小街謂之「衖子」或「衖衖兒」。1. 作主語：衖子彎彎拐拐。2. 作賓語：大街側邊兒插進去就是衖子。3. 作定語：衖子頭院子不少。諺語：衖子不長彎拐多。

【糉子】tsoŋ¹³tsɿ⁴²　《說文・米部》：「糉，蘆葉裹米也。从米㚇聲。徐鉉作弄切。」《玉篇・米部》：「糉，子貢切，蘆葉裹米。」《集韻・送韻》：「糉，角黍也。或作粽。作弄切。」用蘆葉或竹葉包裹糯米做成的食品謂之糉子。1. 作主語：糉子有白糉、肉糉、豆沙糉。2. 作賓語：端陽家家吃糉子。3. 作定語：糉子的做法五花八門。兒歌：毛毛雨，大大落，天晴朗朗吃包穀。包穀黃，過

端陽。不殺豬，不殺羊，帶包糭子過端陽。

【憃】ts'oŋ¹³　《廣韻·江韻》：「憃，愚也。抽用切。」輕率衝動謂之憃。作謂語：訥個人憃得很。常用短語：「二憃二憃」。

【腔】koŋ¹³　《廣韻·送韻》：「腔，穿垣，出《文字集略》。苦貢切。」《集韻·庚韻》：「腔，穿垣謂之腔。苦貢切。」瀘州話今讀不送氣清塞音。穿過窟窿之類的狹窄處謂之腔。引申鑽營亦謂之腔。作謂語：皆個洞一下就腔過去嘍；訥個傢伙很會腔，沒幾年就當處長嘍。

【齆】oŋ¹³　《玉篇·鼻部》：「齆，烏貢切。鼻病也。」《龍龕手鑒·鼻部》：「齆，烏貢反。鼻塞病也。」因感冒而鼻塞不通謂之齆。1. 作謂語：鼻子有點兒齆。2. 作定語：訥的歪號兒叫齆鼻兒。

【甕子】oŋ¹³tsɿ⁴²　《說文·瓦部》：「甕，罌也。从瓦公聲。徐鉉烏貢切。」《玉篇·瓦部》：「甕，於貢切，大罌也。」深腹廣口陶器謂之甕子。底部深凹的鍋謂之甕子鍋。1. 作主語：甕子腌菜好吃。2. 作賓語：鄉壩頭用甕子存糧。3. 作定語：甕子口比缸子口小。

【幌子】xuaŋ¹³tsɿ⁴²　《龍龕手鑒·巾部》：「幌，胡廣反。帷幔也。」《玉篇·巾部》：「幌，戶廣切。帷幔也。」懸掛商業廣告的布幔謂之幌子。引申為進行某種活動的藉口。1. 作主語：幌子札子很少見嘍。2. 作賓語：很多商號都不用幌子嘍；打著慈善的幌子騙人。3. 作定語：幌子的製作工藝也失傳嘍。歇後語：胡市場的燈杆兒，沒得幌（話）。

【甬人】yoŋ¹³zən²¹　《方言·第三·5》：「自關而東陳魏宋楚之間保庸謂之甬。」《玉篇·人部》：「俑，餘種切。《禮記》曰：孔子謂為俑者不仁。俑，偶人也。」瀘州話之「甬人」沒有《玉篇》「俑」之「偶人」義。雇工謂之甬人。1. 作主語：甬人做事很賣力。2. 作賓語：訥家出大價錢請甬人。3. 作定語：甬人的責任很重。

【撤】ma³³　《集韻·黠韻》：「撤，拭也。莫八切。」擦拭謂之撤。作謂語：一臉稀花，還不去撤乾淨。

【發寱天】fa³³moŋ¹³t'ian⁴⁴　《說文·寱部》：「寱，寐而有覺也。从宀从爿夢聲。徐鉉莫鳳切。」《玉篇·寱部》：「寱，莫洞切。《說文》云：寐而有覺也。《周禮》：太卜掌三寱之法。寱者人精神所寤。」《龍龕手鑒·宀部》：「寱，音夢。寱，不明也。寐而有覺曰寱寐中神遊也。」《廣韻·送韻》：「寱，寐中

神遊，《說文》云寐而有覺。莫鳳切。」癏寐中神經支配身體活動行走謂之發癏天。1. 作主語：發癏天是腦筋有病。2. 作謂語：訥個人昂不昂就發癏天。3. 作定語：發癏天的人要趕緊醫。

【躂】ta^{33}　《龍龕手鑒・足部》：「躂，他達反。足跌也。」《玉篇・足部》：「躂，他達切。足跌也。」失腳跌倒謂之躂。作謂語：路太滑，不小心躂嘍個撲爬。常用短語：「踺筋躂斗」。諺語：爬得高，躂得痛。

【讟削】t'a^{33}ɕye^{33}　《方言・第十三・11》：「讟、咎，謗也。（郭注：謗言噂讟也。音沓。）」《說文・誩部》：「讟，痛怨也。从誩賣聲。徐鉉徒谷切。」《玉篇・誩部》：「讟，徒木切，謗讟。《說文》曰痛怨也。」《說文・刀部》：「削，鞞也。一曰：析也。从刀肖聲。徐鉉息約切。」《玉篇・刀部》：「削，思略切，刻治也。」誹謗謂之讟削。作謂語：不要隨便讟削人。

【跋】sa^{33}　《說文・足部》：「跋，進足有所擷取也。从足及聲。《爾雅》曰：跋謂之擷。徐鉉穌合切。」《玉篇・足部》：「跋，先答切，進足有所拾。」《龍龕手鑒・足部》：「跋，蘇合反。進足也。」腳掌插入鞋內不拉上鞋的後沿就行走謂之跋。作謂語：腳上跋雙鞋；跋著鞋子走出來。常用短語：「跋跋鞋」。

【糤】sa^{33}　《說文・米部》：「糤，糜糤，散之也。从米殺聲。徐鉉桑割切。」《玉篇・米部》：「糤，先達切，糜糤，散也。」米粒散落謂之糤。引申其他物體散落也謂之糤。作謂語：好生點，不要糤飯；東西不要到處糤起。常用短語：「舖天糤地」。

【白鶴兒】pe^{33}xə^{33}　玄應《一切經音義・大般涅槃經・第一卷》：「白鶴，何各反，所謂元鶴是也。」義域擴大，凡羽毛白色形態似鶴的鳥類皆謂之白鶴兒。1. 作主語：白鶴兒停在田坎上。2. 作賓語：札子難得看倒白鶴兒嘍。3. 作定語：白鶴兒的窩在哪點兒。

【麥麩子】me^{33}fu^{44}tsʅ^{42}　《說文・麥部》：「麩，小麥屑皮也，从麥夫聲。徐鉉甫無切。」《玉篇・麥部》：「麩，妨娛切。麥皮也。」《龍龕手鑒・麥部》：「麩，芳無反。麥皮也。」麥皮謂之麥麩子。1. 作主語：麥麩子喂豬好催肥。2. 作賓語：打嘍麥麩子就是灰麵。3. 作定語：軟掐粑比麥麩子粑粑好吃得多。

【捋】ne^{33}　《說文・手部》：「捋，取易也。从手寽聲。徐鉉郎括切。」《玉篇・手部》：「捋，力括切。《詩》曰：薄言捋之。捋，取也。」《廣韻・末韻》：

「捋，手捋也，取也，摩也。郎括切。」用手或工具緊貼物體取下附著的東西謂之捋。作謂語：胡豆葉捋下來喂豬。

【箝子】tse³³tsɿ⁴²　《方言・第五・34》：「自關而西謂之簞，或謂之箝。（郭注：今云箝篾篷也。）」《玉篇・竹部》：「之厲切，簞也。」《集韻・薛韻》：「箝，《博雅》：笙箝，席也。之列切。」「箝，竹席。食列切。」竹條編成的簞席謂之箝子或箝箝。1. 作主語：箝子墊坐好涼快。2. 作賓語：鄉巴佬會編箝子。3. 作定語：土角角頭搭嘍個箝子棚。

【黑黢黢】xe³³tɕ‘yə³³tɕ‘yə³³　《玉篇・火部》：「黢，七戌切。黑也。」漆黑謂之黑黢黢。1. 作謂語：到處都黑黢黢的。2. 作定語：黑黢黢的手也不洗一下。3. 作補語：熱天的太陽把臉曬得黑黢黢的。

【瀝】ni³³　《說文・水部》：「瀝，浚也。从水歷聲。一曰：水下滴瀝。徐鉉郎擊切。」《玉篇・水部》：「瀝，力的切，漉也，滴瀝水下。」將物置於有孔隙的器物中讓液體下滴謂之瀝。作謂語：用筲箕瀝米。

【豛】tu³³　《說文・殳部》：「豛，椎擊物也。从殳豖聲。徐鉉冬毒切。」以棍棒之類細長物擊人刺人謂之豛，引申用語言打擊人，說人壞話也叫豛。專講壞話把事情搞砸的人謂之「豛豛生兒」。作謂語：謹防鋼釬兒豛死人嘍；呰個機會遭訥豛脫嘍。

【豚豚】tu³³tu³³　《集韻・屋韻》：「豚，《博雅》：臀也。都木切。」屁股謂之「豚豚」。引申物體底端或根部皆謂之「豚豚」。1. 作主語：屁股豚豚太肥大。2. 作賓語：把紅苕豚豚㱙嘍；一個蘿蔔啃得只剩個豚豚。諺語：螺螄再歪也要遭敲屁股豚豚。

【漉】nu³³　《說文・水部》：「漉，浚也。从水鹿聲。徐鉉盧谷切。」《玉篇・水部》：「漉，力木切，竭也，涸也，滲漉也。」《廣韻・屋韻》：「漉，滲漉。又瀝也。《說文》：浚也。一曰：水下貌。盧谷切。」把蔬菜放入開水中燙一下撈出讓水滴乾謂之漉。1. 作謂語：水燒開再把韭菜放下去漉。2. 作定語：漉的菜跟炒的菜味道不一樣。

【𡑞】tsu³³　《玉篇・土部》：「𡑞，側六切。塞也。」堵塞謂之𡑞。作謂語：呰根管子𡑞起嘍。

【斀】tsu³³　《集韻・燭韻》：「斀，擊也。朱欲切。」打擊謂之斀。作謂語：再搗亂就斀你一頓。

【築娌】tsu³³ni⁴²　《方言·第十二·8》:「築娌,匹也。(郭注:今關西兄弟婦相呼為築裏。度六反。《廣雅》作娌。)」《玉篇·女部》:「妯,直六切,妯娌也。」「娌,良士切,妯娌也。」兄弟的配偶謂之築娌。1. 作主語:王家幾築娌很容得。2. 作賓語:鄰居都眼氣這兩築娌。3. 作定語:築娌的關係不好處。

【圿圿】tɕia³³tɕia³³　《廣韻·黠韻》:「圿,垢圿。古黠切。」《集韻·黠韻》:「圿,垢也。訖黠切。」人體皮膚上的污垢謂之圿圿。1. 作主語:周身圿圿洗不乾淨。2. 作賓語:幾天不洗澡一身都是圿圿。3. 作定語:不愛清潔的人就是圿圿大王。兒歌:身上的圿圿做洗沙,海椒水,挤豆花,紅扯紅扯高粱粑。

【掐】tɕʻia³³·、kʻa³³　《說文·手部》:「掐,爪刺也。从爪臽聲。徐鉉苦洽切。」《龍龕手鑒·手部》:「掐,苦甲反。撚也,爪掐也。」《玉篇·手部》:「掐,口洽切。掐,抓也。爪按曰掐。」《廣韻·洽韻》:「掐,爪掐。苦洽切。」用指甲抓人謂之掐。kʻa³³ 為老派讀法。作謂語:頸子上遭掐嘍一道血印子。

【窫】kuə³³　《龍龕手鑒·穴部》:「窫,口合反。窫,合,相當也。」《玉篇·穴部》:「窫,口答切。窫,合也。」相處融洽謂之窫。作謂語:兩姊妹窫得。

【桷子】kuə³³tsʅ⁴²　《說文·木部》:「桷,榱也。椽方曰桷。从木角聲。徐鉉古岳切。」「榱,秦名為屋椽,周謂之榱,齊魯謂之桷。」《玉篇·木部》:「桷,古學切,榱也。」架在屋樑與屋簷之間,承載瓦片的長條形木板謂之桷子或桷板兒。1. 作主語:桷子是杉木做的。2. 作賓語:用不倒弄多桷子。3. 作定語:桷子的長短要看房子架構。

【㩴】kʻuə³³　《說文·手部》:「㩴,敲擊也。从手隺聲。徐鉉苦角切。」《玉篇·手部》:「㩴,苦角切。敲擊也。」敲擊謂之㩴。作謂語:打瞌睡就在腦殼上㩴幾下。常用短語:「㩴轉兒」(用指關節敲擊腦袋)。

【蠚】xuə³³　《說文·蟲部》:「蠚,螫也。从蟲若省聲。徐鉉呼各切。」「螫,蟲行毒也。」《玉篇·蟲部》:「蠚,丑略切,又呼各切,螫也,痛也。亦作蓄。」《廣韻·藥韻》:「蠚,蟲行毒。亦作蓄。丑略切。又火各切。」毒蟲刺人謂之蠚。引申其他物體的細刺刺人也謂之蠚。一種莖葉布滿細刺的野生植物叫蠚麻。「蠚」今作「蓄」。作謂語:手遭蠚得精痛;上頭有刺蠚人。

【籭子】tɕʻyə³³tsʅ⁴²　《說文·米部》:「籭,酒母也。徐鉉馳六切。」《玉篇·米部》:「籭,丘六切,酒母也。今作麴。」酵母謂之籭子。1. 作主語:籭子發

灰麵做饅頭。2. 作賓語：做好多糕餅都要用籬子。3. 作定語：泡粑弄泡就是籬子的作用。

【斞】yə[33]　《說文・斗部》：「斞，相易物俱等為斞。从斗蜀聲。徐鉉易六切。」《玉篇・斗部》：「斞，丁豆切，物等也，角力競走也。」測試物體重量是否相等謂之斞。作謂語：販子說有兩斤，拿公平秤去斞一下。

瀘州話古語詞包含了西漢、東漢、梁、唐、宋（遼）等不同歷史層次，吸收了北燕、朝鮮洌水、秦晉、趙魏、湘沅、南楚等各地的方言詞語，而以中原古漢語詞彙為主。大部分瀘州人自河南遷徙於湖北麻城孝感鄉，明末清初湖廣填四川入住瀘州，瀘州文化源於中原，瀘州話古語詞以中原古漢語詞彙為主證明了這一點。瀘州話古語詞有名詞、動詞、形容詞三類，其中有少部分語詞是雙性詞，如「窖」、「堰」和「發瘮天」兼有名詞和動詞的語法功能，「晏」兼有形容詞和副詞的語法功能，「趲」既表示動作行為，又表示事物狀態，因而兼有動詞和形容詞的語法功能。名詞可以作主語、賓語和定語；動詞只能作謂語；形容詞可以作謂語、定語、補語和名詞化賓語。

參考文獻

1. ［漢］許慎，《說文解字》[M]，中華書局，1963 年。
2. ［南朝梁］顧野王，《宋本玉篇》[M]，北京市中國書店，1983 年。
3. ［唐］玄應，《一切經音義》[M]，《叢書集成新編》（第二五冊），新文豐出版公司，1985 年。
4. ［宋］陳彭年等，《宋本廣韻》[M]，北京市中國書店，1982 年。
5. ［遼］釋行均，《龍龕手鑒》[M]，《叢書集成新編》（第三六冊），新文豐出版公司，1985 年。
6. ［宋］丁度等，《集韻》[M]，北京市中國書店，1983 年。
7. 周祖謨校，吳曉鈴編，《方言校箋及通檢》[M]，科學出版社，1956 年。

完稿於 2021 年 12 月 17 日。

現代漢語方言流蟹兩攝
讀鼻音尾字的分析

摘　要

　　本文通過對現代漢語方言流蟹兩攝讀鼻音音節的共時比較，清理出從中古到現代這類特殊音變的歷史層次，並對這類特殊音節的嬗變作出自然層次上的音理分析或文化層次上的闡釋。

關鍵詞：現代漢語方言；流蟹兩攝；鼻音

　　中古流蟹兩攝都是陰聲韻，但是現代漢語方言這兩攝有些字卻讀鼻音尾。根據《四川大學學報》（社科版）1960年第3期《四川方言音系》公布的材料，四川使用漢語的150個縣市中，有140個縣市流攝唇音字出現了[-ŋ]尾，而瀘州、青川、榮昌、仁壽4縣市蟹攝開口二等牙喉音字出現了[-n]尾。

　　本文試圖通過對若干現代漢語方言流蟹兩攝有關常用字的不同讀音的共時比較，在更寬廣的視野下清理出從中古到現代這兩類特殊音變的歷史層次，並對這兩類特殊音變作出音理分析或文化闡釋。

　　音變考察以不同方言同一單字所對應音節的音值為基礎，首先從同一單字對應音節在不同方言裏的共時讀音清理出音節嬗變的軌跡，然後再以各方言單字音節的音變軌跡為依據，歸納出這些音節結構從中古到現代嬗變的歷

史層次。

　　語音材料以李榮主編的《現代漢語方言大詞典》為主要依據，兼及其他方言專著提供的該詞典未收錄的語音材料。

　　這些單字按中古音韻地位的異同共分 10 組：

　　A 組：「某」、「畝」、「牡」

　　B 組：「茂」、「貿」

　　C 組：「謀」

　　D 組：「否」

　　E 組：「皺」、「縐」

　　F 組：「介」、「芥」、「疥」、「界」、「戒」、「屆」

　　G 組：「械」

　　H 組：「解」

　　I 組：「蟹」

　　J 組：「懈」

一、流攝讀鼻音尾字的考察

　　A 組：流攝開口一等上聲厚韻明紐「某」、「畝」、「牡」

　　1.「某」的讀音

　　[bɔ]　　　廈門

　　[mɛu]　　南昌、撫州

　　[mɣ]　　　瑞金

　　[məu]　　汝城、宜昌、鎮遠、黎平、凱里、黃平、丹寨

　　[mu]　　　和順、祁縣、神木、合陽、丹寨

　　[mau]　　宿松、宜昌

　　[mɣu]　　天台

　　[miau]　　都昌陽峰

　　[mo]　　　安鄉

　　[moŋ]　　巧家、畢節、潮州

　　[muŋ]　　彭州、泰興客話、水富

　　四川「某」讀鼻音尾的絕大部分方言點的音值是[moŋ]，有的點韻腹高化後變為[muŋ]，而廈門、瑞金、安鄉以及和順等 5 個方言點單韻母為後元音的呈高化趨勢：[ɔ、ɤ] ⟶ [o] ⟶ [u]。

　　複韻母[au]高化為[ɛu]、[eu]，如撫州、都昌陽峰和南昌。[ɛ、e]受韻尾[u]影響而發音部位後移變為[əu]，如汝城等 7 個點。當韻腹為後半高圓唇元音[o]時，韻尾[u]變成了同部位的鼻輔音[ŋ]，如巧家等 3 個點。有的點韻腹[o]還會繼續高化為[u]，如泰興客話、水富。複韻母的嬗變軌跡是：

　　[au] ⟶ [ɛu、eu] ⟶ [əu] ⟶ [ou] ⟶ [oŋ] ⟶ [uŋ]

2.「畝」的讀音

[mu]	牟平、洛陽、西安、西寧、萬榮、福州、徐州、南京、忻州、畢節、和順、文水、祁縣、神木、合陽、凱里、黃平、丹寨
[mɛu]	南昌、黎川、都昌陽峰
[meu]	梅縣、雩都
[mə]	丹陽
[miu]	金華
[mo]	揚州、安鄉
[moŋ]	成都、巧家
[mou]	貴陽
[mɐu]	柳州
[miɤ]	婁底
[mœ]	萍鄉
[məu]	南寧平話、汝城、宜昌、凱里、黃平、丹寨、鎮遠、黎平
[mau]	東莞、宿松、宜昌
[mɔu]	海口
[muŋ]	彭州、泰興客話、水富
[mɤ]	瑞金
[mɤu]	天台

　　萍鄉、丹陽、瑞金、揚州、安鄉以及牟平等 18 個點的單元音韻母呈後高圓唇化趨勢：[œ] ⟶ [ə] ⟶ [ɤ] ⟶ [o] ⟶ [u]。後半高不圓唇元音[ɤ]會帶出[i]韻頭變為細音，如湖南婁底；而[ɤ]會變圓唇並繼續高化為[u]，如金

華，但這只是個別情況。

複韻母的總趨勢也是後高化。[au]的嬗變有兩種情況：一是後化變為 [uɐ]，如柳州；二是高化則為 [ɛu]，如黎川等 3 個點。[ɛu]也有兩種分化：一是前高化變為 [eu]，如梅縣等 3 個點；二是後化會變為 [əu]，如南寧平話等 8 個點。[əu]後圓唇化則變為 [uɔ]，如海口。[uɔ]高化變為 [ou]，如貴陽；由於韻腹強化韻尾相對較弱，因而 [u] 很容易變為同部位鼻輔音 [ŋ]，如成都、巧家；[oŋ]的韻腹繼續高化就變成了 [uŋ]，如彭州等 3 個點。可見複韻母嬗變的主要路徑是：

[au] ⟶ [ɛu] ⟶ [əu] ⟶ [uɔ] ⟶ [ou] ⟶ [oŋ] ⟶ [uŋ]

3.「牡」的讀音

[mu]濟南、南京、洛陽、萬榮、上海、西寧、成都、彭州、泰興客話、天台、都昌陽峰、巧家、和順、文水、祁縣、合陽、凱里、黃平、丹寨

[mə]	溫州
[mo]	揚州
[mau]	萬榮、南寧平話、畢節、宿松、宜昌、鎮遠
[mɔ]	上海、西寧、神木
[mɤ]	上海、瑞金
[mæ]	蘇州
[mæɤ]	寧波
[mɛu]	南昌、黎川、撫州
[mou]	貴陽
[məu]	汝城、宜昌、凱里、黃平
[mɤu]	天台
[muŋ]	水富
[mɔo]	合陽
[mao]	丹寨、黎平

蘇州、溫州、揚州以及濟南等 19 個點的單元音韻母呈後高圓唇化趨勢：[æ] ⟶ [ə] ⟶ [ɔ] ⟶ [o] ⟶ [u]。央元音 [ə]後化有兩種情況：一是變為半高不圓唇元音 [ɤ]，如上海、瑞金；再是變為半低圓唇元音 [ɔ]，如上海、

西寧、神木。

複韻母[ao]有三種演化：一是高化為[ɤʏ]，如寧波；二是韻尾高化後變為[au]，如萬榮等6個點；三是韻腹後高化為[ɔo]，如合陽。而[au]前高化為[ɛu、ɯ]、eu]，如黎川、撫州、南昌等3個點。[ɛ、e]受[u]影響發音部位後移則為[əu]，如汝城等4個點。[əu]的主要元音後高圓唇化變為[ou]，如貴陽。韻腹[o]強化則韻尾相對較弱，[u]就很容易變為同部位鼻輔音[ŋ]。若韻腹[o]持續強化，就變成了水富的[uŋ]。複韻母的嬗變軌跡如下：

[ao] ⟶ [au] ⟶ [ɛu、eu] ⟶ [əu] ⟶ [ou] ⟶ [oŋ] ⟶ [uŋ]

B組：流攝開口一等去聲候韻明紐「茂」、「貿」

1. 「茂」的讀音

[me]	建甌
[mɔ]	濟南、神木
[mɛu]	南昌、雷州、撫州
[muŋ]	彭州、泰興客話、水富、丹寨、黎平
[mɤ]	瑞金
[məu]	汝城、宜昌、凱里、黃平、鎮遠
[moŋ]	畢節、巧家、潮州
[mɤu]	天台
[miau]	都昌陽峰
[mau]	安鄉、平利、文水、祁縣、凱里
[mɔu]	和順
[mɔo]	合陽
[mao]	黃平、丹寨

從建甌的[me]、瑞金的[mɤ]到濟南、神木的[mɔ]，單元音韻母明顯後高化：

[e] ⟶ [ɤ、ɔ]

複韻母[ao]有兩種情況：一是韻腹後圓唇化為[ɔo]，如合陽；二是韻尾高化後變為[au]，如安鄉等5個點。[au]的韻腹受韻尾影響繼續高化為[ɛu、ɯ]，如雷州等3個點和南昌。[ɛu、eu]後化為[ɔu]，而[ɔo]的韻尾[o]高化後也變為[ɔu]，如汝城等6個點。[ɔu]也有兩種情況：一是高化為[ɤu]，如天台；二是

為後鼻韻尾的產生提供了可能，如畢節等 3 個點以及彭州等 5 個點：

[mao] ⟶ [au] ⟶ [ɛu、uɜ] ⟶ [ɔu] ⟶ [oŋ] ⟶ [uŋ]

2.「貿」的讀音

[muŋ]	彭州、泰興客話、水富、丹寨、黎平
[mɤ]	瑞金
[məu]	汝城、宜昌、巧家、凱里、黃平、鎮遠
[moŋ]	畢節、潮州
[mɤu]	天台
[mɛu]	撫州、南昌
[miau]	都昌陽峰
[mau]	安鄉、平利、文水、祁縣、凱里
[mɔu]	和順
[mɔ]	神木
[mɔɔ]	合陽
[mao]	黃平

單元音韻母只有[ɔ]和[ɤ]，都是後元音且有高化趨勢。

複韻母的演化路徑與「茂」完全一樣。

C 組：流攝開口三等平聲尤韻明紐「謀」

「謀」的讀音

[mu]	烏魯木齊、太原、忻州、西安、洛陽、西寧、和順、文水、祁縣、神木、合陽、丹寨
[mo]	揚州
[mə]	溫州
[mœ]	萍鄉
[mɛu]	南昌、福州、雷州、撫州
[mou]	武漢
[moŋ]	武漢、畢節、巧家、潮州
[məu]	南寧平話、汝城、水富、凱里、黃平、鎮遠、黎平
[mɐu]	柳州

[miɤ]　　　婁底

[muŋ]　　　泰興客話、水富

[mɤ]　　　瑞金

[mau]　　　宿松、安鄉、宜昌、平利

[mɤu]　　　天台

從萍鄉的[mœ]、溫州的[mə]、瑞金的[mɤ]、揚州的[mo]到烏魯木齊等 12 個點的[mu]，單元音韻母明顯後高圓唇化：[œ]━━[ə]━━[ɤ、o]━━[u]

複韻母[au]的走向有兩種情況：一是如福州等 3 個點高化為[ɛu]，進一步高化如南昌為[eu]；再是後高化，如柳州的[ɐu]。[ɐu]很容易高化為[əu]，[ɛu、eu]也可後高化為[əu]。韻腹[ə]後高化不圓唇變為[ɤ]，如天台的[ɤu]；後高化圓唇則變為[o]，如武漢的[ou]。[ou]的韻尾弱化變為同部位鼻輔音[ŋ]，如武漢、畢節、巧家、潮州等 4 個點；韻腹[o]再高化為[u]，如泰興客話和水富，則「謀」有兩種後鼻輔音讀法[moŋ]和[muŋ]。

D 組：流攝開口三等上聲有韻非紐「否」

「否」的讀音

[fau]　　　哈爾濱

[pã]　　　廈門

[p'ai]　　　廈門

[fv]　　　蘇州

[fo]　　　彭州、平利

[fəu]　　　泰興客話、汝城、宿松、宜昌、巧家、鎮遠、黎平

[fɤ]　　　瑞金

[fu]　　　畢節、安鄉、和順、神木、合陽、凱里、黃平、丹寨、鎮遠、黎平

[foŋ]　　　畢節

[fɤu]　　　天台

[fɛu]　　　撫州、南昌

[fuŋ]　　　水富

[xu]　　　文水、祁縣

以上各方言點的聲母有[p、p'、f、x]四個，其中[f]和[x]表明唇音聲母存

在弱化趨勢。

三等的[-i-]介音完全消失。單元音韻母有三種情況：一是鼻化，如廈門；二是濁輔化，如蘇州；三是後高化，如瑞金[fɤ]，彭州、平利[fo]，畢節、安鄉等 10 個點[fu]，文水、祁縣[xu]。後高化是主要趨勢。

除了[ai]，複韻母主要趨勢也是後高化：[au] ⟶ [ɛu、eu] ⟶ [əu] ⟶ [ɤu]。泰興客話等 7 個點「否」的韻母是[əu]，而[əu]後高化圓唇就很容易產生[foŋ]、[fuŋ]。

E 組：流攝開口三等去聲宥韻莊紐「皺」、「縐」

1.「皺」的讀音

[tʂou]	哈爾濱、濟南
[tsou]	西安、安鄉、平利、文水、合陽
[tɕiθ]	崇明
[tsɤ]	上海、瑞金
[tsiɤ]	上海、婁底
[tsɛu]	南昌、黎川、撫州
[tsiu]	梅縣、金華
[tsau]	福州、溫州、東莞
[ʃəu]	南寧平話
[niau]	海口
[tsiau]	海口、都昌陽峰
[tsi]	績溪
[tsoŋ]	貴陽、長沙、成都、畢節、平利、丹寨、鎮遠、黎平
[tsəu]	銀川、洛陽、汝城、畢節、宿松、宜昌、巧家、和順、祁縣、神木、凱里、黃平、鎮遠
[tsœ]	萍鄉
[tsɯu]	南京
[tsɯ]	西寧
[tsei]	杭州
[tsɤu]	烏魯木齊、天台

[tsuŋ]　彭州、水富

[ʨiɤu]　天台

2.「綹」的讀音

[tsɤɯ]　揚州

[tsœ]　萍鄉

[tsɤ]　上海、瑞金

[tsau]　溫州

[tsɐu]　廣州

[tsɐu]　福州

[tsəu]　泰興客家、畢節、宜昌、和順、祁縣、神木、凱里、黃平

[tsɤu]　天台

[ʨiɤu]　天台

[tsɛu]　撫州、南昌

[tsiau]　都昌陽峰

[tsuŋ]　水富

[tsou]　安鄉、平利、文水、合陽

　　單元音韻母呈前後對立兩種演化趨勢，如績溪[i]和萍鄉[œ]是前元音，而西寧[ɯ]和上海、瑞金[ɤ]卻是後元音。

　　齒音聲紐後面的[i]可能是中古三等的殘留。由於齒音聲母發音部位趨前，後高韻母的韻尾不圓唇化就不可能變為鼻輔音，如南京的[əɯ]、西寧的[ɯ]。

　　複韻母[iau]丟掉[-i-]介音變為[au]，如福州、溫州、東莞；韻腹[a]高化則韻母變為[ɛu、eu]，如黎川、撫州、福州和南昌；韻腹後化則變為[əu]，如南寧平話、泰興客家話等 8 個點、銀川等 13 個點；進一步後高化一是變為[ɤu]，如烏魯木齊、天台；再是變為[ou]，如哈爾濱、濟南以及西安等 5 個點；[ou]韻腹持續強化則韻尾相對弱化，[u]就有變為[ŋ]的可能，如貴陽等 8 個點；[oŋ]的韻腹繼續高化為[u]，就會變成[uŋ]，如彭州、水富。其嬗變路徑是：

　　[iau]　⟶　[au]　⟶　[ɛu、eu]　⟶　[əu]　⟶　[ɤu、ou]　⟶　[oŋ]　⟶　[uŋ]

　　在「皴」、「綹」讀鼻輔音的方言點，毫無例外，與「皴」、「綹」中古音韻地位相同的其他字全都沒有出現鼻輔音，可見「皴」、「綹」韻尾讀變為[ŋ]是孤立的

特殊現象。它與唇音聲紐下發生的成批字有規律的音變是兩回事。按正常音變規律，「畫」、「宙」、「咒」、「皺」、「縐」應當同音，但就目前所知的方言材料，任何方言點「畫」、「宙」、「咒」都沒有帶[-ŋ]尾。「畫」、「宙」多出現於書面語，而「咒」、「皺」、「縐」口語裏出現頻率較大，為了避免與「咒」同音引起詛咒誤解，「皺」、「縐」的[-ŋ]尾很可能是社會文化心理作用的結果。

二、蟹攝讀鼻音尾字的考察

F組：蟹攝開口二等去聲怪韻見紐「介」、「芥」、「疥」、「界」、「戒」、「屆」

1.「介」的讀音

[kæ]　柳州、於都

[kE]　神木

[tɕiɛ]　濟南、洛陽、萬榮、揚州、徐州、杭州、神木、合陽

[tɕiɛi]　成都

[kɑ]　丹陽、上海、寧波、婁底

[tɕie]　丹陽、太原

[kai]　建甌、福州、雷州、南昌、東莞、黎川、貴陽、南寧平話、汝城、畢節、宿松、撫州、宜昌、平利、巧家、凱里、黃平、丹寨、鎮遠、黎平

[tɕiæ]　忻州

[tɕiɑ]　上海、蘇州

[kɛ]　揚州

[kiai]　梅縣

[tɕiɑi]　彭州

[kiɛ]　瑞金

[ka]　天台

[kɛi]　都昌陽峰

[tɕiæi]　水富

[tɕi]　和順

［tɕiai］　平利、文水

［tɕiei］　丹寨

單元音音節除和順的聲母齶化而外，其他音節都強化保持了中古見紐［k］。韻母呈高化趨勢：［ka］──→［kæ］──→［kɛ］──→［kE］，沒有產生［-n］尾的語音條件。

復元音音節有三種情況：一是建甌、福州等 20 個方言點強化保持了中古語音形態［kai］；二是雖然強化保持見紐［k］，但梅縣、瑞金的韻母已弱化產生［-i-］介音，都昌陽峰的韻母高化為［ɛ］；三是韻母弱化產生的［-i-］介音推動聲母齶化為［tɕ］。受［-i-］介音影響，韻腹呈高化趨勢：

［tɕiai］──→［tɕiæi］──→［tɕiei］

韻頭與韻尾相同發音比較困難，在韻頭佔優勢的條件下，韻尾必然弱化或脫落。忻州已丟掉［-i］尾，其他方言點沒有出現［-i］變［-n］的情況。

2.「芥」的讀音

［kai］	黎川、武漢、南寧平話、廣州、東莞、南昌、萍鄉、福州、雷州、貴陽、長沙、汝城、畢節、宿松、撫州、宜昌、巧家、凱里、黃平、丹寨、鎮遠、黎平
［tɕiɛ］	西安、哈爾濱、濟南、南京、洛陽、萬榮、徐州、杭州、神木、合陽
［tɕiE］	萬榮
［ɕiai］	牟平
［ɕiei］	牟平
［kE］	神木
［kɛ］	揚州、銀川、西寧
［tɕiɛi］	成都
［tɕie］	太原
［kɑ］	丹陽、上海、蘇州、
［kæ］	於都、柳州
［kiai］	梅縣
［tɕiɤ］	烏魯木齊
［tɕiæ］	忻州

[kɔ]	績溪
[ka]	寧波、溫州、金華、婁底
[kuɛ]	建甌
[tɕiɑi]	彭州
[kiɛ]	瑞金
[ka]	天台
[tɕiai]	平利
[tɕi]	和順
[tɕiei]	祁縣

強化保持中古見紐[k]的音節，韻母為單元音的有兩種情況：一是後化，如丹陽等三個點為[kɑ]、績溪為[kɔ]；再是同「介」的情況一樣明顯高化：[ka] ⟶ [kæ] ⟶ [kɛ] ⟶ [kE]。

復元音音節有五種情況：一是黎川、武漢等 22 個點保持中古語音形態[kai]；二是建甌韻母后高化；三是梅縣、瑞金保持見紐[k]，但韻母已弱化產生[-i-]介音；四是聲母發音部位前移弱化產生[-i-]，[-i-]使韻腹高化，如牟平；五是韻母弱化產生的[-i-]介音不但推動聲母齶化為[tɕ]，而且使韻腹持續高化。

第五種情況的音變程序應是：

[kai] ⟶ [tɕiai] ⟶ [tɕiæi] ⟶ [tɕiɛi] ⟶ [tɕiEi] ⟶ [tɕiei] ⟶ [tɕi]

雖然沒有列出[tɕiæi]、[tɕiEi]的方言點，但忻州的[tɕiæ]與萬榮的[tɕiE]，正是前者韻尾脫落所致。而且，成都[tɕiɛi]韻尾脫落就會產生西安等 10 個點的[tɕiɛ]，祁縣[tɕiei]韻尾脫落就會產生太原的[tɕie]。

平利的[tɕiai]韻腹後化就會出現彭州的[tɕiɑi]，彭州如果韻尾丟失會變[tɕiɑ]，[ɑ]受[-i-]影響就會高化為烏魯木齊的[tɕiɤ]。

可見上述各點只有兩種演化方向：大部分韻腹高化，少部分丟失韻尾。沒有產生[-n]尾的跡象。

3.「疥」的讀音

[tɕiɛ]	濟南、徐州、西安、哈爾濱、揚州、南京、洛陽、神木、合陽
[ɕiɑi]	牟平

[tɕie]　　太原、銀川

[tɕiæ]　　忻州

[kue]　　廈門

[kɔi]　　海口

[tɕiɛi]　　成都

[kɛ]　　揚州、西寧

[kai]　　黎川、南寧平話、長沙、汝城、畢節、宿松、南昌、宜昌、平利、
　　　　凱里、黃平、丹寨、鎮遠、黎平

[tɕiɑi]　　彭州

[kiɛ]　　瑞金

[ka]　　天台

[tɕiæi]　　水富

[tɕi]　　和順

[tɕiai]　　平利、文水

[tɕiei]　　祁縣

保持 [k] 聲母的音節，韻母為單元音的是天台 [ka]、揚州、西寧 [kɛ]，呈高化趨勢。韻母為復元音的，除了保持中古語音地位的黎川等 14 個點之外，瑞金出現 [-i-] 介音，海口、廈門後高化，都沒有產生 [-n] 的條件。

濟南、徐州等 19 個點的聲母齶化為 [tɕ]，其韻母演化遵循「芥」字第五種情況的音變程序。

4.「界」的讀音

[kɑ]　　崇明、丹陽

[kai]　　福州、南昌、南寧平話、萍鄉、黎川、廣州、泰興客話、畢節、宿
　　　　松、撫州、宜昌、平利、巧家、凱里、黃平、丹寨、鎮遠、黎平

[kɔ]　　績溪

[kɔi]　　雷州

[kɛ]　　揚州

[tɕiɛ]　　揚州、西安、神木、合陽

[tɕiɑi]　　彭州

[kiɛ]   瑞金

[ka]   天台

[kɛi]   都昌陽峰

[tɕiæi]   水富

[tɕiai]   平利、文水

[tɕi]   和順

強化保持[k]聲母的單元音韻母一是前高化，如天台[ka]，揚州[kɛ]；再是後高化，如崇明、丹陽[kɑ]，績溪[kɔ]。

福州、南昌等18個點保持中古語音形態[kai]。復元音韻母一是前高化，如都昌陽峰[kɛi]，再是後高化，如雷州[kɔi]，三是弱化產生[-i-]介音，如瑞金[kiɛ]。

聲母齶化為[tɕ]的 5 個點，其韻母演化遵循「芥」字第五種情況的音變程序。沒有產生[-n]尾。

5.「戒」的讀音

[kɛ]   揚州、西寧、銀川

[tɕiɛ]   揚州、西安、南京、洛陽、杭州、哈爾濱、徐州、濟南、神木、合陽

[kɔ]   績溪

[kai]   萍鄉、南寧平話、廣州、南昌、東莞、長沙、建甌、福州、貴陽、黎川、泰興客話、汝城、畢節、撫州、宜昌、平利、巧家、凱里、黃平、丹寨、鎮遠、黎平

[kiai]   梅縣

[kæ]   柳州、雩都

[kɑ]   蘇州、金華、丹陽、崇明、上海、

[ka]   溫州、婁底、寧波

[tɕiə]   濟南

[ciai]   牟平

[tɕiɛi]   成都

[tɕiə]   西寧

[tɕiɤ]　　烏魯木齊

[tɕiæ]　　忻州

[tsai]　　萬榮

[tɕiɑi]　　彭州

[kiɛ]　　瑞金

[ka]　　天台

[kɛi]　　都昌陽峰

[tɕiæi]　　水富

[tɕiai]　　平利、文水

[tɕi]　　和順

[tɕiɐi]　　祁縣

聲母保持[k]的單元音韻母有[a、æ、ɛ、ɑ、ɔ]，不論前後元音都呈高化趨勢；復元音韻母萍鄉、南寧平話等 22 個點保持[ai]；都昌陽峰高化為[ɛi]，產生[-i-]介音的梅縣[iai]存在韻腹高化或丟掉韻尾兩種可能，瑞金[iɛ]韻腹高化後韻尾消失。

聲母齶化為[tɕ]的揚州、西安等 21 個點的韻母，除濟南[tɕiə]、烏魯木齊[tɕiɤ]後化之外，其餘韻母遵循「芥」字第五種情況的音變程序。

6.「屆」的讀音

[tɕiɛ]　　徐州、揚州、南京、西安、神木、合陽

[tɕie]　　西寧、銀川、太原、

[kai]　　武漢、貴陽、長沙、黎川、南寧平話、福州、海口、東莞、泰興客話、汝城、畢節、宿松、南昌、宜昌、平利、巧家、凱里、黃平、丹寨、鎮遠、黎平

[tɕiɛi]　　成都

[kæ]　　柳州

[kɛ]　　銀川

[tɕiɤ]　　烏魯木齊

[tɕiæ]　　忻州

[kɑ]　　崇明、上海

[tɕiɑ]	上海、蘇州
[ka]	寧波、溫州
[kiai]	梅縣
[tɕiɑi]	彭州
[kiɛ]	瑞金
[ka]	天台
[kɛi]	都昌陽峰
[tɕiæi]	水富
[tɕiai]	平利、文水
[tɕiei]	祁縣

聲母保持[k]的韻母情況與「戒」相同。聲母齶化為[tɕ]的徐州、揚州等21個點的韻母，除彭州[tɕiɑi]、上海和蘇州[tɕiɑ]、烏魯木齊[tɕiɤ]後化之外，其餘韻母遵循「芥」字第五種情況的音變程序。

G 組：蟹攝開口二等去聲怪韻匣紐「械」

「械」的讀音

[ka]	婁底
[kai]	泰興客話、汝城、畢節、宿松、南昌、宜昌、巧家、凱里、黃平、丹寨、鎮遠、黎平
[k'ai]	撫州
[hɛ]	瑞金
[ɦa]	天台
[kɛi]	都昌陽峰
[tɕiæi]	水富
[tɕiai]	平利、文水
[tɕi]	和順
[tɕiei]	祁縣
[tɕiɛ]	神木、合陽
[ɕiɛ]	合陽

保持韻母[ai]，聲母強化為清塞音[k、k']的方言點有13個，韻尾相對變弱

甚至脫落，如婁底[ka]。聲母喉化[ɦ、h]的天台[ɦa]、瑞金[hɛ]，韻尾脫落，韻母有高化趨勢。聲母顎化為[tɕ、ɕ]的水富、平利等 8 個點的韻母遵循「芥」字第五種情況的音變程序。

H 組：蟹攝開口二等上聲蟹韻見紐「解」

「解」的讀音

[tɕiɛ]	濟南、西安、杭州、徐州、揚州、哈爾濱、洛陽、南京、萬榮、神木、合陽
[ɕiɛ]	徐州、洛陽、合陽
[kæ]	柳州、於都
[kɛ]	揚州、福州、西寧、銀川
[tɕiE]	萬榮
[xai]	萬榮、太原、宿松、宜昌、平利、文水、丹寨
[ɕiE]	萬榮
[kɔ]	績溪
[tɕiɔ]	績溪
[ka]	杭州、寧波、溫州、婁底、天台
[kɑ]	金華、丹陽、崇明、上海、蘇州
[kai]	萍鄉、成都、南昌、黎川、武漢、建甌、廣州、福州、武漢、貴陽、長沙、南寧平話、東莞、廈門、泰興客話、汝城、畢節、宿松、撫州、宜昌、平利、安鄉、巧家、凱里、黃平、丹寨、鎮遠、黎平
[tɕiɛi]	成都
[hai]	萍鄉、福州
[kɔi]	海口、雷州
[gɑ]	上海、蘇州、寧波
[tɕiɑ]	上海、蘇州
[ɦia]	溫州
[kiai]	梅縣
[ke]	梅縣

[tɕiɤ]　烏魯木齊

[kae]　南京

[tɕie]　銀川

[xa]　銀川

[tɕiæ]　忻州

[kue]　廈門

[ciai]　牟平

[tɕiɑi]　彭州

[kiɛ]　瑞金

[kɛi]　都昌陽峰

[tɕiæi]　水富

[tɕiai]　平利、文水

[tɕiei]　祁縣

[kE]　神木

[xE]　神木

[xɛ]　合陽

[tɕiei]　丹寨

聲母保持 [k] 的 6 個單元音韻母只有績溪 [kɔ] 後高化，其餘前高化：

[a] —→ [æ] —→ [ɛ] —→ [E] —→ [e]。

復元音韻母有四種情況：一是萍鄉、成都等 28 個點保持 [ai]；二是韻尾低化，如南京 [kae]；三是產生 [-i-] 介音，如梅縣 [kiai]、瑞金 [kiɛ]；四是韻腹高化，前高化如都昌陽峰 [kɛi]，後高化如海口和雷州 [kɔi]、廈門 [kue]。

聲母齶化為 [tɕ] 的濟南、西安等 23 個點韻腹高化。前高化遵循的路線是：

[tɕiai] —→ [tɕiæi] —→ [tɕiɛi] —→ [tɕiEi] —→ [tɕiei]。

每個環節都可能丟失韻尾，變為 [tɕiæ]（如忻州）、[tɕiɛ]（如濟南）、[tɕiE]（如萬榮）、[tɕie]（如銀川）。後高化遵循的路線是：

[tɕiai] —→ [tɕiɑi] —→ [tɕiɑ] —→ [tɕiɤ]

後高圓唇化，就會產生 [tɕiɔ]（如績溪）。

I組：蟹攝開口二等上聲蟹韻匣紐「蟹」

「蟹」的讀音

[xɑ]	丹陽、
[hɑ]	崇明、上海、寧波、溫州、金華、東莞、蘇州、杭州
[hai]	東莞、廣州、黎川、梅縣、泰興客話、南昌
[hɔi]	雷州、海口
[xɔ]	績溪
[ɕiɛ]	哈爾濱、濟南、徐州、杭州、南京、洛陽、西安、太原、神木、合陽
[xai]	武漢、汝城、畢節、宿松、撫州、水富、安鄉、宜昌、平利、丹寨、鎮遠、黎平
[ɕxɛ]	揚州、合陽
[ɕiɛi]	成都
[hæ]	柳州
[ɕiɤ]	烏魯木齊
[ɕiɑi]	彭州
[kʻiɛ]	瑞金
[hɑ]	天台
[ɕiæi]	水富
[ɕi]	和順
[ɕiai]	文水
[ɕiei]	祁縣

聲母清化為[x]的單元音韻母后高圓唇化，如[xɑ]丹陽 ⟶ [xɔ]績溪。復元音韻母武漢、汝城等13個點保持[ai]。

聲母喉化為[h]，單元音韻母高化（如柳州[hæ]）或後化（如崇明[hɑ]）；復元音韻母保持[ai]（如東莞等6個點）或後高圓唇化（如雷州、海口[hɔi]）。

聲母齶化為[ɕ]的19個點，除揚州、合陽沒有[-i-]介音，彭州[ɕiɑi]、烏魯木齊[ɕiɤ]韻腹後化而外，其餘韻母遵循[ɕiɑi] ⟶ [ɕiæi] ⟶ [ɕiei] ⟶ [ɕiei]音變。有的環節韻尾脫落，如哈爾濱[ɕiɛ]等7個點。

J 組：蟹攝開口二等去聲卦韻見紐「懈」

「懈」的讀音

[ɕiɛ]　　揚州、濟南、神木、合陽

[ɡɑ]　　上海、杭州、寧波

[ɕiɑi]　彭州

[hɛ]　　瑞金

[ɡa]　　天台

[ɦa]　　天台

[xai]　　撫州、水富、安鄉、宜昌、丹寨

[ɕiæi]　水富

[ɕiai]　平利、文水

[ɕi]　　和順

[ɕiei]　祁縣

[xE]　　神木

聲母濁化為[ɡ]的單元音韻母有後化趨勢，天台[ɡa]　⟶　上海[ɡɑ]。擦音化為[x]的單元音韻母只有高化的[E]，復元音韻母保持[ai]的有撫州等 5 個點。聲母喉化之後韻母存在高化趨勢，天台[ɦa]　⟶　瑞金[hɛ]。

聲母齶化為[ɕ]的 6 個點，除彭州[ɕiɑi]韻腹後化而外，其餘韻母演化路線是：[ɕiai]　⟶　[ɕiæi]　⟶　[ɕiei]　⟶　[ɕi]。有的環節韻尾脫落，如揚州[ɕiɛ]等 4 個點。

三、結　語

綜合「某」、「畝」、「牡」、「茂」、「貿」的音變路徑，可推測一等唇音聲紐字對應的音節出現[-ŋ]尾的歷史層次：

1. 中古韻腹後高化導致韻尾弱化，以致丟失韻尾變為單元音韻母；

2. 後高元音前面帶出央元音或前元音；

3. 央元音或前元音繼續後高化；

4. 當韻腹是後半高圓唇元音時，韻尾[-u]會弱化為同部位鼻輔音。

三等唇音聲紐字對應的音節出現[-ŋ]尾的嬗變軌跡，以「謀」為例可作進一

步的分析。

「謀」在中古的音韻地位是流攝開口三等平聲尤韻明紐。現代漢語各方言「謀」的韻母有三類，第一類是單元音韻母，第二類是雙元音韻母，第三類是以後鼻輔音收尾的韻母，這三類音節的共同特徵是毫無例外地保持了中古明母。由此可知，在從中古到現代的一千餘年間，各個方言與「謀」字對應的音節處於強聲弱韻的生態運動中。音節內部由於聲母處於強勢地位而保持穩定，韻母相對削弱而不能不產生分化，換言之，韻母弱化是現代漢語諸方言韻母形態多樣的根本原因。

湖南婁底保持了中古三等韻的[-i-]介音。由於[-i-]的作用，影響到它後面的元音具有高化趨勢。[i]後的[ɤ]一旦高化為[ɯ]，則因[ɯ]是主要元音，[i]轉而處於弱勢。由於發音部位越是靠後的元音越是具有圓唇化的趨勢，因此：

[miɤ] —→ [miɯ] —→ [mu]，如太原、烏魯木齊、忻州、西安、洛陽、西寧「謀」的韻母都是丟掉了[-i-]的後高圓唇元音[u]。

後高元音[u]高到不能再高，它的前邊勢必帶出一個音色含混的央元音[ə]。這一音變現象可以普通話「露」的讀音為參證：「暴露」的「露」讀[lu]，「露一手」的「露」白讀為[ləu]。這樣：

[mu] —→ [məu]，如汝城、南寧平話即是。

[ə]成為主要元音，就與居於韻尾的[u]處於強弱拉鋸的態勢。當韻尾處於強勢，則韻腹[ə]受[u]影響而高化為[ɤ]或[o]，如天台、武漢；當韻腹處於強勢，則[ə]或低化或前化為[ɐ、ɛ、œ、a]，如柳州、福州、雷州、撫州、宿松。韻腹持續強化必然進一步削弱韻尾，最極端的後果是導致韻尾丟失：

[mɤu] —→ [mɤ]，如瑞金。[mœu] —→ [mœ]，如萍鄉。

當韻尾處於強勢時，韻尾[u]會推動[ə]高化為[o]，而[o]作為主要元音逐漸強化，則韻尾[u]相對削弱，直至丟掉韻尾：

[məu] —→ [mou] —→ [mo]，如揚州。

或者[u]轉變為同部位的鼻輔音：

[məu] —→ [mou] —→ [moŋ]，如畢節、巧家、潮州、武漢白讀。

[o]持續強化，就會：[moŋ] —→ [muŋ]，如泰興客話、水富。

這樣就可以清理出「謀」字所對應音節的生態結構從中古到現代嬗變的路

線：

[miɤ] —→ [miɯ] —→ [mu] —→ [məu] —→ [mou] —→ [moŋ] —→
[muŋ]

同樣是三等韻的「否」，現代方言沒有保留[-i-]介音。

因此，流攝三等韻讀鼻音尾字對應的音節從中古到現代生態結構嬗變的歷史層次是：

1. 韻母帶[-i-]介音；

2. 主元音高化丟掉[-i-]介音，韻母變為單元音；

3. 韻母由單元音變為雙元音，雙元音繼續後高化；

4. 當韻腹是後半高圓唇元音時，韻尾[-u]會弱化為同部位鼻輔音。

蟹攝開口二等牙喉音字對應音節的嬗變沒有流攝那樣複雜。

去聲怪韻匣紐「械」、上聲蟹韻匣紐「蟹」，這兩字對應音節的嬗變有兩種趨勢。

一是聲母清化為[k、k'、x、h]。韻母高化：

[ai] —→ [εi] —→ [ɔi]

韻尾脫落變為單元音韻母，韻腹持續高化：

前高化：[a] —→ [æ] —→ [ε]

後高化：[a] —→ [ɑ] —→ [ɔ]

再是聲母齶化為[tɕ、ɕ]，在介音[-i-]作用下韻腹持續高化：

[ai] —→ [iai] —→ [iæi] —→ [iεi] —→ [iei]

[iai]韻腹後化為[iɑi]，丟失韻尾高化為[iɤ]。有的環節會丟失韻尾，如成都的[ɕiεi]丟失韻尾變為哈爾濱、濟南的[ɕie]。如果不丟失韻尾，弱化的[-i]有可能變為同部位鼻輔音[-n]。

去聲怪韻見紐「介」、「芥」、「疥」、「界」、「戒」、「屆」，上聲蟹韻見紐「解」，去聲卦韻見紐「懈」等字的對應音節除保持[kai]的而外，音節的嬗變從中古到現代走著兩條路徑：

1. 保持[k]聲母的音節，韻母相對弱化：

[kai] —→ [kae] —→ [kεi] —→ [kɔi] —→ [kuε] —→ [kue]

有的音節產生[-i-]介音，如梅縣[kiai]，[-i-]介音使韻腹高化韻尾脫落，如瑞金[kiε]。

強化保持聲母必然使韻母進一步弱化，雙元音韻母的韻尾丟失變為單元音韻母，而且單元音韻母仍持續高化。

前高化：[a] ⟶ [æ] ⟶ [ɛ] ⟶ [E] ⟶ [e]

後高化：[a] ⟶ [ɑ] ⟶ [ɔ、ɤ]

這條路徑沒有產生[-n]尾的跡象。

2. 韻母弱化產生的[-i-]介音不但推動聲母齶化為[tɕ]，而且使韻腹持續高化：

[kai] ⟶ [tɕiai] ⟶ [tɕiæi] ⟶ [tɕiɛi] ⟶ [tɕiEi] ⟶ [tɕiei] ⟶ [tɕi]

以上每個環節都可能丟失韻尾。如[tɕiai]韻腹後化為彭州的[tɕiɑi]，韻尾脫落就變為上海、蘇州的[tɕiɑ]，[ɑ]受[-i-]影響就會高化為烏魯木齊的[tɕiɤ]。忻州的[tɕiæ]與萬榮的[tɕiE]，正是[tɕiæi]、[tɕiEi]韻尾脫落所致。同理，成都[tɕiɛi]韻尾脫落就會產生西安、哈爾濱的[tɕiɛ]，祁縣[tɕiei]韻尾脫落就會產生丹陽、太原的[tɕie]。和順的[tɕi]是高化到極端的特例。

除去[kai]、[tɕi]這兩種極端情況之外，中間每一個環節的[-i]韻尾都處於弱化狀態，理論上都有變為同部位鼻輔音[-n]尾的可能，然而，沒有發現相關材料。

四川話蟹攝開口二等牙喉音字對應音節的韻母有[ai、iɛi、iɛn、iɛⁿ、iɛ̃、iẽ、ie]，其嬗變路徑是：

[ai] ⟶ [iɛi] ⟶ [iɛn] ⟶ [iɛ^n] ⟶ [iɛ̃] ⟶ [iẽ] ⟶ [ie]

四川150個縣市中有112個仍然保持[iɛi]韻母，[-i]並沒有變為同部位鼻輔音[-n]，只有瀘州、青川、榮昌、仁壽4縣市才出現[-n]尾，僅占2.7%的比率，而且其他縣市韻腹持續高化，韻尾脫落，可見[-n]尾只是過渡性的偶然現象。聲母齶化，韻腹高化，韻尾脫落才是蟹攝開口二等牙喉音字對應音節嬗變的主流。

參考文獻

1. 李榮主編，《現代漢語方言大詞典》，南京：江蘇教育出版社，2002年12月。

2. 張曉山編，《新潮汕字典》，廣州：廣東人民出版社，2009年1月。

3. 楊紹林著，《彭州方言研究》，成都：四川出版集團巴蜀書社，2005年9月。

4. 蘭玉英等著，《泰興客家方言研究》，北京：文化藝術出版社、中國社會科學出版社，2007 年 12 月。

5. 劉澤民著，《瑞金方言研究》，北京：文化藝術出版社、中國社會科學出版社，2006 年 12 月。

6. 曾獻飛著，《汝城方言研究》，北京：文化藝術出版社、中國社會科學出版社，2006 年 12 月。

7. 明生榮著，《畢節方言研究》，北京：中國社會科學出版社，2007 年 11 月。

8. 唐愛華著，《宿松方言研究》，北京：文化藝術出版社、中國社會科學出版社，2005 年 7 月。

9. 戴昭銘著，《天台方言研究》，北京：中華書局，2006 年 12 月。

10. 傅欣晴著，《撫州方言研究》，北京：文化藝術出版社、中國社會科學出版社，2006 年 12 月。

11. 張燕娣著，《南昌方言研究》，北京：文化藝術出版社、中國社會科學出版社，2007 年 12 月。

12. 盧繼芳著，《都昌陽峰方言研究》，北京：文化藝術出版社、中國社會科學出版社，2007 年 11 月。

13. 盧開碟、張菁著，《水富方言志》，北京：語文出版社，1988 年 9 月。

14. 應雨田著，《湖南安鄉方言》，北京：中國社會科學出版社，1994 年 3 月。

15. 劉興策著，《宜昌方言研究》，武漢：華中師範大學出版社，1994 年 12 月。

16. 周政著，《平利方言調查研究》，北京：中華書局，2009 年 4 月。

17. 李永延著，《巧家方言志》，北京：語文出版社，1989 年 9 月。

18. 田希誠著，《和順方言志》，北京：語文出版社，1990 年 5 月。

19. 胡雙寶著，《文水方言志》，北京：語文出版社，1990 年 5 月。

20. 楊述祖、王艾錄編著，《祁縣方言志》，太原：《語文研究》編輯部，1984 年 5 月 25 日。

21. 邢向東著，《神木方言研究》，北京：中華書局，2002 年 11 月。

22. 邢向東、蔡文婷著，《合陽方言調查研究》，北京：中華書局，2010 年 7 月。

23. 黔東南州地方志辦公室編著，《黔東南方言志》，成都：四川出版集團巴蜀書社，2007 年 1 月。

定稿於 2021 年 12 月 25 日。

語言文學研究

生態語言系統說略

　　我們正走著一條艱難的路。無論是傳統的語文學研究方法，還是近代西方語言學的研究方法，都無法克服漢語研究中碰到的重重困難。看來，我們不能僅僅習慣於繼承傳統，而更應當致力於豐富傳統。我們不但應當運用語言學的方法來描寫和分析語言，還應當借鑒和運用其他非語言學科的原理和方法來考察和解釋語言。正是在這個意義上，我們把生態學的基本原理與語言學相結合，從系統的生態學角度重新認識語言，研究語言。

　　鑒於長期以來把語言系統作為一個靜態封閉體系進行純語言研究所帶來的種種桎梏和疏漏，考慮到語言系統與自然界、人類社會，與作為語言創造者、使用者和改造者的主體——人的複雜關係，我們認為把語言孤立起來，就語言研究語言是違反語言本身的實際情況的。世界上並不存在孤立的語言系統，任何語言都置於一個與它緊密聯繫，相互作用，不可須臾分離的生態環境之中。語言與它所處的生態環境構成生態語言系統。

　　生態語言系統是在一定時空條件下存在的語言元素，通過人群主體與周圍環境進行物質能量信息交換，相互作用，相互依存而構成的動態有機系統。系統的時間維規定了自然語言的線性不可逆性，系統的空間維限定了語言存在的歷史地域性，系統的動態性質則揭示了自然語言的可變性。自然語言是主體和客體相互作用而產生於特定生態環境中的一種時空結構，是人群主體進行交際的主要信息載體系統和手段。

生物系統的生存，離不開同自然環境的物質能量信息交換。語言系統則是比生物系統處於更高層次的系統，它不僅依賴於自然環境條件，而且依附於人類社會環境條件，尤其直接被人類群體系統運用傳播，在不停的言語運動中與環境進行物質能量信息交換，不斷更新自身的成分和改善現存的生態結構。因此，離開了人類社會，就無所謂語言。生態語言系統的基本結構關係如圖1所示。

圖 1

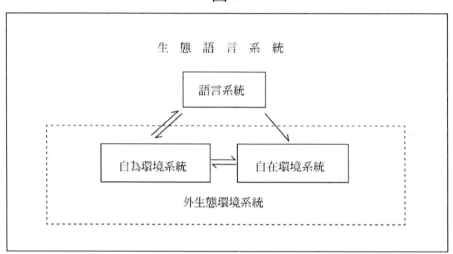

語言的外生態環境包括自然環境、社會環境、文化環境和人群系統。前三者合稱為自在環境，後者稱為自為環境。這兒的「自在」和「自為」，只是用來區分環境系統中的兩種不同類型，並不具有嚴格的哲學意義。語言的內生態環境是對任一語言單位而言，語言系統內的其他單位及關係都是這一語言單位的內生態環境。

圖1中的箭頭表示能量信息的流動方向。從這個示意圖可以看到：自為環境系統從自在環境系統取得能量和信息，以維持自身的生命活動和社會活動，反過來又作用於自在環境，促進自在環境系統的有序化。另一方面，自為環境系統還直接供給語言系統維持動態有序結構的能量信息。語言系統除了接受能量信息以保證自身的運動有序以及不斷自我更新而外，並在自為環境中傳播信息，反作用於自為環境，同時在信息傳播過程中不斷向自在環境耗散能量。自然語言是一個高層次的建構於人群之上的系統，它不能直接從自在環境獲得能量信息，而必須靠自為環境系統充當能量信息傳輸的中介。因而語言系統對自在環境的反作用也是通過自為環境來實現的。語言系統、自為環境、自在環境

之間能量信息的流動傳輸，把三者聯結成為一個相對完整的生態信息系統。去掉了其中任何一個環節，這個系統就會解體。傳統的語言研究工作由於侷限在語言系統這一個孤立的環節上，忽視了語言的外生態環境系統，特別是沒有把自為環境的能動的中介作用提到應有的地位，所以研究工作必然受到嚴重束縛。生態語言系統的基本結構層次可以用圖2的金字塔形來表示。

圖2

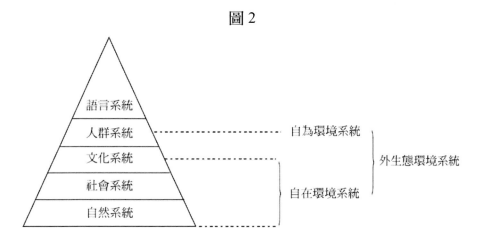

語言系統是由語音結構、規則結構、語義結構三個子系統構成的。自為環境即人群系統是由人群的軀體結構、生命結構、心理結構三個層次所構成的。人群的心理結構又是由個人心理、小團體心理、大團體心理三個層次組成。大團體心理是人群心理的一個宏觀層次。這個層次由低到高可分為地域心理、社群心理和民族心理。地域心理是受地理環境因素制約的歷史形成的心理結構，由根深蒂固的地域觀念形成的心理特質。一般情況下受社群心理和民族心理抑制，在特定條件下它可以超階級，超民族。社群心理是受經濟地位、階級觀念、團體傳統等等因素制約的集團心理。通常情況下它是超地域的，特定條件下它可以超越民族心理。民族心理是由民族在社會大系統中所處的地位、歷史形成的民族傳統、以及民族觀念等制約的心理結構。它通常是超地域、超階級的。在這些所有的層次中，還可以根據這些人群的年齡、職業、知識結構的不同，劃分為更細的層次。小團體心理結構是大團體心理結構與個人心理結構之間的中介結構。這個結構的運動變化遠比上下兩個層次生動活躍，因此它是生態語言學研究的重點層次。大團體心理結構相對保守，穩定，小團體心理結構則處於經常的建構之中，它包括個人之外，低於大團體結構的一切人群的心理結構。小到夫妻、朋友、同事、路人……，任兩人長期或臨時構建的團體心理

結構，大到十幾人、幾十人構成的長期作業班組、生產隊、家庭、家族，或成百上千的人召開會議臨時構成的心理結構。在小團體結構中，人主要以個人直接接觸的形式發生關係，這就構築了探索個人心理與大團體心理相互聯繫的橋樑。

所謂語言系統通過人群系統為中介與自在環境發生關係，實際上是以人群的心理結構為過濾器。因為並不是自然、社會、文化的任何信息都能傳輸給語言系統。語言系統對自然、社會和文化的反作用也只能依靠人群來實現。這一切統統都要經過特定人群的心理結構進行過濾、篩選、加工、放大，然後再付諸實施。心理結構的這些複雜功能，是因地域、社群或民族的不同而各異的，同時也是依這些人群的生理素質、所處的自然、社會環境，歷史文化背景等不同條件而各具特色的。人群的心理結構系統是一個一個具體的人的心理結構的合力（並不是每個人心理狀態的代數和）。個人心理結構是人群心理結構的微觀層次，它是由潛意識結構、認知結構和評價結構三個層次所組成。潛意識結構是認知結構的動力和泉源，是心理結構最基礎的層面。認知結構包括非理性認知和理性認知。非理性認知指直覺、靈感和頓悟，理性認知指感知、印象、判斷。理性認知對環境信息不僅有分析加工綜合處理的功能，而且有定向選擇功能。評價結構是個人心理結構系統的最高層面，它包括價值評價、情感評價和審美評價。人的心理結構系統對語言系統有著潛移默化的深刻作用，在動態的言語鏈中這種作用更為明顯。國外語言學者意識到人的心理因素對語言系統的影響作用，比較重視心理語言學的研究，但他們把重點放在語言的習得和語言與大腦機制的聯繫方面。至於在語言和言語現象的解釋方面，對心理學原理的運用則嫌不足。國內學者把漢語同心理學結合起來進行研究的更是寥若晨星。對於「恢復疲勞」、「養病」、「吃海碗」之類符合語法規則而違反語義邏輯的常見言語現象，一律視為「約定俗成」而不予深究。對「一匹馬騎兩個人」、「這鍋飯吃十個人」則採用轉換生成的語法模式，將其與「兩個人騎一匹馬」、「十個人吃這鍋飯」等量齊觀。至於漢語中為什麼會產生這種現象，卻沒能提出令人信服的解釋。

近年來對句子成分的分析，普遍注意到了句子與語境的關係，但這裡的「語境」往往是「上下文」的同義語。「上下文」僅僅是語句的內生態環境的

一部分，對一句話除了考察它在整個語段中的生態地位而外，還應當注意到複雜的外生態環境對語句結構關係和意義的制約。進一步還應當考究作為言語控制主體的人的心理結構對句子的制約。

長期以來我們過分強調語言的客觀性，這就造成了一種錯覺：似乎作為主體的人在語言面前只能是奴隸，一無可為。其實世界上並沒有絕對客觀或絕對主觀的事物，所謂客觀實質上是主客觀的隨機選擇和融合。生態語言學重視和強調特定條件下人這一主體的能動作用對語言元素和語言系統的影響，辯證地看待語言系統的宏觀相對穩定性和言語系統的微觀絕對變動性。語言系統的宏觀相對穩定是趨於平衡的動態穩定，它本身也在運動變化。用時間尺度來衡量，整個語言系統的變化是漸進的。語言發展的規律性也只是相對的。從來沒有不可逾越的語言規律，也從來沒有一成不變的語言規律。語言科學工作者不應當只滿足於描述現象和規律，還應當致力於科學地解釋現象和規律，尤其是那些比較複雜、比較特殊的現象和規律。

根據上文的分析，我們可以用圖 3 進一步標明圖 1 中各系統的內部結構（圖中箭頭表示能量信息的流動方向）。

圖 3

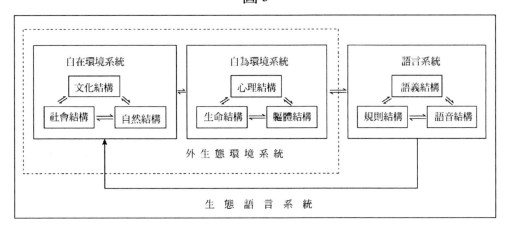

這樣，不難發現，生態語言系統內部的三個子系統存在著層次上的同構關係（如圖 4，圖中虛線表示同構層次對應關係）。

自然結構包括一切自然景觀和人為景觀、生物與非生物客體及其相互聯繫的規則，它的信息形態與人的軀體結構和語言的語音結構相對應。社會結構是建構於自然結構之上的層次，它包括國家、民族、社團形式及其相互關係網絡。它與人的生命結構和語言的規則結構相對應。文化結構是由各種意識形態、科

學藝術等知識體系及其相互關係組成的高級系統，它與人的心理結構和語言的語義結構相對應。

圖 4

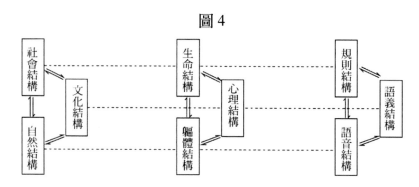

每一子系統作為整體來看，它都具有相對的穩定性和獨立性。它處於與其他結構的永恆聯繫與作用之中。在母系統中，它只是一個動態發展的層次。系統層次間的相互作用，表現為信息的傳輸與轉換。信息由較低層次轉換到較高的層次時，信息的形態就發生了質變，獲得了新的特徵，這就意味著系統成分的更新。系統必須不斷從環境獲取負熵並耗散正熵，才能維持自身的有序。一旦正熵大大超過負熵，系統的功能就會失常，進而威脅到結構的存在。一般情況下，系統具有自調功能，足以調節自身與環境的關係，通過獲取負熵即吸收新信息來消除無序，維持系統的有序。結構愈精密、功能愈高級的系統，一般自調功能較強，因而生命力也較強。但系統的自調節能力並不是無極限的。這個極限，生態學上稱為閾值（threshold）。

過去的語言學研究，長期沒有意識到或沒有重視這樣的事實：即語言既非從來就有，也不可能永世長存。從生態語言學的觀點看，語言系統能否長期生存不僅僅取決於自身。我們只要看看整個生態語言系統的構架就會知道，作為語言系統底層結構的人群結構、文化結構、社會結構、自然結構之中，只要任一結構發生故障，都會形成對語言系統的威脅。固然，語言系統不會因為社會革命（社會結構模式的改換或進化）而產生革命，但社會革命必然對語言系統發生重要影響。假如社會系統不是改換，而是徹底崩潰，那後果將會怎樣呢？我國歷史上党項人建立的西夏王朝，文化發達。但由於王朝的崩潰，社會結構解體，党項族被他族同化，党項族的語言系統也就失去了生存環境。

假如改變文化結構，能否導致語言系統的興衰呢？回答是肯定的。基於這一點，現代文化結構的構建，必然要求在全國推廣普通話。但是，文化結構的

改變，絕不是一個小的時間尺度。因此，指望推普、簡化漢字在一個短期內取得成效是不切實際的。漢語各方言也不會因為推普而自然消亡，因為方言並非孤立存在的系統，它們也同樣各自處於特定的複雜的生態語言系統之中。除了語言系統本身的因素而外，促進方言同化於共同語的根本途徑在於調節和改善方言區域的社會結構、文化結構以及方言區人群的心理結構。

語言系統閾值的大小取決於系統本身結構功能的成熟性。語言系統是否成熟，成熟到何種程度，由社會系統、文化系統、人群系統等因素制約。愈是高級愈是成熟的語言系統，其結構愈科學，功能愈精密，穩定性愈佳，對外界干擾或衝擊的抵禦能力就愈大，對環境的應變能力也就愈強，即閾值較高。反之，一個處於低級狀態的語言系統，其閾值就較低。這種系統抵禦能力較差，比較容易被其他語言系統同化。外來力量的衝擊一旦超過其閾值，就會使該語言系統受到嚴重破壞，直至崩潰。

這樣看來，語言系統無所謂優劣的流行說法是值得斟酌的。應該指出，所有的現存語言並不都是與社會、文化結構完全適應的。如果語言系統盡善盡美，語言也就不存在進化問題，作為語言系統與自在環境系統的中介的人群主體也就沒有必要對語言進行規範化，更沒必要進行文字改革。但是，不能否認，具有文字符號系統的語言較之沒有文字符號的語言、現代語言較之原始語言，前者顯然精密度高。最保守的看法，語言起碼存在低級和高級之分。語言系統的「級」，體現於生態語言系統之中。性質完全不同的語言系統之間由於參照系不同，不能牽強比附。

生態語言系統的各個子系統，還分別與系統本身形成同構（如圖5）。由於生態語言系統的各子系統都與系統本身形成同構，各子系統的相應層次之間也存在同構效應，使得整個系統的穩定性和自調功能大大增強。由於信息的同構轉錄，又使得系統在一旦解體的時候，各子系統有著很強的再生修復功能。語言系統格局為什麼變化緩慢？為什麼任何語言系統都有頑固的排它性？這些問題運用生態語言系統的理論可以作出科學的說明。由於語義結構與心理結構、文化結構存在同構關係，所以對現實中的複雜言語現象僅靠語義邏輯關係遠不能予以深刻的揭示，而需要透過言語的語義關係進一步從人群系統的心理結構、歷史形成的文化結構等方面進行闡釋。

圖 5

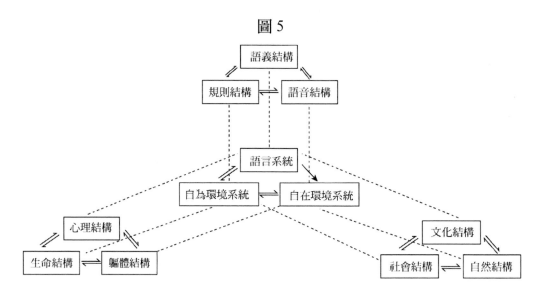

根據以上分析，我們可以總括出生態語言系統的如下特點：

一、整體穩定性　生態語言系統作為一個整體結構具有宏觀穩定性。只要具備人類社會所依附的自然結構，只要存在社會結構和在此社會中活動的特定人群，遲早就會產生與之相應的語言系統。語言系統一旦作為文化結構之上的一種高層次結構與整個系統的各個層次發生有機聯繫，它就形成一個相對穩定格局，與其他層次相互作用、相互依存，共同構成完整的生態語言系統。這種系統的子系統之間、子系統的相應層次之間、子系統與母系統之間相互同構。從而具有明顯的穩定性和排它性。

二、動態相關性　生態語言系統處於永恆的運動變化之中。系統不停地與大環境（包括其他生態語言系統）進行信息交換，不斷從外界獲取能量以維持自身有序化。一方面，系統與大環境息息相關，另一方面，系統內各元素相互作用，相互協調。各子系統高層次與低層次信息互通，各子系統相互同構的層次之間信息互通，各子系統與母系統信息互通。整個系統內部形成信息的網絡通道。研究系統中的某一環節必須考慮相關因素。去掉系統中某一環節，信息通道斷絕，系統格局就會瓦解。因此，決不能孤立去研究其中任一元素。

三、自調進化　生態語言系統是一個具有自調節機制的開放系統，同時又是一個耗散結構。隨機的漲落提供系統演化的多個方向，而進化方向是由系統和環境的相互選擇決定的。漲落可以產生多個宏觀有序結構，在特定環境下選擇結果能夠保留下一種結構或出現多種結構共存的局面。就語言系統而論，也可看作一個耗散結構。語言系統內部的語音結構、規則結構、語義結構同樣可

以看成在特定條件下的耗散結構。每種結構都存在多個進化方向。對於語言系統來說，漲落機會存在於言語運動之中。因此語言系統是通過人群主體在不斷的言語運動之中與環境相互選擇，自調進化的。生態語言學認為語言與環境相互選擇、協同進化的機制是信息的反饋。

原載杭州大學《語文導報》，1987 年第 10 期。

漢語規律的探索
——語言與生物生態學的新綜合

　　漢語這條古老的生命之河，在東方大地上曾經默默孕育過燦爛的古代文明。西漢時期，中國便有了《爾雅》、《方言》這樣系統研究漢語詞彙的專著。兩千年來，在與西方世界幾乎完全隔絕的環境裏，中國學者逐漸形成了一套有特色的研究漢語的傳統方法。但在長期的封建社會裏，漢語語言學（語文學）主要充當了經學的附庸，在實踐和理論的研究方面，都沒能取得重大突破。

　　近代西方語言學的三次革命，給漢語傳統研究方法注射了新鮮血液。近年來，國外實驗語音學、神經語音學、心理語言學、認知語言學、社會語言學的不斷崛起，標誌著當代語言研究已經深入到語言的物理、生理、心理、社會屬性等各個方面。研究領域在不斷拓展，研究方法在不斷更新。漢語語言學這一古老而富於民族特色的學科，面臨著新領域、新方法的挑戰。以新的目光，新的手段，窮究漢語的奧秘，系統探尋漢語的運動規律，已經成為中國語言工作者迫在眉睫的任務。

　　自十九世紀歷史比較語言學的創立，語言研究就與生物學結下了不解之緣。近百年來，生物學有了長足的進展。微觀方面，細胞生物學、分子生物學已在細胞、分子水平上探索生命現象的秘密；宏觀方面，生物生態學則在種群、群落、生態系統，乃至生物圈水平上揭示生命系統的奧妙。生物學的不斷突破，

給漢語研究提供了極好的借鑒。可惜，我們曾一度在批判施來赫爾等人把語言本質定義為自然現象的同時，連小孩帶髒水一同潑了出去，在現代生物學不斷取得的新成果面前躑躅逡巡，不敢越雷池一步。

然而，歷史在前進，科學在發展，多學科多方向的交叉滲透，已經不是什麼新鮮的事情。今天的漢語研究，應當和現代生物生態學重新攜起手來，用當代語言學和生物生態學的最新研究方法來研究漢語。這樣的一門新學科，我們稱之為生態漢語學。

生態漢語學研究漢語語言系統的各元素（或各層次的子系統）之間、元素（或子系統）和系統之間、語言系統之間、語言系統與外生態環境之間的種種錯綜複雜的相互關係及其相互作用的機理，從而揭示漢語語言系統發展變化的運動形式和基本規律。

語言結構各個層次水平上的構成元素（或子系統）必定存在於一定的環境中。語言與環境是密不可分的。任何將語言元素與特定環境割裂開來的觀點，都不是生態語言學的觀點。

語言元素與特定環境共同構成生態語言系統。生態語言系統是：在一定時空範圍內存在的語言元素，通過與周圍環境的物質能量信息交換，相互作用相互依存而構成的生態系統。系統的時間維規定了自然語言的線性不可逆性；系統的空間維則規定了自然語言存在的特定環境和地域性；系統的動態性質揭示了自然語言的可變性。任何語言系統都有它自身的運動形式、運動規律以及生存的特定時間和空間。語言是一種時空結構和信息載體系統。

目前，我國語言學界一般認為，漢語語言系統是由語音、語義、語法三個子系統所構成，每個子系統又由若干語言元素構成。其實，這個所謂傳統的構成模式，也是近代西方語言學影響的結果。儘管如此，不能否認中國歷代的語言學家們正是首先從語義，然後從語音，最後到語法，逐步形成了自己富有民族特色的研究體系。因此，借用這個傳統模式來研究生態漢語系統，來探尋生態漢語系統在歷史進程中的運動發展規律，是比較符合漢語的實際情況，比較能夠體現漢語研究的傳統特點的。不過，應當指出，這樣的劃分是人為的。漢語並不存在什麼孤立的語音系統、語義系統或語法系統。

漢語語言系統之所以是一個生態系統，正是著眼於系統各個結構層次上的元素（或子系統）之間的相互作用和有機聯繫，著眼於系統與環境的整體相關

性和自調節機制，著眼於它是在漢族人民口頭流動的活的語言系統。語言系統各層次的結構決定它的形態和功能。語言的所有表現形態，都可以看成是它的生存形態（傳統的所謂「形態」，僅是生存形態的一種形式），簡稱生態。語言一旦喪失其生存形態，語言自身也就不復存在了。

生態語言系統絕不是一個封閉的靜態符號系統，恰恰相反，生態語言系統是一個與環境有著物質能量信息交換的、具有自調機制的動態開放系統。

生態語言學重視系統各個層次上的語言元素與環境的密切聯繫，這就足以消除以性質迥異的語言元素類比生物體所易於帶來的誤解。一旦把語言系統放到人類社會的大環境中進行考察，語言作為社會現象的生態，作為傳輸和反饋信息的功能，在這一層次上就得到了充分的體現。這樣，心理語言學、認知語言學、語用學、社會語言學所研究的內容，從宏觀上來說，都有可能納入生態語言學的研究範圍。這就為語言研究的多維聯繫與融合開闢了前景。

生態語言學注意到現代生物生態學協同進化論的興起，注意到「他感作用」對生態系統發展變化的重大影響。協同進化理論在語言學領域的應用推廣，將使我們相信世界上任何一種現存自然語言都在不斷進化。人類社會在進步，與人類社會密不可分的語言也在進步，在發展。從宏觀上看，語言的發展是漸進的，它雖然不會因社會革命而爆發革命，但它與社會大環境必然互動協調。因此，漢語的發展前景是令人樂觀的。

生態語言學認為，生態語言系統進化發展的過程，也就是系統內部各元素相互矛盾彼此協同的過程。沒有矛盾，不成其為系統。沒有協同，不能使矛盾雙方在新的基礎上達到統一，系統也就不可能進化發展。就漢語語音生態系統來看，黃典誠先生曾經指出，從《詩經》時期到《切韻》時代，漢語音節內部存在著強弱不同的矛盾運動。矛盾鬥爭的結果，有如細胞的裂變，漢語音節出現了強聲弱韻、弱聲強韻兩種情況。到陸法言時代，漢語音節數量和種類都已大大增多，依據音節裏聲母韻母的不同性質劃分出來的聲類和韻類也就遠比《詩經》時代多得多。這種分析是符合漢語語音演進的歷史事實的，也是符合生態語言學的協同進化觀的。根據這個觀點，可以比較令人信服地解釋從上古到中古一音何以分化為四等的音韻學難題，可以說明《切韻》音系中出現的重紐問題。

生態語言學認為，語言系統是一個不斷進化的活的有機整體，它必須不斷地吐故納新，不斷與環境發生物質能量信息交換，才能維持其穩定有序狀態。可見，語言又是一個遠離平衡態的開放體系。因此，耗散結構理論的某些基本原則適用於生態語言系統。

這樣，作為生態漢語系統的形式系統——漢字生態系統的某些古老難題，也就有了解答的可能。人們常常為漢字體系中存在眾多的異體字、俗字、古今字而大傷腦筋，對文字形體的歷史沉積和不斷創新感到困惑不解。這個問題似可用數學的分支點理論來揭開謎底。一般說來，當影響漢字體系的某個參數值超過某一特定值時，就會出現分支，得到三組解。當參數大到一定值時，又會出現分支，又得到三組解。參數值不斷增大，分支解不斷出現。假定環境選擇的結果，向上的分支解是正字，向下的分支解是與正字並行的異體字、俗字，介於上下之間的解是被環境淘汰的不穩定字形。那麼，隨著影響漢字體系的參數值不可逆正向增加，漢字體系字形的進化在理論上可以是無窮盡的。事實上，由於社會結構的制約力，生態語言系統中其他子系統與生態漢字系統的彼此矛盾協同，漢字系統自身存在著自調機制，從殷商時代到本世紀四十年代，漢字的形體雖然歷經甲骨文—金文—小篆—隸書—正楷等階段，卻一直囿於語素文字的框架，未能取得實質性的突破。

建國三十多年來，神州大地上風起雲湧的社會改革風暴，極大地改變著社會結構框架，改變著社會環境的構成因素。隨著電腦時代的來臨，漢語語言系統承受著時代的壓力，環境的壓力。作為漢語書面形式系統的漢字體系，首先面臨嚴峻的挑戰。

兩千年來，生態漢字系統為中國古代封建社會的大環境所桎梏，始終未能演進為表音文字系統，但這並不意味著漢字生態系統的凝固。根據生態系統的相關性原則，系統內某一成分的改變必將引起相關成分的變化。中國社會環境的偉大變革，或遲或早必定引起生態漢字系統成分的變化。語言工作者的任務是洞察其變化的規律，根據規律引導變化，而不是違反規律阻止變化。當前正在進行的漢字簡化工作，正是順應漢字體系的運動規律所採取的積極穩妥措施。

近年來，分子生物生態學在分子水平上闡明的中性突變進化學說，為漢語生態語言學的研究提供了有益的思考。語言中非區別性特徵的存在，同一音位

中條件變體、自由變體的存在，詞義模糊集的存在，同一語段多義性（歧義性）的存在……這些撲朔迷離的語言現象，應用「中性說」的基本原理，有可能得到科學的闡釋。

原載鄭州大學《大學文科園地》，1988 年第 3 期。

語言新論

一、生態語言系統

探討語言問題侷限於從語言本身尋求答案，是把語言孤立起來進行純語言研究造成的後果，這就勢必留下很多難以解決的矛盾。有的學者喜歡用「約定俗成」來應付說不清楚的問題，但問題仍然存在。不妨這樣設問：特定的語言現象為什麼要這樣「約定俗成」而不會那樣「約定俗成」呢？生態語言學認為任何語言現象都不是無緣無故發生的，一定有其深刻的原因。這種原因如果不在語言內部就一定存在於與語言密切聯繫的環境之中。語言是人與環境相互作用的產物，語言從產生起就注定與環境同在。沒有脫離環境的語言，也沒有抽象的環境。語言與它所在的環境整合為生態語言系統。

生態語言系統由三個子系統構成，這就是語言系統、自為環境系統、自在環境系統。自為環境指人群系統，它是一種特殊的環境，與其他環境相較，自為環境具有能動作用。人群是創造、運用、發展語言的主體，但在這個生態系中是中介環節。因為它一方面從自在環境汲取能量信息，同時自身不斷產生新信息，並把各種信息進行篩選加工輸入語言系統，使語言系統獲得足夠的新陳代謝所需的能量信息；另一方面人群又運用語言系統作功，語言系統在人群中傳播信息，對人群系統的能量信息進行調整和重新分配，並通過人群系統對自在環境作功，使自在環境趨於有序化，反作用於人群自身以及自在環境。人群

實際上成了生態語言系統的能量信息的分配中樞和轉運站。但人並不是消極機械地處理能量信息，而是主動積極的，因而具有創造的能動性。這就必然對語言系統和自在環境產生不同程度的影響。因此，研究語言卻企圖避開使用語言的人群，是無法真正解決語言問題的。自在環境有三個層次，由低到高為：自然結構、社會結構、文化結構。這三個層次既可互相整合而對語言發生作用，也可在特定條件下作為相對獨立的系統對語言發生影響。

現代語言學正從純語言研究走向綜合考察。社會語言學注意到特定社會結構與語言的相互作用，近年來，有的年輕學者把目光轉向民族文化，提出「文化語言學」。從生態學觀點看，自然、社會、文化、語言都是一個生態系的不同層次，從特定層次出發的確能成功地解決一部分語言問題，但每一層次都有它的侷限。語言問題的最終解決，需要從宏觀到微觀，從歷時到共時進行全面的綜合觀照，把自然、社會、文化、人群、語言作為一個完整的生態系來考察。而生態語言學能夠為語言現象的科學闡釋提供較為適合的理論框架。

生態系統構成的根本原則是，各元素必須相互依存相互作用，共同發揮整體功效。在生態語言系統中，各元素的相互關係正是如此。自然結構是任何社會結構產生的物質基礎，也是人群立腳的根本所在。文化是一定社會的文化，語言是一定文化背景下的語言。自然結構的破壞會引起社會、文化結構的衰退和消亡，也會威脅人群的生存。沒有人群，沒有文化，也就談不上語言。語言的發展會促進文化的繁榮，文化的昌明會帶來社會的興盛。人類社會的進步能改善自然結構。其中任一元素的變化，都會影響到其他元素。元素與元素之間的相互制約，維繫著整個大系統的生態平衡。各元素之間的這種生態關係，是構成生態語言系統的生態學基礎。

生態語言系統存在的物理學基礎是，各元素之間能量信息的流動傳輸，構成一個相對完整的通路，保證了生態系生存發展所需能量信息的輸入和更新。能量信息的流動傳輸、新陳代謝，是具有自組織自調節功能的開放系統的標誌。語言系統所需的能量來自人群系統，人群系統的能量來自自在環境的自然結構。人群活動及語言系統運動又將能量釋放作功，回歸自然。人群把來自自然界、社會和文化的各種信息經過處理傳輸給語言系統，語言系統承載的信息也由人群在社會中傳播，對自然、社會、文化以及人群自身進行反作用。這樣，信息就在語言、自在環境、自為環境三者中形成聯結紐帶，維繫著

整個生態語言系統的相對穩定和發展。

從生態語言系統的結構看，每個子系統都相互形成同構，每個子系統還與母系統形成同構。同構層次之間相互聯繫相互影響，每一子系統從低到高各個層次之間也相互聯繫相互影響，這樣，就為語言現象的闡釋提供了多條途徑多種視角。如果我們試圖說明某一語義的問題，根據生態語言系統的結構聯繫，就可以既考慮到語義系統本身對某個語義的限定，又可考慮到規則系統、語音系統與語義問題的關係，還可考慮到社會文化結構以及人的心理結構對語義的影響。就語義講語義不能解決的問題，可以放到更廣闊的背景中去考察。從動態角度看，共時難以解決，可以歷時為參考，反之亦然。僅從共時平面看，本系統難解決，相關系統可作參考。例如劉向《說苑》記載的越人歌，以漢語語音系統來界定難以破譯語義。韋慶穩先生根據春秋時代楚國自然結構與現代環境的對照，推斷當時歌者應是今壯族人的祖先，而以古壯語來參破，效果比較理想。這就是把共時與歷時相結合，將自然系、社會系、文化系加以綜合比較來研究語言的生態學方法。

生態語言系統內部的各個子系統之間既相互整合，也相互選擇。一定的自然結構能夠承受人類社會的開發，但並不決定性地歸結為某一種社會結構。特定的自然結構之上可以構建無論什麼模式的社會結構。同理，特定的社會結構要求產生與之相適應的文化結構，但不能決定性地歸結為某一文化結構。我們同樣不能認為特定文化背景之下只能容納某種或某幾種語言。語言與文化存在相互調適關係而不是相互決定關係，生態語言系統的各子系統，一方面相互整合維持穩定，另一方面相互選擇尋求優化。不但是子系統可以與其他生態系的子系統發生關係重新整合，語言系統的語音、語義、規則系統在特定條件下也可能與其他語言的子系統選擇整合為新的語言系統。丟掉機械決定論的僵死教條，我們根據生態系的選擇原則可以解釋這樣一些特殊的語言現象：混合語問題；一個民族不放棄自己的文化傳統卻放棄本族語採用他語問題；落後的社會結構之上存在先進的文化和語言，先進的社會結構而文化、語言落後，等等。有人認為漢語落後，論據之一是中國社會長期停滯落後；有人主張漢語先進，論據之一是漢語生命力和同化力強。漢語既然能同化滿語，為何未能同化列強的語言？反而在上海灘產生了「洋涇浜」英語呢？語言既然無高低優劣之分，何來先進與落後？要論語言的先進與落後究竟以什麼作標準？社會或文化背景

能判定語言高下嗎？什麼叫生命力強，憑什麼判定語言生命力的強弱？現行語言理論不能回答這些問題，運用生態語言系統理論能夠把一些混淆不清的疑團分析得比較清楚透徹。

二、語言生態位

語言生態位提出的事實基礎是複雜多變的環境產生千姿百態的語言，語言與環境的關係直接與語言的功能狀態相聯繫。功能觀念是生態語言學的基本觀念。對特定語言各種不同層次不同地域不同場合不同人群等等不同條件下的功能狀態的考察，是對語言結構、語言規律進行本質認識的依據。功能狀態的不同，表明語言與環境的作用方式和作用力強弱的差異，並且表現為生態形式的差別。不同環境與語言成分的相互界定，規定了語言的生態。以特定生態形式存在的語言成分在具體的言語活動中，隨機產生了不同的言語變異，言語變異的程式化和凝固，形成語言變體。不同的語言變體有著不同的功能。為便於深入考察這些語言變體在與多種因素的作用中實現自身功能的途徑、手段、目的，進而探索其運動發展的規律，我引入生態位概念，並把語言生態位定義為具有一定時空分布的語言變體與一定環境因素共同構成具有一定等級或取向的功能整合體。

語言生態位與生物生態位有如下區別：A. 語言生態位考察的是語言變體和環境，是超有機體的動態單位與環境的相互關係；生物生態位的考察對象則是生物種群或個體，是自然界的生命有機體。B. 語言變體與環境因素相互限定，一定的語言變體離開了一定環境因素就喪失其功能，沒有一定的環境就不會產生一定的語言變體，既成的語言變體一般不能出現於另外的環境類型。生物種或個體與環境之間存在「任職者」與「職業」關係，任職者有一定的選擇與離棄職業的自由。C. 語言生態位在通常條件下可以互相包容互相滲透，這是環境的多維作用所致，語言生態位之間既存在競爭分化，也存在協同融合。生物生態位在資源充足條件下的重疊不會導致競爭，但在通常條件下生活在一起的不同種必須具有自己獨特的生態位。D. 語言生態位與功能狀態相聯繫而存在等級水平差別，並有其運動的取向。生物生態位是一種生物學範疇，不存在主動的價值取向。當代生態學也沒有明確提出功能級概念。

世界上所有的語言或語言成分都可與特定環境整合為一定的生態位，這種

整合體本身既可以有複雜的層次結構，也可以不具備或不考慮層次結構。一個音素與特定條件相整合可以構成生態位，一種地域方言與特定條件相整合也可以構成生態位。衡量生態位的標準不在於系統性而在於語言或語言成分在一定環境條件下的時空分布狀況，具有共同時空分布的語言或語言成分，處於同一的生態位。具有相同生態位的語言或語言成分，既存在競爭分化，也可能長期共處，還可能協同融合。生態語言系統是一定語言與一定環境的整合，因此，生態語言系統也是一種典型的生態位。生態位理論適用於生態語言系統。

由於語言或語言成分與環境作用方式的不同而形成的功能與生態形式的差別，可以按功能或形式特徵對各種語言生態類型進行深入考察。對語言生態類型的研究有助於對語言變體形成、運動、發展以及與語言系統變化發展的相互關係的揭示。生態位理論為功能級理論奠定了基礎。語言或語言成分在與環境的相互試探、選擇、整合過程中，不斷調節作用方式和生態形式，以尋求相互之間最適當的關係形式，這就表現為對最佳生態位的尋求。環境是變化發展的，它與語言或語言成分的關係也處於永恆的變化調整之中，因而語言或語言成分為著生存也不能不運動發展，並且在變化中總是受功能目的導引尋求與環境最大限度的適應，追求最佳生態位。生態位的運動取向和功能實質為語言進化和功能級概念提供了必要的前提。

三、語言功能級

現行理論認為語言沒有高低優劣的差別。語言巨匠薩丕爾在他的名著《語言論》裏認為「沒有一個民族沒有充分發展的語言」，而且認為最落後的南非布須曼語完全可以同法語相比。半個多世紀以來，全世界的語言學者對此深信不疑。世界著名語言學家李方桂先生在他的近作《語言學三講》中，雖然對文化不分高低優劣的觀點進行了撥正，但仍然認為語言無高低之分。

馬列主義唯物辯證法認為事物的差別是絕對的，同一是相對的，有條件的。語言無高低的看法既悖於常理，且不符合事實。事實上，世界各民族語言既不可能在地球上同一時刻產生，更不可能異地同步發展。各種語言的變化發展從古到今以至於將來，都是不平衡的。從來沒有、也永遠不會出現所有的語言發展水平一致同步的現象。人類語言的出現，並非如現行觀點認為的那樣是與人類俱來的。語言的產生必得以一定文化的發展水平為先決條件，

由於文化發展的不平衡，語言的產生和發展必有先後精粗之分，永遠不會停止在一個水平上。語言的出現是文化發展的一個里程碑。一個民族必有自己的文化，但不一定有語言，語言是文化發展到一定歷史階段的產物。現行觀點認為任何民族一定有自己的語言，否則就無法維繫整個社會，這只是主觀的假想。南美洲玻利維亞西部的克楞加－印第安族人是一個擁有四萬多人的部族，他們之中沒有一個人會說話，但仍以社會形式存在，仍有他們獨特的文明。〔註1〕根據目前學術界公認的材料，人類大約在三百萬年前就已出現，可人類大腦語言中心區的形成只不過才有三萬年的歷史。〔註2〕語言產生之前，人類仍然以社會形式存在，仍然創造著自己的文明。只是在語言產生之後，社會文明在語言的反作用下得以較快地發展，但不能認為沒有語言便沒有人類社會，沒有文明。語言假如沒有高低優劣的差別，也就無所謂發展，所謂「充分發展」也沒有一個衡量的標準。實際上，任何語言不僅發展水平不可能完全一致，而且現存的任何語言沒有一種是充分發展的。如果真的「充分發展」了，語言功能與社會要求之間就喪失了矛盾，沒有矛盾也就失卻了前進發展的動力，也就不存在語言進化問題，人們也不必搞什麼語言計劃、語言工程，什麼規範化，什麼推普文改，都喪失了理論基礎。其實，任何民族的語言都不是盡善盡美的，「沒有一個民族沒有充分發展的語言」只是一種主觀設想。

語言無高低優劣的相對論觀點只承認語言相對的特殊性和相對於環境的適應性，否認一切自然語言存在的共性和功能差別。否認共性必然導致不同語言沒有共同的衡量標準的論點，否認功能差別同樣會得出一切語言無所謂優劣的結論。這同文化相對論觀點認為文化不分高低優劣，文化沒有共同的評價標準如出一轍。

語言生態位強調不同語言成分與環境的不同關係，承認不同的語言與環境之間的作用力是不平衡的。語言生態位不同，功能水平也就不一致。同一生態位的語言或語言成分與環境作用方式和作用力大小不同，功能水平也不可能相等。功能水平不一致的根本原因是語言或語言成分對環境能量利用能

〔註1〕《不會說話的民族》，《解放日報》1986年3月5日第三版。
〔註2〕胡明揚，《現代語言學的發展趨勢》，《語言研究》1981年第1期，第4頁。

力的強弱。在生物界，高級物種比低級物種佔用更多的能源，而且具有更寬廣的環境活動空間。正是因為佔有能源和攝取能量的能力的懸殊，決定了功能級的高低。語言是人類在朝著更深更廣地利用自然資源即更多地利用能量信息的進化過程中的產物，語言自身對能量利用的能力同樣處於逐步增長的進化過程之中，語言對能量利用能力的大小，也就標誌著它作功能力的大小，同樣也就表明它理論上功能級別的高低。語言功能級的高低，意味著語言內部結構、外部功能與生態環境的協調程度和語言生命力的強弱。因此，功能級就是衡量語言高低的理論標準。

理論功能級與下列因素有關：1. 語言分布地域的寬廣度；2. 語言的歷時長度；3. 使用語言的人口數。這些因素表徵語言攝取能量的能力大小和佔有能源的多少。第三個因素又可以具體化為：A. 把特定語言作為母語使用的人口率；B. 特定語言的社會層次覆蓋率；C. 使用特定語言的總人口數的空間分布。這些項目，可以通過歷史資料調查和社會抽樣調查獲取數據，然後利用矩陣求出功能系數。所謂功能系數指語言蘊含潛能或做功能力強弱的理論標讀數。功能系數的大小標示系統做功能力的相對強弱，功能級的相對高低。依據這樣一個標準，可以對共時態下具有不同歷史來源，活動在不同地域，有著不同社會文化背景、性質迥異的語言進行功能比較。功能級概念的提出，有助於把握語言運動的合目的性特徵，在揭示出這種特徵並描寫出它的合目的性行為與環境的聯繫基礎上，我們才能對其運動規律作出恰如其分的認識與評價，從而為語言工作的開展，語言工程的決策，提供理論依據。

功能語言學派把世界上的語言分為若干級，它主要以語言的行政法定性為標準，兼顧語言威望，這是有缺陷的。例如，法語被聯合國定為國際使用語言，但它實際佔有的能源空間既少，流行地域與使用人口數目也有限，功能級不可能是第一流的。又如馬來語、豪薩語是僅次於國際通語的區域性通語，而它們的流行區域既狹窄，使用人口也很少，甚至攝能能力不及某些國家通語，這就很難具有較高的功能級。

處於語言系統各個層次上的語言成分同樣具有功能級。衡量語言成分理論功能級的高低，可以根據研究目的不同確立精疏不一的標準。衡量語言成分功能級高低的根本標準是其作功能力的強弱，具體表現為語言成分佔有生態位的

多少。例如,一個語素如果能夠與眾多的其他語素在不同的環境條件下生成多個語詞,則這一語素佔有較多的生態位,做功能力較強,功能級較高。如果一個語詞,在一定時段內,它不僅在本語言活動的區域流行,而且在他語言活動的地區流行;它不僅在社會底層通用,在上層也活躍;不僅男人使用,女人也使用;老人在用,兒童也用;有文化的人使用,文盲也使用,如此等等,與這個語詞發生作用的生態維愈多,表明它與不同環境整合為語言變體的機會也多,佔據的生態位也多,因而做功能力強。相對於一個較少生態維聯繫的語詞,該語詞顯然居於較高的功能級。

四、語言進化論

絕大多數學者都相信語言是變化發展的,但對進化則持保留態度,其主要原因是語言不能與生物體相比附。承認語言進化的學者對語言只著眼於環境因素造成的不可比的一面,卻忽視了語言內在的可比的一面。目前有代表性的看法是:「不能說哪一個民族的語言是世界上最佳語言,或哪一個民族的語言是落後的語言。凡是適應某一個民族的社會模式和文化模式的語言,就當時當地來說,都是最佳的社會交際工具,即最佳的語言。」〔註3〕

語言系統是超有機體系統,它當然不能與生物系統作簡單類比。但自然界的無機系統、有機系統和超有機系統都一無例外地存在著由低級到高級的進化過程。系統自我保持的必要性——價值要求,導致系統的合目的性運動。系統進化的過程是價值導引的合目的性與合規律性相統一的過程。因此,衡量語言系統的進化水平理所當然地應從功能價值角度出發。只有揭示出語言的合目的性特徵(生態特徵),描繪出它的合目的性行為(功能行為),才能對其規律作出恰如其分的說明。

系統的功能水平直接與系統的環境活動空間、攝取能量的能力、生態特徵相聯繫。語言活動空間廣闊、能源豐富,標誌著系統信息儲存與轉換量的宏大、功能的提高。生態運動複雜、生態形式多樣的語言,具有高級化趨向。有著不同歷史來源,各有特定生態環境的不同語言,儘管結構殊異,表現形式變化多端,但功能目標是一致的。它們在各自的生態語言系統中,都朝著共

〔註3〕陳原,《語言與社會》,《中國語文天地》1987 年第 1 期。

同的目標——更深更廣地利用環境資源而進化發展。進化的實質就是使能量和信息最大化地通過系統的運動過程。因此，功能尺度是衡量語言系統進化水平的標準。

　　語言的進化存在兩個方面。一是適應進化。適應進化是在系統總能量大致保持穩定的情況下，與環境相互作用發生的運動變化。其實質是保證系統在多變的環境中處於動態穩定地位。進化結果改善了系統與環境的相互關係，使系統在特定環境中取得優勝地位，鞏固了既得的進化成果。系統與環境相互作用可能影響到語言內部結構的變動和能量的再分配，從而引起語言生態形式及功能的變化。適應進化可使語言相對於特定環境具備得天獨厚的適應力，即使在高級語言的外來衝擊下，也能保持自己在特定環境中的生態優勢。適應進化一方面使系統發展到特定環境內的「頂極狀態」，使系統達到穩定態；另一方面又限制系統向更高等級發展。因為系統穩定性愈大慣性愈大，創新能力則愈低。這種進化的主要特徵是使語言適應於某種小生境，而在獲取能量的能力方面沒有顯著提高，因而在特定環境中達到頂極狀態的語言系統很難突破現有等級向更高的等級進化。

　　再是等級進化。等級進化是語言系統不斷提高自身儲存能量和做功能力的運動過程。特定語言系統分布的地域愈廣、使用的人口數愈多，表明該系統佔有廣泛而豐富的能源，具有向高一等級進化的潛力。但是低級語言進化為高一級語言受自身所在的生態語言系統內多種條件制約，而且還與不同生態語言系統的相互作用有關。使用人口多、分布地域廣只是表明系統具有進化潛能，並不預定進化的必然結果。語言的進化等級標示著語言攝能能力和做功能力。能力愈大，等級愈高，等級差別是語言與其所在的生態系長期相互作用、互動進化的結果。語言進化與生物進化不一樣，生物進化的每一點成果都通過遺傳基因保持下來，並一代代不斷積累鞏固，所以已取得鳥類進化成果的種群或個體，絕不會倒退為魚類或爬行類。而語言則不然，在某一時間尺度內的某地語言，或許它相對於其他語言是高一等級的，但在另一時間尺度或處於另外地域，卻可能是低一等級的。做功能力的變化，攝能能力及能源的改變，都可以影響語言功能級的高低，進而影響到語言的進化水平。從歷時看，語言宏觀的等級進化是一個從低級向高級發展的不可逆過程，但這並不排除微觀或局部某些語言等級的退化甚至語言消亡。從共時看，並不因為高級語言的出現低級

語言就完全消亡，不同等級的語言將以不同的生態方式長期共存，互相作用，互相影響。等級進化意味著語言功能的強化和生命力的增強，它是進化的本質性方面。適應進化為功能的提高準備條件，它是語言與環境相互試探的一種手段。對不同類型環境的試探催動語言的分化，這種分化為語言等級進化提供多個選擇方向，適應進化實際上是等級進化的跳板。

生物的進化有嚴格的秩序，原生動物不會突變為魚或蛇。語言卻不然，一種低級語言可因所處的生態語言系統向高級系統直接借鑒而引起突變，在短時期內獲得豐富能源從而大幅度提高攝能能力，躐等躍進為高級語言。一種高級語言也可因生態語言系統機制障礙，活動範圍變狹窄，使用人口銳減，能源枯竭，攝能能力大幅度下降而成為低級語言。

語言之間的相互作用能產生所謂混合語，確切地說是融合，語言融合是相關的語言之間出於功能需要而進行的相互探索和重新整合。新產生的混合語屬於適應進化。適應進化既可能引起結構成分的調整，也可能整合為新的語言，儘管新語言在功能上並不一定比母語更高級。混合語的產生往往與母語所在的生態語言系統的相互作用有關。對混合語應當給予更多的關注和研究。

這樣，以語言和環境的相互關係為基點，引進生態位，而生態位與功能相關，語言的生態特徵和生態運動的實質就是功能問題，語言的發展進化也就必然以功能為衡量標準。語言——生態環境——生態位——功能級——進化，構成了生態語言學的理論基礎。

原載《廈門大學學報》（哲學社會科學版），1992 年第 2 期。

香港文學語言特色的嬗變

　　一個地區的文學語言特色的嬗變，取決於特定環境的需要和作家對藝術的追求。20 世紀香港文學語言的嬗變，大致可分為 1949 年以前、50～60 年代、70～90 年代三個時期。

一、小荷才露尖尖角

　　享有「東方之珠」美譽的香港，在本世紀 20 年代以前，談不上有自己的新文學，當然更毋論文學語言。30 年代和 40 年代，許多內地作家湧入香港，文藝刊物多如雨後春筍，香港一下子變為文化綠洲。在數以百計的寓港作家中，有當時中國一流的名家如郭沫若、茅盾、郁達夫、夏衍、胡風、端木蕻良、許地山、戴望舒等人。這些人除了自己寫作品，還培植了一批文學新人，促進了香港文學的萌生。

　　在大陸寓港作家的影響和培植下，第一批新文學作家如黃谷柳、侶倫、舒巷城、謝晨光、劉火子、黃天石等脫穎而出，他們創作的小說如《露惜姑娘》、《黑麗拉》、《迷霧》、《在燈光通明的時候》，散文集如《獻心》、《紅茶》以及 30 年代平可的長篇小說《山長水遠》、《錦繡年華》，標誌著香港新文學的萌芽。萌芽期的香港新文學還比較幼稚，在語言的運用上還沒有形成自己的特色。

　　標誌香港文學初步形成自己語言特色的作品，是黃谷柳的《蝦球傳》和侶倫的《窮巷》。它們反映的都是新中國成立以前香港下層社會市民的真實生活。

作品從內容到語言，都直接受到「五四」以來新文學現實主義精神影響，恪守現實主義典型化方法，以追求歷史深度和社會使命為目標，抒發來自社會底層的勞苦人民的不平呼聲。這些帶有強烈的社會性和批判性的現實主義文學作品，在香港本土受到廣大民眾的歡迎，其原因除了思想深度和藝術技巧等方面外，語言具有鄉土特色也是作品取得成功的重要因素。《蝦球傳》在創作風格上「力求向民族形式與大眾化的方向發展」（茅盾），作者在敘述和對話中加入了不少經過加工的粵語方言，強化了作品的地區色彩。《窮巷》語言樸實無華，帶有不少本地口語，這為不同社會身份的人物性格塑造提供了豐富的表現材料。

早期獲得成功的作家都不約而同把粵語作為藝術表現的手段，這一點絕非偶然。這首先是「五四」時期「白話革命」運動影響所致。香港的白話就是粵語，用本地白話（粵語）寫作品給本地人看，顯然是白話運動精神驅動的結果。其次，1949 年以前的香港，是一個資本主義的世界商埠，在資本主義壓榨下的香港民眾疲於奔命，他們關心的是他們自己的生活，樂於看用本地話寫他們自己故事的作品。再次，香港新文學並非自源性文學，它是大陸作家移植培育的結果，這就決定了香港文學是中國新文學的一個支流。因此，香港作家不可能為了遷就本地人而完全用粵語寫作。在「國語」的框架上進行藝術加工，適當增添粵語色彩，就成為勢所必然的選擇。

這樣，香港的文學語言從一開始就既不同於大陸文學採用的規範的北京口語，也不同於香港本地的土話。它是一種經過作家藝術加工的粵語與普通話融匯而成的文學語言。這種文學語言由於具有鮮明的地域色彩而與早期香港文學作品取材於本土，力求反映當地民眾勞動、生活、情感、習俗的創作意向相諧調。它深深扎根於香港本土，為今後進一步發展奠定了牢固的基礎。從這個意義上說，《蝦球傳》、《窮巷》應是香港文學語言的奠基之作。

二、大珠小珠落玉盤

50 年代，由於美國「經援」的侵入，加上香港文學與內地文學的隔絕，文學語言大眾化缺乏進一步發展的環境條件。首先是作家隊伍大「換血」，原來寓港的大批作家返回內地，而對新中國有誤解、有對立情緒或對舊的社會制度抱有幻想的一批文化人來到香港，在「經援」的誘惑下掀起了一股「綠背文化」

的浪潮。其次，文學追求的目標有了分化。一部分作家忠於自己的藝術信仰，堅持現實主義創作方法，如實地反映社會生活；另一部分精神空虛、心境悲涼的文人，則在「經援」支撐下把文學變成了政治的傳聲筒。文學政治傾向的分野甚為明顯，如唐人的《金陵春夢》與端木青的《阿巴哈哈草原》，洛風（唐人）的《人渣》與趙滋蕃的《半下流社會》，都是針鋒相對，各有其影射目標的代表作品；而文學語言的提煉則沒有受到應有的重視，文學語言的總體水平也沒有提高。

隨著西方文藝思潮東漸和國際政治形勢的變化，香港文壇出現了現代主義文學與現實主義文學並存的局面。現代主義作家擯棄傳統的創作方法，注重學習西方的藝術技巧，文學語言的風格也有所創新。劉以鬯的語言技巧代表著現代派作家所達到的水平。劉以鬯的「實驗小說」無論創意、結構、語言都有別於傳統小說，作品刻意求新，語言風格配合新的藝術形式靈活多變，不拘一格。在詞彙運用方面，既有道地的粵語詞，又有經過作者加工的俗語方言，還有社會流行的新造詞。在他的作品中，還出現了外文音譯詞、意譯詞、英語與漢語詞素搭配構成的複合詞，甚至包括純粹的英文詞句。作者用這些五彩斑斕的語言材料來構築他的藝術宮殿，為香港的文學語言增添了一抹異彩。現代派作家融匯了中西語言的長處，創造了不中不西，亦中亦西的語言風格，這是構成香港文學語言地區特色的重要因素之一。

在現代主義盛行的 60 年代，舒巷城、何達、海辛、何紫、吳其敏、三蘇等一批作家仍然堅持現實主義創作方向，在語言的大眾化方面達到了新的水平。舒巷城是資深的香港本土作家，對本土方言有深摯的感情，注重加工提煉，「於通俗中求精粹，真正燒出了響脆流暢、俗不傷雅的『粵味兒』。他在作品中常愛羼入貧苦市民慣用的又有表達力的地方土語，使作品充滿著濃烈的鄉土色彩」（王劍叢）。

三蘇的作品被稱為「三及第」，這是因為作品中普通話、粵語和文言交錯運用，從而形成香港文壇僅見的語言風格。這種語言風格與他的雜文「怪論」渾然一體，其讀者之眾，可與金庸的新武俠小說媲美。

在眾多的通俗文學作品中，金庸作品的語言技巧達到了香港通俗文學的頂峰。清代以來的公案武俠小說已形成固定模式，語言枯燥無味。金庸的新武俠小說一改舊貌，運用標準的現代漢語語法遣詞造句，文字洗煉雅潔，富於傳統

韻味，語言自然流暢，時時展現詩的意境，語言技巧新穎獨到而絕無洋腔老套的痕跡。

　　審視這一時期的香港文壇，不少作品的語言錘鍊日臻妙境。這表明香港的文學語言已經成熟並且形成鮮明的地區特色。借用白居易詩句「大珠小珠落玉盤」來比喻它的丰采，是不算過分的、

三、不盡長江滾滾來

　　70 年代香港成為亞洲「四小龍」之首。在物質文明高度發展的情況下，民眾對精神文化有各種各樣的不同需求。形形色色、五花八門的「框框雜文」的內容包羅萬象，千奇百怪，應有盡有。雜文的語言風格也多種多樣，有的幽默風趣，有的潑辣凌厲，有的穩重老到，有的輕靈飄逸。王亭之嬉笑怒罵，奇談怪論；董千里文字晶瑩，語言犀利；李英豪邏輯清晰，富於思辨；小思情理交融，文字精練；梁錫華警詞妙句，寄意遙深。吳其敏、黃維梁、曾敏之等的語言也都各具特色。

　　進入 80 年代以後，香港文學展現出一派多樣化的繁榮局面。文學語言也顯示出多樣化的特色。現代派後起之秀西西的作品在取材、審視角度和敘述方法、結構等方面都有創新，語言活潑平易，長於用童話似的詞句，用兒童的思維方式和語氣娓娓道來，對一個個細節與場面展開富有情趣的描繪。這種充滿童真稚趣的語言風格，在香港文壇上獨樹一幟。與金庸、倪匡並稱「香港文壇三大奇蹟」的亦舒，藝術上別具一格，語言簡潔凝練，語句短小精悍，節奏輕快，具有跳躍感。作者對人物靈魂的揭示，筆調辛辣，鞭闢入裏，擅長對話而極少描寫，人物的對話個性化、性格化，具有濃鬱的生活氣息。鍾曉陽作品以語言，風格哀婉著稱。她寫人物的心思、情態，傳神入微，毫釐畢現，對人物靈魂的刻畫入木三分。作品文字清柔，揮灑自如，低迴輕歎，富有韻味。她的語言極具個性和表現力。小思的語言得力於中國古典文學的修養，又受到「五四」以來名家語言的薰陶，作品顯示出一種靈動而溫婉的語言風格。文字相當精練，這在女作家中很少見。以財經系列小說蜚聲文壇的梁鳳儀，在語言技巧上吸收了現代派的長處，同時又受到早期鄉土作家語言風格的影響。作品以普通話為主，加入本地土話，偶而也用英文。她的作品表現出一種立足本土，兼收並蓄的語言風格。在 80、90 年代的香港文壇上，一批女作家在語言技巧上

的突出表現，為文學語言多樣化特色的形成作出了貢獻。

　　除這群女作家之外，以語言「晦澀」獨步詩壇的羈魂代表了香港作家對語言風格的另一種藝術追求。羈魂遣詞用典常取法於古詩，刻意經營文字技巧，他的作品表現出深厚的傳統韻味，但艱深難讀。羈魂的詩風社同仁黃國彬，詩風古雅而有歷史文化厚度，語言技巧多變，或凝重，或風趣，或嘲謔，或溫馨。他的散文時而質樸沉鬱，時而晶瑩剔透，敘事抒情，寫人詠物都有個人的語言特色。而黃河浪則以中國傳統繪畫的原理入詩，追求神似，講究留白，注重疊字疊句的錘鍊，語言富於音樂美。此外，張君默、陳浩泉、東瑞、犁青、白洛的作品，也展現出不同的語言風格。

　　90 年代的香港文壇，文學新秀如大江潮湧，後浪推前浪。文學語言風格繁多，猶如百花吐豔，各放異彩。隨著香港回歸的實現，香港和內地的聯繫更加密切，香港文學語言的發展必將進入一個新的歷史時期。

　　　　　　　　　　　　原載《文藝報》，1997 年 9 月 30 日第 2 版。

香港語言的特點與規範

摘　要

　　香港語言由於獨特的地理環境和社會、政治、文化背景，在詞彙和語法兩方面形成了與內地語言不同的特點。大量吸收外語成分構成新詞是香港語言最顯著的特點。其次，粵語詞也佔有相當大的比重。在語法方面，香港話有些量詞與名詞的搭配與普通話不一樣。其次，普通話有些用在動詞之前的副詞，香港話用在動詞的後面，而且有的副詞可以直接用在名詞前面作修飾語。再次，香港話有的名詞可以直接作謂語，動賓結構的動詞還可以帶賓語。香港回歸祖國後，需要逐步提高語言的規範層次。漢語夾用英語應有一定的限度，隨意改變固定詞組以及用詞不當的現象也應避免，方言詞的選用應遵循從眾、經濟、規範、創新的原則。

關鍵詞：借詞；粵語詞；方言詞；語言特點；語言規範

一、香港語言的特點

　　香港語言由於獨特的地理環境和社會、政治、文化背景，易受到國際語言和粵語方言的影響。近幾十年來，隨著香港現代化程度的提高，人們社會生活節奏加快，語言也發生了顯著的變化，大量吸收外語成分構成新詞是香港語言最顯著的特點。據比較保守的統計：香港語言中英語借詞有 400 多個，其中直接使用英語原文的語詞有 240 個左右。」〔註1〕英語借詞有如下類型：

〔註1〕莊澤義，《再談港語的洋化》，香港《語文建設通訊》第 51 期，第 29～35 頁。

1. 純粹音譯的，如：弗得（freak 迷幻藥）、波士（boss 老闆、經理）、巴士（bus 公共汽車）、的士（taxi 出租小汽車）、士多（store 日用品零售商店）。

2. 音意兼譯的，如：貝貝（baby 嬰兒、小寶貝）、嬉皮士（hippies 墮落青年）。

3. 完全意譯的，如：熱狗（hot dog 夾有西紅柿、香腸的麵包）、社群（group）、社區（community）、告解（confession 懺悔）。

另外，部分音譯詞的某些音節能與漢語詞素結合構成新詞，例如：取「巴士」中的「巴」，可以構成「大巴」、「小巴」；在「士多」後面加「店」，構成「士多店」。

香港話裏有不少英語詞或短語，如見面打招呼用 hi，告別時用 bye，道謝時用 thanks，道歉時用 sorry。不僅如此，書面上還用英文與中文共同組合構成詞語或短語，如：band，原是「一夥、一幫、一群人」的意思，亦可解釋為「樂隊」，香港人用它組成的短語，其義已超過了英文 band 原有的意義範圍。〔註2〕最早出現的短語是「夾 band」，意為「組織樂隊」，進一步引申指「志趣相投」。而年青的樂隊成員稱為「band 仔」，年紀大的成員則稱為「band 友」。「打 band」意為「合奏」。後來又出現了「Friend 過打 band」這句俗語，用來形容友情密切。此外，還有「band 房」（樂隊演奏完畢，準備收隊，後來借指「收工」、「收檔」）、「散 band」（樂隊解散，引申為「散會」或「男女分手」）。構詞能力較強的還有 look（扮成的模樣）、call（呼叫、傳呼）、high（興奮、吸食興奮劑）、fit（健美）等。

香港話裏粵語詞佔有相當大的比重，但香港語言與粵語又有明顯的區別。形成這種區別的主要原因在於香港語詞具有獨特的社會文化背景。這些富於文化特點的語詞，不少已經被普通話吸收，顯示了較強的生命力。〔註3〕

政治類語詞如：議員、公務員、港府、廉政、社區、架構、運作、聯手、資深、指令、舉報、引渡、公證、法人、個案、機制、態勢、共識、創意、誤區、舉措、氛圍、水準、負面、取向、公關、評估、反思、新潮。

〔註2〕莊澤義，《再談港語的洋化》，香港《語文建設通訊》第 51 期，第 29～35 頁。
〔註3〕陳建民，《普通話對香港詞語的取捨問題》，香港《語文建設通訊》第 43 期，第 1～12 頁。

經濟類語詞如：通脹、增幅、斥資、轉型、商戰、走勢、疲軟、證券、偽鈔、炒股票、炒外匯、銀根、套匯、押匯、升值、沽盤、牛市、熊市、特價、平價、拍賣、回扣、總匯、直銷、促銷、誠聘、股市、股民、套現。

生活類語詞如：美食、大排檔、寫字樓、購物中心、超市、生猛海鮮、漢堡包、比薩餅、口香糖、T恤、牛仔褲、泳裝、抽油煙機、席夢思、私家車、熱線、度假村、洗手間、卡拉 OK、工夫片、夜總會、畫廊、寵物、快餐。

教育類語詞如：學人、博士後、培訓中心、會考、託福、研討、智商、客座教授。

科技類語詞如：電腦、彩電、對講機、傳呼機、複印機、打卡機、電子琴、終端機、組合音響、光纖、超導、鐳射、微波爐、閉路電視、有線電視。

有的語詞是香港社會體制的反映，如：白粉、黑道、收山、洋行、太平紳士、紅燈區、撕票、飯局、線民、性感、歡場、施暴、色狼、帥哥、領班、蛇頭、殺手、富婆、大耳窿、追星族、白領階層、藍領階層、草根階層。

有的語詞詞素位置與普通話正相反，如：承繼（繼承）、質素（素質）、份身（身份）、擠擁（擁擠）、怪責（責怪）。有的語詞是短語緊縮造成的，如：哀惜（悲哀惋惜）、坦爽（坦率直爽）、通傳（通知傳報）、文員（文職人員）、家教（家庭教師）。香港話有些語詞相當於普通話的短語，如：晨運（早晨的體育鍛鍊）、樓面（酒樓、飯店等各層樓的負責人）、手尾（餘下來的工作）、遊埠（去外國旅遊）等等。

香港話與普通話詞義相同而詞的書面形式各異的語詞更是俯拾皆是，如：寫字間（辦公室）、髮型屋（理髮店）、計程車（出租汽車）、衣車（縫紉機）、雪櫃（冰箱）等等。有的語詞書面形式與普通話相同，但詞義卻大相徑庭。如眾所周知的「愛人」一詞，普通話指合法的配偶，而香港話與「情人」同義。「分房」，香港指夫婦分居，普通話指分配房子。「工夫」一詞，《現代漢語詞典》認為它的意義是「佔用的時間」、「空閒時間」、「本領、造詣」。金依《香港水上一家人》：「又患上風濕，發作的時候，做起工夫，就打折扣了。」這句話裏的「工夫」則指「工作」。普通話裏的「招待所」，是指機關、廠礦所設接待有關人員或賓客食宿的處所，在香港則是一種從事色情行業的地方。白洛《銅鑼灣之夜》：「至於公寓、別墅、招待所、會所、三溫暖這類玩意，大街小巷，可說是三步一回，五步一所。」這段話裏的「招待所」就是指的色情場所。

在語法方面，香港語言也有自己的特點。

1. 有些量詞與名詞的搭配與普通話不一樣。如：海辛《最後的古俗迎親》：「整條村子都作古了。」金依《香港水上一家人》：「好不容易找到一單生意。」「條」與「村子」，「單」與「生意」在普通話裏是不能搭配的，而香港話就是這麼講。劉於斯《夜宴》有「一單既不花本錢而又轟動的新聞」，施叔青《李梅》有「交易談成了一單」，可見「單」與名詞組合的範圍比較廣。普通話的「兩個故事」、「一個家」，香港話則是「一雙故事」、「一頭家」，地方特色很明顯。

2. 普通話裏有些用在動詞之前的副詞，香港話用在動詞的後面。如梁鳳儀《花幟》裏的兩個句子：「顧氏這近年又嘗試走先人一步，分別在海外發展物業。」「你倆再捱多三年，待我回來。」「走先人一步」就是「先走人一步」，「再捱多三年」就是「再多捱三年」，香港話保持了粵語狀語副詞後置的語法習慣。香港流行歌詞「愛多一次，恨多一次」，普通話意為「多愛一次，就多恨一次。」〔註4〕

3. 普通話的副詞一般不修飾名詞，而香港話裏，「很」、「最」、「不」、「太」、「非常」等副詞可以直接用在名詞前邊。如「很野性」、「很中國」、「最民族」、「最國際」、「非常家庭」。

4. 香港話有的名詞可以直接作謂語。如吳其敏《幾度遊蹤》：「它的特點在於以水為中心，緣水結構，突出了自然地形所賦予的優越條件。」梁鳳儀《千堆雪》：「慷慨地津貼一下旅遊至港的東南亞佳麗。」名詞「結構」、「津貼」在普通話裏不能作動詞謂語。香港話裏的「結構」可用為動詞，意為「安排布局」。「津貼」還能帶賓語「佳麗」。諸如「思想鷹派」、「是否環保」之類的用法，都體現了香港話名詞直接作謂語的特色。

5. 香港話動賓結構的動詞有的可以帶賓語。如梁鳳儀《花幟》：「至於欺侮不知就裏的勤苦大眾，就好比暗箭傷人，或挑戰手無寸鐵的婦孺之輩，是真值得道義中人不平則鳴的。」《千堆雪》：「自覺出盡風頭，很不失禮身旁的黃家大少爺。」挑戰」和「失禮」都是動賓結構的動詞，在普通話裏是不帶賓語的，但在香港書面語裏卻帶了對象賓語。「挑戰××」的說法目前似有擴展之勢，如「挑戰自己」、「挑戰世界紀錄」等等。

〔註4〕該歌詞見劉丹青，《港式中文詞語小札》一文的注釋。

二、香港語言的規範

隨著香港回歸祖國的圓滿實現，普通話已上升為具有法律效力的高層次語言，因而香港語言的規範問題也就不能不提上日程。

香港是一個多語社會，這種多語社會是由兩個社區的三種語言層次構成的。目前香港的純華人社區流行的低層語言有閩語、吳語、潮州話和客家話；中層語言是粵語；高層語言是普通話。純華人社區之外，低層語言除幾種漢語方言外，還有日語、菲語和其他語言；中層語言是粵語和普通話；高層語言是英語。〔註5〕在這個雙重、多層次的社會語言結構中，英語是官方語言，居於事實上的統治地位，因而香港居民所運用的漢語方言都不能不受到英語的影響。普通話雖然是純華人社區的高層語言，但在回歸以前，港英當局只承認普通話是「法定語言」而不是官方語言，這就等於取消了普通話的法律效力。香港回歸以後，按《基本法》第一章第九條規定，中文和英文都是正式語文，這樣普通話才成為真正的高層語言。然而香港的語言現況是，以漢語為教學語言的中學，占全港中學總數的 15%，而這些教漢語的學校絕大多數採用粵語為教學語言，大學和教育學院則全採用英語或粵語為教學語言。根據這種現況，香港會講普通話的人數遠遠少於會講粵語的人數，因此，口語的規範固然不容忽視，而書面語言的規範，現在就應當及時列為一項重要的研究課題。

首先，需要規範的是漢語夾用英語應有一定的限度。莊澤義先生指出：「近年由於港語中的英語借用詞增加的速度奇快，人們已等不及其相應的方言音譯詞出現，便直接援引原文夾雜在口語中運用了。」〔註6〕直接引用英文，勢必使中文裏夾雜的英文越來越多，如果沒有一個合適的限度來加以規範必定造成書面交際的困難。試看下面從娛樂週刊上摘抄下來的句子：「就算阿 LAM 的 CONCERT 要 CUT 一、兩場，實在也非戰之罪。」「ZEN 有一班音樂人做 BACK UP，加上音樂形象 YOUNG 不，偏向偶像型，容易令人受落。」〔註7〕就連港英政府在電視上播映的滅罪廣告系列，也用中英夾雜的語句：「生命有 TAKE TWO，小心第一步。」姑且不論上述文句採用的方言語法和方言語詞是否需要規範，僅英文的夾用，就足以使廣東人也莫名其妙。其他各省的人就更

〔註5〕何三本，《一九九七與香港語文》，香港《語文建設通訊》第 50 期，第 83～88 頁。
〔註6〕莊澤義，《再談港語的洋化》，香港《語文建設通訊》第 51 期，第 29～35 頁。
〔註7〕莊澤義，《再談港語的洋化》，香港《語文建設通訊》第 51 期，第 29～35 頁。

不必說了。儘管香港人會認為不如此表述就不能搔到癢處，但也不得不承認中文當中夾用英文使中國人看不懂這個事實吧！

其次，香港書面語中隨意改變固定詞組的現象也需要加以規範，僅以梁鳳儀《花幟》裏的兩段話為例：「甚多官商的勾當，都是你虞我詐的情況下進行以圖利。然，他對買榮氏樓房的一般市民、還真做足貨真價實，童叟無欺的工夫，能如是，已是難得可貴。」「連月來密鑼緊鼓的籌備，有關這個豪門夜宴的消息，源源不絕，家傳戶曉。」語句中「你虞我詐」、「難得可貴」、「密鑼緊鼓」、「家傳戶曉」是隨意改動固定詞組「爾虞我詐」、「難能可貴」、「緊鑼密鼓」、「家喻戶曉」而成的生造詞語。《花幟》中還有「發施號令」、「所作行為」、「無顧無慮」、「毫不忌憚」、「恰得其反」等等擅自改變成語造成的詞組。這並非個別作家的問題，而是香港書面語言中普遍存在的現象。如「萬事如意」、「浩氣長存」被寫成「萬事勝意」、「浩氣長傳」而廣泛流行，這對香港的中文教育實在是誤導。與此相似的另一種誤導是隨意拆裂詞語。如梁鳳儀《千堆雪》：「跟我們有商有量。」梁羽生《幻劍靈旗》：「荒天下之大唐。」「商量」拆開來用固然不符合普通話的語法規則，「荒唐」是單純詞，更沒有拆裂開來的理由。

再次，香港書面語中普遍存在用詞不當的現象，應當在提高中文水平的基礎上逐步規範化。下列語句中有的語詞就欠妥：「在友人的介紹下，陳太開始到東區醫院的唐氏綜合症診所接受服務，在短短六個月之內，她不但克服了心靈創傷，而且能夠從容地照顧她的女兒了。」〔註8〕「報導的內容是讀者很有興趣知道的。」〔註9〕第一例陳太到診所接受治療，或是接受心理輔導，而不是接受服務，故這裡用「服務」一詞不妥當。第2例「很有興趣」後面不再跟謂語。「很有興趣知道」可以改為「很想知道」或「很感興趣」。

另外，香港話含有大量粵語詞。一般說來，方言詞出現的數量在書面語中應有一個適當的限度。對不同的文體運用方言詞應有不同的要求。政府的各種文件、法規，學校的教科書，報紙的社論以及嚴肅的文學作品，應當盡可能少用方言詞。一些休閒性較強的地方文學形式，如劇本、歌詞、通俗小說、民間

〔註8〕于君明，《從「港式中文」看香港多語多文化現象》，香港《語文建設通訊》第 54 期，第 66～70 頁。

〔註9〕周秀芬，《語文規範與香港中學的語文課本的言語問題》，香港《語文建設通訊》第 54 期，第 61～65 轉第 79 頁。

故事等等，就不能要求得太嚴，因為方言語詞是構成地方文學特色的重要因素之一。對方言語詞的選用，應當遵循四個基本原則。首先是從眾的原則。香港話裏，「地車」比「地鐵」更富於語義邏輯性，但更多的人說的是「地鐵」，所以書面語最好選用「地鐵」，不用「地車」。其次是經濟原則。「巴士」比「公共汽車」少兩個音節，節省兩個漢字，而且意義明確，已為社會大多數人接受，書面語就不應排斥「巴士」的運用。再次是規範原則。粵語詞的「人客」、「晨早」，普通話是「客人」、「早晨」，書面語最好用「客人」、「早晨」，不用「人客」、「晨早」。最後是創新原則。如「色狼」、「寵物」是香港話獨創的語詞，不能因為普通話沒有這些語詞而拒絕使用。

　　總之，香港在回歸祖國之後，在繼續保持和發展自己語言特色的基礎上，必須逐步提高語言的規範層次才能適應新形勢的要求。

原載《廈門大學學報》（哲學社會科學版），1998 年第 4 期。

語言學新教材教法的理論思考

　　一般的語言學課程缺乏學科之間的交叉滲透，不能反映語言學與其他學科綜合發展的成果。為了適應新形勢，開設新課程，建設新教材，更新教學內容和教學方法，就成為提高語言教學質量的一個重要任務。我從 1987 年開始把語言學與生態學相結合，把單純強調語言知識的工具論教育這一單線培養模式，逐步轉變為建立一種重視完善人格、道德意識，培養創造能力的立體培養模式。這種模式強調語言的人文精神和科學體系，重視智慧和能力的開發，以造就新型的德才皆備的跨世紀人才為最終目標。

一、基本內容

　　本專題包括四個方面的基本內容：

（一）更新老課的教學內容

　　古代漢語是一門傳統課程，使用的是北大王力先生於 60 年代主編的教材。這套教材基本上不能體現 30 多年來地下出土文物的實證以及學術界已有定論的研究成果。從 1986 年起，開始刪掉教材中明顯錯誤的內容，另增加了音韻、文字、訓詁和專業工具書簡介四部分內容，把原教材的通論、常用詞、文選三分的格局，調整為以基礎知識加文選的二合一格局。1994 年起，以字、詞、句為核心，將其置於社會人文系統中探索古代漢語的演變規律，寫成數萬字教案，作為專著《古漢語文化探秘》的第一章於 1998 年秋出版。

（二）新課程建設

90 年代為了防止環境惡化而蓬勃興起的生態學熱潮，重新界定了人與自然的相互關係。生態學的基本原理成為各個學科相互滲透的交叉點。本系於 1991～1992 學年第一學期在 89 級開設了生態語言學，成為全國唯一開設此門新課的系。這門新課的開設使原有的語言學課程結構發生改變，為建構新的語言學課程體系開了一個頭。

（三）新課教學內容創新

新課吸收了國內外學術界研究的積極成果，運用了通常語言學課未曾發現的豐富材料，提出了一套新的語言理論。這套理論由生態語言系統理論，語言生態位理論，語言功能級理論和語言進化理論構成，這就為語言教學增添了新內容。

（四）採用新的教學方法

1. 形式誘導法。古代漢語的詞彙教學一直是個難點，一是常用詞數量多，二是詞義難記憶。憑藉視覺形象的感性認知過渡到大腦對詞義系統的理性分析，是形式誘導法的哲學依據和心理學基礎。這種教學法的特點是通過漢字的字形特徵和文句的排列方式，從書面形式入手破譯漢字的本義，揭示字形特徵在不同歷史階段與意義演變的聯繫，由漢字在文句中的排列方式提示它的意義範疇，這就清理出了一套漢字形式結構與內容結構的關係網，增強了詞彙教學的科學性，大大減輕了掌握詞彙的難度。

2. 三段深入法。古代漢語文選的教學一般是教師講，學生記。教師講過的課文學生能理解，一旦碰到從未見過的古文獻，學生就不知所措。針對這種情況，我採用了三段深入教學法。具體做法是：①學生課外預習課文，檢索資料，獨立解決課文中的疑點，做好書面作業；②教師遴選有不同特色的代表性作業，由完成這些作業的學生在課堂上作中心發言，其他學生當堂提問，中心發言者作出答辯；③教師對未解決的問題加以分析，指出同一問題可能存在的多種解決方案，並且重點講解其中的最優方案。

3. 生態系統分析法。任何語言都是特定環境之中的動態開放系統。任何語言成分不僅與語言系統內其他成分相互影響和作用，而且同語言系統之外的各種環境因素相互影響和作用；不僅語言因素能夠影響語言本身的變化，非語言

因素也在改變著語言的面貌。這種教學法不只是講解語言單位本身的語言學內涵，而且層層揭示它的社會的、文化的、民族的深層含義。採用由遠及近、由表及裏的解剖方法分析各種環境因素與語言單位的相互作用和影響，進而認識它們在複雜系統中的地位和功能，瞭解語言與環境互動發展的根本原因和基本規律。因此，運用生態系統分析法，多層次、多角度地研究語言，從表層到深層、從微觀到宏觀、從靜態到動態、從語言內到語言外，能夠把語言問題分析得更透徹更全面。

以上幾個方面的教學改革產生了積極效果。

1. 跨學科新課程的建設，改變了原課程格局，調整了學生知識結構，拓寬了知識面，為我系淡化專業，向大文科的綜合格局發展作出了有益的嘗試。學校《教學簡報》在總結我校課程體系改革經驗的文件中，肯定中文系開設跨學科新課生態語言學，反映學術研究最新成果，對擴大學生視野，提高教育質量起到積極推動作用。1992 年 4 月本人在上海參加第三屆全國現代語言學研討會，在大會發言中介紹我校開設生態語言學新課，受到與會代表的肯定，認為是語言教學綜合化的有益嘗試。

2. 新教材的出版，使我系語言學教材形成一個綜合體系。既有漢語訓詁學、漢語語音學、漢語文字學、普通語言學、語言學概論等傳統教材，又有講說學、閩南話教程、普通話教程等應用型教材，還有生態語言學這樣的跨學科教材。這個綜合性的教材體系增強了學生的素質培養。我系歷屆學生在校系舉辦的各種辯論賽中，普遍表現出較強的思辨能力和語言表達能力；在省市舉辦的作文比賽中大面積獲獎，表明語言學教材的綜合特點為學生綜合素質的培養奠定了基礎。

教材出版是高校教育的一項重要基本建設，也是提高教育質量，反映教學水平，保證人才培養規格的重要標誌之一。《生態漢語學》的出版受到社會和學術界的高度評價。中國新聞社、《Journal of Macrolinguistics》、《漢語學習》、《吉林圖書報》、《廈大學報》等社會傳媒和學術刊物都發表了評介文章或報導。本人探索生態語言學理論建設的文章，也在《語文導報》、《大學文科園地》、《廈大學報》發表，有的文章人大資料全文複印。《生態漢語學》獲福建省第二屆社科優秀成果一等獎。具有明顯的社會效果。

3. 形式誘導法產生的課堂教學效果可以歸納為「三入」，即入眼、入耳、入腦；「三性」，即形象性、針對性、啟發性；「三力」即吸引力、解釋力、驅動力。漢字在不同歷史時期的字形結構具有視覺上的美學效應，學生能夠上眼，它們的形象特徵具有吸引力，能夠誘導學生把字形同字義聯繫起來。教師對字形結構的分析具有聽覺上的新鮮感，學生容易入耳，而且針對性很強，對詞義富於解釋力。視覺和聽覺感受必然驅動大腦神經活動，字形與字義的聯繫方式啟發學生以系統觀念駕馭詞彙。

三段深入法的課堂教學效果可歸納為：「三動」，即讓學生動手、動口、動腦；「三性」，即讓學生的學習活動具有獨立性、漸進性和主動性；「三能力」，即讓學生具備分析課文能力、檢索資料能力和語言質辯能力。學生預習課文自己動手查閱資料解決疑點，積累了獨立分析和操作的經驗。中心發言者在講演及答疑過程中，答問雙方都必須動口動腦，逐步深化了對教學內容的理解，提高了組織材料的能力和思辯水平，同時調動了學生創造性解決問題的主動性。教師分析解決問題的多種思路，進一步啟發了學生創造性思維。

生態系統分析法的突出效果是給學生提供了新的思惟方式。一是整體思惟方式，二是立體思惟方式，三是動態思惟方式，四是普遍聯繫思惟方式。新思惟方式使學生觀察、分析、思考、解決問題的能力明顯增強，智慧潛力得到挖掘和發展。在智慧性試題答卷中，同一試題全班同學沒有相同的答案，顯示了這一教學法對拓展學生思惟空間，提高素質水平的實踐效果。

古代漢語和生態語言學課歷次學生測評為優。語言學和古代文學研究生如張潔、周軼、李菁、左江等在應考、撰寫論文或畢業後的科研活動中，顯示了本科階段打下的紮實的古漢語基礎。由本人指導，張潔撰寫的論文《說「別」》在全國權威學術刊物《古漢語研究》1992 年 4 期發表，受到中國社科院語言所古漢語室主任王克仲的好評。畢永光、陳心華、蔡志誠、張守君等一大批本科畢業生在新聞刊物上發表的許多文章，也表現了良好的語言文字素養。這既是各門課程綜合培養的結果，也是語言基礎紮實的證明。本人的教研論文《詞義教學的書面形式誘導法》在《文教資料》1996 年 1 期發表。

二、理論意義

綜上所述，新教材教法具有如下理論意義：

（一）思想水平

1. 把傳統語言學側重知識的工具論通識教育轉移到強調完善人格、道德意識、知識、能力和諧發展的全人教育。

2. 把傳統語言學視學生為教育客體的觀念轉移到真正確立學生為教育主體的觀念，即承認學生是活生生的、有個性的、不斷發展的、具有主觀能動性的認識主體。

3. 把教學方法論上不自覺的機械唯物論轉變為自覺的辯證唯物主義與歷史唯物主義相結合的科學方法論。

（二）科學水平

1. 教改方向、理論格局從對教學過程中各種規定性內容的考察向教學論的元理論、元方法層次轉換。突破了以過程、內容、原則、方法、形式評價為基幹的理論體系，在主體教育觀的指導下，吸收現代科研成果，以新的視角，從元理論、元方法的深層次上建構新理論格局。

2. 突出科學思惟方式的重要性。從過去機械的嚴格決定論，單純的因果解釋框架和還原論思惟方式，轉移到確立整體的、非線性的、動態發展的、不可絕對還原分析的唯物辯證的科學思惟方式。

3. 廣泛吸收現代生態學和其他各門學科的研究成果，構成邏輯聯貫，論、證合一的科學教學內容，符合當代大學生的認識規律和思惟發展水平。

（三）教學水平

1. 教學目的、教學內容、教學方法相互適應，教學目的在教學內容中體現，教學內容以教學方法引導表述，整個教學過程具有謹嚴的系統性。

2. 教學內容包含新的理論體系和新的實證材料，理論結合實際，在國內大學中率先開出新課程，出版新教材，具有符合我國國情的先進性。

3. 把傳統的單向或雙向教學活動，轉變為多邊互動的信息交流活動，師與生，生與生，師與師之間的多邊互動，形成了教學信息全方位流動的立體網絡。這樣的教學活動模式具有很強的啟發性和驅動力。

4. 教學方法的科學化、個性化和多樣化，打破了僵化的程式化教學框架，具有較強的解釋力和鮮明的時代性。

三、推廣價值

新課程新教法具有如下推廣價值：

1. 本項目關於教育培養目標調整的新思路，對制訂高等教育人才培養的總體戰略目標有參考價值。

2. 本項目建設的新課程，適宜在大學本科作為全校性選修課或語言學配套選修課推廣，這對文理科課程的相互滲透和語言學課程的綜合化、人文化有促進作用。

3. 本項目創造的三種教學法，對不同學科的課堂教學都有借鑒意義。尤其是生態系統分析法有利於培養學生的科學思惟方式。

但是，由於歷史條件的侷限，有的文科教師不熟悉自然科學知識，不能熟練使用數學工具，有的理工科教師對人文科學知識也比較生疏，這就給推廣新課程新教法在客觀上增加了難度。因此，本項目取得的成果，適宜在具備條件的高校試行，然後逐步推廣。

隨著高新科技的迅猛發展和信息時代的來臨，學科之間的交叉滲透呈現高度綜合化趨勢。傳統的文理分科以及各學科內專業的細密分類，已經越來越不適應社會發展對人才的需求。語言學課程的綜合化發展方向，在理論上適於培養綜合型高素質人才，在實踐上適合社會新型綜合產業的迫切需要。但語言學課程如何適應未來信息社會對語言文字的特殊要求，仍然是一個尚待探索的新課題。

原載陳章幹主編《廈門大學教學研究論文匯編》（政法、人文學科分冊），廈門大學出版社，1998 年 8 月版。

流光溢彩的東南亞華文小說文學語言

　　東南亞華文小說是用漢字書寫的，它的文學語言與漢民族的語言和文字有著密切的關係。但是，由於不同國度的政治、思想、經濟、文化、風俗和語言等多種因素的影響，東南亞華文小說的文學語言具有與當代中國小說不同的特點。

　　首先，東南亞華文小說的文學語言表現出鮮明的地域特點。這種特點在作家筆下通過語詞的精心組織而自然流露出來。翻開新加坡作家趙戎的小說《芭洋上》，一股強烈的南洋氣息撲面而來：「呵，別了！那寂寞的小城，那濃厚醉人的椰花香，那樣素耿直的居民，那鱷魚出沒的雲邊河，那綠油油的曼格羅叢，那沉默寡言的馬來船夫……」這段文字以極具地域特點的文學語言詞彙，突出地表現了東南亞的自然風貌。就在這篇小說裏，「棕櫚的羽葉」，「巫羅金樹新綠的嫩芽」，「迎風而舞的葵扇樹」，「開著白花的斯茅草」等短語，無不是抓住具有東南亞特徵的事物著筆，這就使東南亞華文小說的文學語言與當代中國小說有了明顯的區別。文學語言詞彙，是文學文本地域風格的一個標誌。以富於地域特徵的詞彙來描寫自然風貌和人物形象，從而形成自己文學語言特色的華文作家並不少見。如泰國作家巴爾在《被遺忘的人》裏描寫雨景：「兀地一股風暴掠空而過，一陣淅瀝的豪雨從天而降，驟然街邊積水盈尺，行路艱難。」這段文字突出了熱帶海洋氣候的特徵，表現了東南亞與中國的溫帶、亞熱帶氣候的明顯差異，運用有地域特徵的語詞造成了如臨其境的效果。印尼作家黃東平的

小說《女傭細蒂》有這麼一段文字：

> 老易卜拉欣眯垂的眼皮陡然睜得滾圓，那反映的迅速，有似躺
> 在水裏裝死的鱷魚突然用巨尾摔打闖到岸邊喝水的麋鹿，快到叫人
> 咋舌。

這段話裏的比喻句，選擇了南洋盛產的鱷魚來比喻陰險兇惡的地主，非常生動貼切，叫人一看就知道當代中國作家不可能嫻熟運用這麼切合地域特徵的比喻句。可見，利用富於地域特徵的詞彙來描繪自然環境風貌，選擇具有地域特徵的語詞來刻畫人物形象，是東南亞華文小說文學語言的一個特點。

其次，東南亞華文小說裏有些經常運用的語詞是當代中國小說所沒有的。這些語詞反映了當地的社會政治、經濟、文化各方面的情況，包含了很豐富的信息，同時，由這些語詞構成的文學語言，增強了華文小說藝術地表現現實生活的力度。正是這些語詞表明了東南亞華文小說文學語言的獨特性。例如巴爾《被遺忘的人》：

> 那是現今流行泰華社會的一套，何況在八十年代的核子時代，
> 不擺場為僑領煊顯一番，世人哪會知道清水兄是現今泰華社會財產
> 論億計的僑領哩。

這段文字裏的「現今」、「泰華社會」、「核子時代」、「擺場」、「僑領」、「煊顯」、「世人」等語詞，在當代中國小說中幾乎見不到。這篇小說裏的「假寢」、「措理」、「梟吞」、「洋行」、「領首」、「茶霸」、「怯怕」、「什工」等等，當代中國小說根本不用。馬來西亞作家韋暈的《春汛》裏出現的「頭家」、「頭手」，方北方《殘局》裏的「麻雀牌」、「舞女媽咪」，趙戎《芭洋上》的「酸疲」、「鴨腳菜」、「擔挑」，馬來西亞作家雲裏風《俱樂部風光》的「唐茶」、「朱律煙」、「紅毛妹」、「爛蕉會」、「架步」、「割名」、「牛腩粉」，中國小說也沒有這些語詞。至於華文小說裏常用的「唐山」一詞，並非城市名稱，而是指中國。「唐茶」就是中國產的茶，「唐瓷」是中國產的瓷器，「唐人」也就是中國人。這些當代中國小說沒有的語詞，成為華文小說文學語言的一道獨具特色的風景線。

再次，當代中國小說很少運用方言語詞，有的作家群體，如山藥蛋派作家比較注意化用當地方言，但在強調普通話規範的環境裏，方言成分畢竟很少。至於以化用南方方言為特色的當代中國小說至今尚未出現。而東南亞華文小說則普遍化用粵、閩、客方言的語詞和句法，並且形成了明顯的文學語言特色。

雲裏風小說裏的「好睡」、「衰仔」、「偷食」、「豬僚」就是方言語詞。他的小說
《卡辛諾》寫李進財與趙老闆的對話，方言色彩非常濃厚：

> 「呀！巨就係莊太太？」李進財吃驚地叫起來。「當然係了，呢
> 的係一單生意，你估我趙某人真會傻得甘交關，肯花四萬元去玩一
> 次破碗？哪！聽講巨既老公後日就要返來，邊個唔知莊先生係個大
> 富翁，閒閒地有幾百萬身家……」

我們不提倡在文學文本中過多地用方言，但吸收方言裏有營養的成分來豐
富文學語言，是使文學語言保持旺盛生命力的一條途徑。東南亞有不少華文小
說都吸收了一定數量的方言語詞。如菲律賓作家林泥水《恍惚的夜晚》有「蟳」、
「蟳股腳」、「鱟」、「豬母」；泰國作家司馬攻《探親奇遇》有「喉乾想食河中
水，想起家鄉目汁流」，《金表的故事》有「愈愛臉，愈無臉」；苗秀的《流離》
有「睇」、「板厝」、「困著」、「屋租」、「舊家」；韋暈《春汛》有「魚寮」、「網
罟」；方北方《殘局》有「紅毛樓」、「門限」；趙戎《芭洋上》有「晏晝」、「仔」、
「米食」、「種禾」、「腳支」、「估輸」、「赤佬」、「舢舨」、「好揾」、「滾水」等等。
方言語法的融入也使東南亞華文小說的文學語言表現出與中國小說不同的特
色。趙戎的《芭洋上》有這麼一句話：「州府地種禾一年有兩三道好收成」，其
中量詞用「道」不用「次」。還有一句話：「酒嗎？在新村是應該有得賣的……
不過，太貴了，動不動就幾百塊錢一枝。」其中「有得賣」普通話沒有語氣詞
「得」，這個「得」就很有方言特色。普通話論酒用「瓶」，方言用「枝」，量詞
不一樣語言特色也就不同。巴爾《被遺忘的人》有「一架的士」，「一條毛髮」，
都以方言量詞「架」、「條」來組織語句，不用普通話的「輛」和「根」。苗秀
的《流離》裏有句話：「你是海峽殖民地的土生麼？」按普通話的說法應該是
「你是海峽殖民地土生的麼？」普通話用「的」字短語「土生的」，而方言語
法卻習慣用定語直接限定「土生」，由此可以看出文學語言的特點與方言語法是
密切相關的。《流離》還有個語句：「他老一住走路一住想」，這裡的「一住……
一住」與普通話的「一邊……一邊」語言色彩不一樣，前者具有明顯的南方方
言色彩。由於南方方言語法的影響，東南亞華文小說裏有的語句也表現出與當
代中國小說不同的語序特色。如《被遺忘的人》「三幾十年來的友情」，《芭洋
上》「快來摘多點呀」，「再要走，也得充實饑腸一下才成吧」，《女傭細蒂》「自
己這三幾十年來」，雲裏風的《俱樂部風光》「快點給奶他吃」。中國當代小說

基本上都按普通話的語法規則造句，絕不會說「三幾十年」，而是「三十幾年」。「摘多點」一般應是「多摘點」，副詞放在動詞之前，不會像南方方言那樣狀語副詞後置。「充實饑腸一下」普通話語序應是「充實一下饑腸」。「快點給奶他吃」應是「快點給他奶吃」，南方方言裏間接賓語與直接賓語的位置正好與普通話相反。這些方言語詞和方言語法融合在小說的文學語言裏，使東南亞華文小說的文學語言獨具一格。

當代中國小說的文學語言在相對單純的語言環境中，較少受到國外語言的影響，而東南亞各國的華文小說家生活在不同的國度，必然受到該國語言或當地土話的影響。不同國度的語言和不同地方的土話被吸收到漢語裏來，形成了華文小說文學語言的又一特色。黃東平的小說《女傭細蒂》堪稱這方面的代表作。小說開篇第一句話就是：「這裏將講述一名『峇務』（某地域語言，女傭音譯）一生的經歷」，作者用括號交待了「峇務」的來源。凡是從當地語言吸收的語詞，作者都在括號裏標出了語詞的意義或者在行文時作了說明。如「只圍著半截紗籠（筒裙）的十歲上下的女孩」就在括號裏標出了詞義，而「上身的當地『卡峇耶』女上衣又破又髒」則隨文說明了「卡峇耶」是一種女上衣的名稱。類似的語詞還有「亞答」（棕櫚葉等編成的茅板）、「耶」（是的）、「哇影」（一種牛皮傀儡戲）、「沙峇爾」（忍耐）、「伯爾迷西」（請准許）、「卡多卡多」（一種食品）、「勁格爾」（開掌時拇指尖到中指尖的距離）、「掛沙」（進入「禁食月」）、「魯拉」（村長）、「惡勿弄」（上帝責罰）、「拉剌格冷」（血乾症）、「峇爸」（稱父親並任何老者）、「西阿兒」（衰）、「娘惹」（已婚婦女）等等。作家吸收當地語言的詞彙，以音譯為主，同時也兼顧漢語的意義和文化特點。如「峇爸」和「娘惹」都是音譯詞，但考慮到漢人對父輩、母輩的稱呼習慣，選用了「爸」和「娘」作為構詞成分。又如把當地語的筒裙譯為「紗籠」，把上帝責罰譯為「惡勿弄」，都注意到漢語的詞義和文化特點。用「端勿殺」音譯荷蘭語「大老爺」，生動地揭示了統治者與被統治者之間的階級壓迫關係。用「坷埠」意譯港口城市的名稱，不但切合漢語的詞義，名副其實，而且適合漢語的構詞規律。至於「烏吝木」、「爛芭地」，讀音是當地的，意義則是漢語的，當地語與漢語緊密融為一體。這些新鮮的語詞是形成東南亞華文小說文學語言特色的重要因素，也是她與中國小說文學語言相互區別的重要標誌。不少華文小說作家還把當地語詞音譯的成分與漢語的詞素相互結合構成新詞，如苗秀

《流離》的「山芭」、「阿答厝」、「羅鰲車」，其中「芭」、「阿答」、「羅鰲」是當地語詞音譯的，而「山」、「厝」、「車」則是漢語詞素。韋暈《春汛》的「亞答屋」、「芭頭」、「芭邊」、「芭地」、「甘夢船」、「甘夢魚」，其中「亞答」、「芭」、「甘夢」也是當地語詞音譯的，「屋」、「頭」、「邊」、「地」、「船」、「魚」都是漢語詞素。《芭洋上》的「芭洋」、「開芭從」、「耕芭的」、「芭屋」、「芭場」、「芭林」這一串語詞，除「芭」是當地語詞音譯的而外，其餘全是漢語詞素。當然也有純粹音譯的當地語詞，如《春汛》的「甘榜」（鄉村）、「羅哩」（貨車），雲裏風《相逢怨》的「瓜得」（死去）、「麻麻地」（過得去），《望子成龍》的「巴剎」（菜市場），《黑色的牢門》的「干仙」（傭金），泰國作家司馬攻《他再也不是一個笑話了》的「邦乃」（去哪裏）、「門脆」（胡亂）、「沙越哩」（你好）等。這些中國讀者看來比較陌生的語詞，正是華文小說文學語言獨創性的表現。

與中國小說很少引用英文相反，東南亞華文小說直接引用英文比較常見。例如雲裏風寫的小說就有這種語言特色。他的小說直接運用英語詞句的如：《相逢怨》裏的 Cas（煤氣）、Lo usy（差）、Ice cream（冰淇淋）、Notice（通知）、Jaga（守門人）；《望子成龍》裏的 Pass（及格）、Shopping（買東西）、Good morning，How are you（早安，你好嗎）；《慈善家》裏的 Gancer（白細胞過多症）、Leukaemia（血癌）。此外，印尼作家林萬里的《結婚季節》裏有 INDOPALACE、FREE MEAL。文萊作家煜煜的《圈套》裏有 TOYOTA、SORRY、WHAT。菲律賓作家林泥水的《恍惚的夜晚》裏有 GOLDEN STAR HOTEL。新加坡作家張曦娜的《都市陰霾》裏有 Samsonite、artwork、private & Secret。英語作為一種國際性的語言，對東南亞國家有著長期的影響，東南亞華文作家在漢語中夾用少量英語詞句，形成了華文小說與中國小說不同的文學語言特徵。但是，東南亞華文小說家們並非消極地引用英文，而是有選擇地把英語裏的某些成分吸收到漢語裏來，融化為漢語的成分。吸收的主要手段是把英語音譯為漢字。如雲裏風的小說裏就有音譯語詞「吉」、「的士」、「貼士」、「巴士」、「派對」、「嬉皮士」、「卡辛諾」等等。林萬里的小說《結婚季節》有段文字：「阿貴哥的汽車在路上大約跑了半個小時，就到達一座綜合性大廈——『引渡迫來殺』（暫時如此音譯，因為洋文寫 INDOPALACE，目前世界各地時興以 PALACE 命名大建築物），杏花樓就在該大廈第八層樓上。」這段話足以表明

華文小說家是非常注意吸收融化英語詞彙的，而且在音譯時充分考慮到漢字所表達的意義。

東南亞華文小說家們一方面吸收了外國語言和當地土語的營養豐富了自己的文學語言，另一方面又繼承了中國古典文學的優良傳統，把古漢語裏的語言菁華融化在自己的作品中，使文學語言變得典雅雋美，既有中國傳統文化的美學特徵，又有東南亞各國的地方風韻和情趣，這樣，東南亞華文文學語言就兼具了多種文化內涵，形成了與中國小說文學語言不同的特色。

司馬攻的《水燈變奏曲》是把古代語詞與現代漢語，中國文化情結與當地民俗習慣融為一體的代表作。就全文看，似乎全用的是現代規範的書面語，細細探尋，在現代規範語句之中，巧妙融入了中國古代語詞。例如「我獨自走在北風輕拂的路上」，「輕拂」就是中國古代的文學語言。又如「攘往熙來的人群蕩在沿河的路上，有前來放水燈的，也有觀水燈的。而我此來則是兩般皆是。」其中「攘往熙來」、「觀」都是中國古代語詞，「而我此來則是兩般皆是」這句話用的是中國的文言語詞和句法，用來描寫當地水燈節的風貌。而富有中國文化氣息的古代語詞還有「如願以償」，「置於我的案上」，「較為幽靜」，「屈膝」，「在暮色與思緒兩蒼茫之中」，「何必」，「茫茫然」，「迎面而來」，「怦然而起」，「悵惘之中悄悄而來」，「希望之光」，「回首」，「只見水波粼粼」。正是這些富有中國文化氣息的古代文言語詞自然融會在現代規範語句之中，使得整篇作品不像小說，倒頂像一首散文詩，既充滿著雋美淒清的中國傳統審美情趣，又縈繞著對水燈寄託的異國風俗思緒。這些富有中國文化氣息的文學語言表現的是當地的民俗水燈節的世態風情，這就使整個文本的每個語句都煥發著兩種文化自然融洽的絢麗光彩。《花葬吟》不但把「瘦如桃花」、「風吹欲透」、「幾許憔悴」等中國古典味十足的語詞自然融入現代語句，而且還直接引用《紅樓夢》中的名句以及林黛玉《葬花詞》裏的詩句。小說借助這些古代語詞不但塑造了富於詩意的陳家三小姐的高雅形象，而且通過陳家三小姐與賣花女命運的對比，揭示了泰華社會貧富懸殊的冷酷現實，使帶有中國傳統美學特徵的古代語詞，打上了泰華社會現代文化的烙印，從而使文本的文學語言具有雙重文化內涵。菲律賓作家小四的小說《鑼鼓聲中》有一段文字寫人：

> 美純貌僅中姿，而音色迷人，只聽她『咿』啟唇一聲，那種輕
>
> 柔，那種婉轉，已叫人神為之摧，魂為之折，彷彿看見了家鄉樓頭

的春日、溪邊的垂柳。

還有一段寫感想：

> 在那老樂工的簫聲裏，家鄉是如此近在咫尺又如此遙遠！何處
> 是子胥慟哭的秦庭？何處是多荷的金陵？何處是煙雨嫵媚的江南？

中國古代語詞同現代漢語融合無間，異國情思與中國古老文化渾然天成，寄託了作者在當地文化環境中對中國古老文化的追憶，從而使文學語言既反映了菲華社會的現實情景，又顯示了語言詞彙所負載的中國古老文化信息。新加坡作家尤今的小說既表現出對新加坡社會現實問題的關注，又在她那道地而流利的現代書面語裏透露出中國古代文學語言的神氣。《荒地上的心願》有兩段描寫荒地的文字就明顯蘊含著中國文化的審美情趣和對新加坡現實社會的觀照。例如作者運用「溫柔」、「翠綠」、「墨綠」、「淡雅」、「愛撫」、「叢生」、「泛出」、「長滿」等語詞描繪眼前的圖景，都是現實社會的寫照。還有「漫漫」、「熙和」、「恣意」、「沁心悅目」、「參差錯落」等中國古代語詞，既蘊含著中國文化的藝術審美情趣，同時又映射出新加坡當代社會的世故人情。這些語詞自然融合為典雅雋美的文學語言，從而使文學文本具有雙重的文化品位，顯得光彩煥發，情趣盎然。荒地在她的筆下變成了令人神往的勝境。

利用漢語的語音特徵來組織語詞，構成富於聽覺美感的文學語言，也是東南亞華文小說文學語言的一個特點。最典型的例子當數尤今《老樹已千瘡百孔》裏描寫市場花攤的一段文字：

> 攤上的鮮花，以色，以香，以形，去誘人、引人、吸人。杜鵑、
> 雪柳、玫瑰、胡姬、桃花、梅花、菊花、白蓮、玉蘭、鳳仙花、長
> 壽花、康乃馨，等等等等，爭露笑靨，迎風招展。

從音步看，這段文字以兩音節、三音節和四音節的語言單位構成逐級遞陞的階梯結構，節奏整齊，明快高昂。從音節的平仄看，「以色」、「以香」、「以形」的第一個音節都是仄聲，與之相配的音節有兩個是平聲；「誘人」、「引人」、「吸人」的第二個音節都是平聲，與之相配的音節有兩個是仄聲。平仄的巧妙搭配造成了動人的音韻美。其餘的語詞也是平聲音節占絕對優勢，整段文字聲音和諧流暢，洋溢著亮麗優雅的情趣，充分顯示了漢字音節的音樂性是構成文學語言特色不可忽視的重要因素。黃東平也很注意利用語詞節奏和音節的搭配造成聽覺美感。《有女初長成》用「塗脂抹粉」、「奇裝異服」描寫摩登小姐還不夠，

再加上「打扮得漂漂亮亮，香香噴噴，嘻嘻哈哈，吱吱喳喳，三五成群，驕視一切」。《女傭細蒂》描寫爪哇風光：「藍天、白雲、遠山、稻田、椰林、果樹、村舍、小溪、農民、水牛」，一連用了十個雙音詞，造成整齊的節奏和響亮的樂感。講究句式的整齊和音樂節奏本是中國古代韻文的傳統，東南亞華文小說家把這一傳統創造性地用來作為描寫人物與自然環境的手段，使華文小說的文學語言也具有中國韻文的聽覺美感。

　　散發著濃鬱泥土味的東南亞各國當地語彙，以及英語借詞，還有古代漢語和南方方言裏的一些詞彙，在東南亞小說家們的筆下，水乳交融，流光溢彩，成為當代小說文學語言園地裏風格獨特的一朵奇葩。

原載廈門大學出版社，2001 年 9 月版《新華文學歷程及走向》。

文學語言的藝術功能

　　所謂文學語言的藝術功能是指文學語言在具體文本環境中的美學效果。文學語言的表現形式不同，美學效果就會不一樣。表現形式有不同的層次，不同的範圍。就整個文本而言，它包括體裁、篇章結構、敘事方式、語言風格等等；就具體語段而言，它包括語詞的選擇與組合、語句的長短和結構、修辭手段、語音特色等等。這裡僅以丁玲代表性文本的具體語段為例，剖析文學語言的藝術功能。

　　《莎菲女士的日記》十二月二十四第 2 自然段〔註1〕為表現人物沉悶的心境，以有聲的形象和無聲的形象構成沉鬱的意境。有聲形象選取了住客和打電話者，以住客喊夥計的聲音為表達重點。這有聲的形象並不是對人物形象的描繪，而是通過一系列語詞的精心組合，由一群語象構成的意象引起聯想，進而借助聯想產生形象。這個語段一開始就抓住「生氣」這個詞，接著指出之所以「生氣」的環境外因首先就是「聲音」，為了使「聲音」給人以身臨其境的感受，作者選擇了「粗」、「大」、「嘎」、「單調」等形容詞，一連用 4 個「又」把這些互不相干的語詞組合為多角度顯示「聲音」性質的意象群，由此聯想而產生有聲形象。「這是誰也可以想像出來的一種難聽的聲音」，這種「難聽的聲音」正是形容詞和連接詞的巧妙運用所造成的形象聯想，聯想產

〔註1〕丁玲，《莎菲女士的日記》，載《丁玲選集》第二卷，四川人民出版社，1984 年 8 月版社，第 46～47 頁。

生的形象雖然不像直接的形象描寫那樣具體可感，卻具有如見其人、如聞其聲的美學效果。無聲形象選取了「牆」、「天花板」、「夥計」、「飯菜」、「沙土」、「鏡子」等名詞，以「尤其是」引出一連 6 個「那」，把這些表示不同環境因素的詞語組合起來，形成令人窒息的環境壓力。這壓力通過一系列各自獨立的語象構成相關的意象，再由意象聯想產生「寂沉沉的可怕」的無聲形象。無聲形象和有聲形象共同營造了沉鬱的環境氛圍，透過環境映現人物心境，這就巧妙地將抽象的「生氣」形象化，藝術地表現了人物的內心世界。

為了把抽象的「生氣」形象地展示出來，作者集中力量揭示人物的心境，而心境則是通過對各種類型的意象組合來表現的。意象的組合除了靠思惟聯繫之外，句法的結構和形式也有一定的作用。為了表現沉悶煩惱的心緒，作者運用了相似性的句法加重煩悶的氣氛，如「那些住客們」、「那聲音」、「那樓下」、「那四堵粉堊的牆」、「那同樣的白堊的天花板」、「那麻臉夥計」、「那有抹布味的飯菜」、「那掃不乾淨的窗格上的沙土」、「那洗臉臺上的鏡子」、「那你的臉」，一連 10 個由「那」構成的偏正結構的短語，單調重複的句式，令人不勝其煩，這正是人物心境在語法形式上的藝術表達。除了運用 10 個由「那」構成的短語營造適合人物心境的語法形式而外，作者還運用「只好」、「只要」、「只我」、「只是」等以限定副詞「只」構成的短語，凸現人物無可奈何的苦悶心境。沉鬱煩悶的環境不僅是人物個人心境的外化，而且是所有處在這種環境之中的人的可怕感受，這表現在第一人稱單數與第二人稱單數敘事人稱的變換：「它們呆呆的把你眼睛擋住，無論你坐在哪方」、「便沉沉地把你壓住」、「這是一面可以把你的臉拖到一尺多長的鏡子，不過只要你肯稍微一偏你的頭，那你的臉又會扁的使你自己也害怕」。不用第一人稱單數而用第二人稱單數作為敘事方法的妙處在於把人物的感受泛化，使讀者感同身受，從而深入人物心靈，與文本中人物的思想情感融為一體。文本中共出現 8 個「你」，僅第三句就不避重複一連用了 5 個「你」，代詞的多次重複加重了沉悶單調的氣氛，同時也與短語「生氣了又生氣」的重複用法相呼應，在句法層次上強化了環境氣氛與人物心境互為表裏的整體藝術效果。長句的運用在形式上比較繁複，在寓意上容易令人產生煩悶層層的聯想，如「真找不出……生氣了又生氣」這個長達 111 個漢字的句子，從麻臉夥計、抹布味的飯菜、窗格上的沙土，到洗臉臺上的鏡子，由遠及近，層層寫出令人生氣的人和事物。句法的重複，句式的綿長，與人物

煩悶的心境相得益彰，水乳交融。

　　為了讓無聲的形象生動起來，作者運用了擬人手法，賦予無生命的物體以行為動作，如牆能把人的眼睛擋住，天花板沉沉地把人壓住，鏡子可以把人的臉拖到一尺多長。化靜為動的修辭手段使沉悶的環境變得既生動又形象，從而更加令人「嫌厭」，令人「害怕」，「令人生氣了又生氣」。為了追求聲情並茂的藝術效果，不少語句的節奏和平仄與語義表達相互配合，如「它們呆呆的把你眼睛擋住……便沉沉地把你壓住」這個長句以擬人手法描寫牆和天花板對人物心境造成的壓力，採用單音節、雙音節、三音節 3 種類型不同的音步錯雜排列，由於每個音步包含的音節數目多少不一，因而音程長短不一樣，語速必然或快或慢。就平仄看，整個語句以平仄間雜為主，形成語音的高低反差。語音快慢不均高低不一，有利於表現煩躁不安的心態。在平仄間雜之中也有變化，如「把你壓住」全是仄聲音節，「把你眼睛擋住」除一個平聲音節外也全是仄聲音節，這些連成一串的仄聲短促低沉，給這無聲的形象添加了「寂沉沉的可怕」陰影，從而增強了語句的藝術感染力。

　　與《莎菲女士的日記》通過有聲與無聲形象揭示人物心境不同，《太陽照在桑乾河上》第 37 章《果樹園鬧騰起來了》第 10 自然段〔註2〕則是通過對果樹園晨景的描繪來表現翻身農民豐收的喜悅。果樹園的晨景包括人與物。寫人的部分文字不多，是概寫；寫物的部分內容豐富，是細描。寫物是為了表現人，寫物越是精細入微，就越能淋漓盡致地展示人的精神風貌。

　　先看作者是怎樣寫人的。首句即用擬人手法，以關鍵動詞「蘇醒」、「飄起」為主幹，選擇有代表性特徵的一群名詞：「大地」、「晨曦」、「果樹園子」、「笑聲」，再加上形容詞「薄明」、「肅穆」、「清涼」、「清朗」，組合成一幅喜氣洋洋的晨樂圖。這幅圖畫由三個意象構成：一是蘇醒的大地；二是肅穆清涼的果樹園；三是發出清朗笑聲的人們。語詞映現的語像是構成意象的基礎，對語詞含義的分析有助於發掘意象的內涵。如「蘇醒」，就是把大地作為人來描寫，變無生命的大地為有自主行為的生命體。文本表層的意義是指大地在薄明的晨曦中煥發生機，猶如沉睡的人一朝醒來那樣。而深層意義則是指在剝削階級壓迫下的暖水屯貧農在共產黨領導下一朝覺悟，向十一家地主奪回自己的

〔註2〕丁玲，《太陽照在桑乾河上》，人民文學出版社，2004 年 3 月版，第 180 頁。

勞動果實。第 11 自然段在描述沉默的李寶堂第一次感受到豐收的喜悅時，這樣寫道：「他的嗅覺像和大地一同蘇醒了過來」，這就點明了作者的意圖。因此，明寫大地蘇醒，實指貧農覺醒；明是將物擬人，實是以大地隱喻廣大的貧苦農民。如果說以大地喻翻身農民是曲筆的話，那麼「飄起」就是對人們精神風貌的正面描寫。寫笑聲為什麼不用「響起」而用「飄起」？一字之差，意境不同。「響起」側重於聲音的音量，「飄起」著重在聲音的傳播範圍。果樹園空間範圍廣，摘果子的人很多，用「響起」不足以表現果園地域寬、人數多的特徵。用「飄起」不但令人聯想到悅耳的聲波與清涼宜人的晨風，而且造成一種神奇空靈的意境，讓人感受到翻身農民第一次收穫勞動成果的那種由衷的歡樂。

　　寫物分兩面，一面寫動物，另一面寫靜物。動物以鳥雀的喧噪和甲蟲的亂闖反襯人們歡樂的程度，此是略寫；靜物以樹葉、果子、露珠、果皮、彩霞等物象為重點著力細緻描繪，以相關語象構成一系列意象，展示了一幅神奇瑰麗的果園晨景圖。首寫果子之多，以樹葉為陪襯。繼寫樹葉之濃密，然而濃密的樹葉怎麼也藏不住果子，可見果子之豐碩。次寫露珠的神奇，以霧夜中耀眼的星星作比。閃光的露珠一方面表現了果園在晨曦輝映下的瑰麗景色，另一方面晨露未晞，暗示當家作主的人們很早就已來到果園。再寫紅色果皮柔軟而潤濕，與前文「那一累累的沉重的果子」相呼應，既是豐收的表徵，又營造了一個溫馨的環境。最後寫彩霞，用「點點」、「金色」描繪彩霞的形和色，用「一縷一縷」、「透明」、「淡紫色」、「淺黃色」描繪果樹林反映出的薄光，進一步展現果園的瑰麗景色，象徵翻身農民的美好前程。這一段靜物描寫擅於運用語音重疊的手法增強聲律的美感，構成生動的意象，如寫樹葉在「枝條上微微擺動」，「微微」除了給人以動態感覺而外，自然聯想到清涼的晨風和沉重的果實。文中兩次出現的「密密」一詞，強化了果樹園這一意象，暗示這果樹園不僅肅穆、清涼，而且繁茂。「點點」則是對果樹園裏的彩霞富於個性特徵的描繪，把天上的霞光透過綠葉形成的光影表現得生動細緻。作者巧妙地運用樹葉、果實與自然光線所具有的色彩，把它們調配成五色斑爛的圖畫。點點的金色與一縷一縷的淡紫色、淺黃色交相輝映，再加上果子的紅色與樹葉的綠色，整個果樹園成了一個五光十色，瑰麗神奇的世界。作者通過對人們歡聲笑語的正面描寫以及對果樹園瑰麗神奇意境的營造，讓人感受到當家作主的農民對豐收的

喜悅，對新社會的熱愛和對未來幸福的憧憬。

《杜晚香》的第一章《一枝紅杏》的第二自然段〔註3〕也是寫人並寫物，而且也是通過寫物來表現人的心靈。與《果樹園沸騰起來了》不同的是，這個語段不僅通過景物描寫表現人物心靈，而且直接把筆觸伸入人的內心世界，細緻展現人物的心靈奧秘。

作者營造的景物環境是北方廣袤的高原。由「藍天」、「白雲」、「高原」、「大鷹」等名詞為主幹，再加上「寥廓」、「飛逝」、「大」、「平展展」、「漫天盤旋」等形容詞和動詞性短語，組合成一系列富有獨特個性的意象。這些意象構成了杜晚香幼年生活的環境形象。這一環境形象的特徵與人物性格的形成有密切的聯繫，因此，對環境景物的描寫實質上是對人物性格特徵的揭示。語詞組合產生的意象富於象徵意義，如「寥廓的藍天」與「飛逝的白雲」，還有「一直望到天盡頭」的高原，這三個意象在文本中構成了一個天高地闊的環境形象，這一環境形象不同於南方的平原，它的個性特徵不僅是藍天寥廓，白雲飛逝，高原大到能一直望到天盡頭，在杜晚香眼裏，還有「零零星星有些同她父親差不多的窮漢們」，還有散散落落的綿羊找草吃。不過，這只是語詞層次上的意義，其實，大原海闊天空，正是幼年杜晚香舒坦心靈的表徵；大原上的農民貧苦勤勞，這正是造就杜晚香勤勞樂觀性格的搖籃。漫天盤旋的大鷹，其實是杜晚香幼小心靈的外化，因為大鷹系聯著晚香對媽媽的期盼。作者給小晚香無形的思念插上自由翱翔的翅膀，化作具有強烈動感的意象，這就把景物描寫與人物性格的形成、人物心靈的揭示融為一體了。

直接展現晚香心靈奧秘的文字充滿熱愛與懷念媽媽的激情：

媽媽總有一天要回來的。媽媽的眼睛多柔和，媽媽的手多溫暖，媽媽的話語多親切，睡在媽媽的懷裏是多麼的香甜呵！晚香三年沒有媽媽了，白天想念她，半夜夢見她，她什麼時候回來呵！〔註4〕

這段文字在用詞上首先以形容詞「柔和」、「溫暖」、「親切」、「香甜」為核心，與相關的名詞組合成不同的意象，從「眼睛」、「手」、「話語」、「懷裏」等不同

〔註3〕 丁玲，《杜晚香》，載《丁玲選集》第二卷，四川人民出版社，1984 年 8 月版，第510～538 頁。

〔註4〕 丁玲，《杜晚香》，載《丁玲選集》第二卷，四川人民出版社，1984 年 8 月版，第510～538 頁。

方面分別表現女兒對母愛的渴望,這些不同方面的母愛以程度副詞「多麼」為紐帶融匯為小晚香心目中的母親形象,這就把不可見的思親情懷具體化形象化了。接著以動詞「想念」、「夢見」坦露小晚香心靈深處對母親的渴想,以時間名詞「白天」和「半夜」點出渴想之切——不分日夜。在句法上以採用相同的句型為主,如第二個語句的 4 個分句都是主謂句,第三個語句的中間兩個分句都是述賓句,相同的句型有助於加強同一類語義和情感的表達,從而使形象具有更強的藝術感染力。這段文字運用的排比句式,從眼的視覺感受,到手的觸覺感受,再到話語的聽覺感受,最後到母親懷抱的整體感受,把小晚香心中的期盼層層推進,感人至深;而對偶句更把白天與子夜相聯,想念與夢見相比,白天不能實現的渴望只能於半夜的夢境去追尋,令人強烈感受到小晚香對母愛的執著與人物性格的倔強。這段文字具有鏗鏘的音律美,因為相鄰的短語幾乎都有相同的語詞出現。如「媽媽」出現 6 次,「多」出現 4 次,「她」出現 3 次,這種「聯珠」用法造成了迴環往復的旋律,使語句具有深長的韻味。尤其是疊音詞「媽媽」在語句的相同位置反覆出現,更增強了語句的節奏感,它那高亢響亮的平聲音色,富有金屬般鏗鏘動聽的聲韻美。最後兩個短語以「她」為紐帶前後呼應,這種「頂針」手法不但強化了小晚香渴望見到母親的感情,而且同音重複也增添了語音迴環的樂感。語詞和語句的音律美與語義內容、句法特徵、修辭手段相互諧調產生的藝術效果,使小晚香心靈中的母親形象更為豐滿,作者揭示的晚香幼年的心靈世界也更真切動人。

　　對丁玲不同時期代表性文本的個別語段的分析,是從文本的文學語言底層切入的一次嘗試。這種從文本的語言成分和結構出發探索文學文本藝術內涵的視角和方法,為文學批評提供了可資參考的新思路。

原載《丁玲研究通訊》,2002 年第 1 期。

文學語言的語音特色與文學風格
——以魯迅、茅盾、趙樹理的作品為例

　　歷來探討文學風格，總是把它同文學表現技巧相聯繫，很少涉及文學語言。至於文學語言的語音特色與文學風格有何關係，至今是一片荒漠，無人問津。中國傳統的韻文，如詩、詞、曲、賦等，是很重視語言錘鍊的，對語音特別講究，因為它是構成作家的語言個性，進而形成文學風格的重要因素。值得引起重視的是，除了韻文之外，散文、小說等非韻文作品同樣具備各自的語音特色。對文學文本語音特色的分析，可以窺見作家的文學風格。尤其是獨具一格的文學大家，他們的文學風格首先就從文學語言的語音底層反映出來。以魯迅、茅盾、趙樹理的不同時代的農村題材小說為例，從語音分析入手，可以發現文學語言的語音特色與文學風格的關係。

　　從理論上說，文學大家所創作的任何文學文本，都可以從不同程度上反映作家文本的語音特色與文學風格的內在聯繫；但對具體文本而言，並非在任何語段上的語音組合都能鮮明地體現作家的文學風格，因為語音特色只是構成文學風格的一個因素，僅憑某一方面的特徵就對作家的文學風格下斷語是危險的。這只是問題的一個方面，另一方面，作家代表性文本的某些語段比較突出地表現了作家的個人風格，這也是無可爭辯的事實。因此，下文所分析的文本，都是作家代表作中具有一定代表性的語段，這樣便於發現不同作家的相同

題材文本在語音上的不同個性特徵。代表性語段有兩類：一類是人物刻畫，另一類是環境描寫。

一、人物刻畫的語音特色體現文學風格

先看魯迅的《祝福》所描繪的祥林嫂窮途末路的畫像：

五年前的花白的頭髮，即今已經全白，全不像四十上下的人；臉上瘦削不堪，黃中帶黑，而且消盡了先前悲哀的神色，彷彿是木刻似的；只有那眼珠間或一輪，還可以表示她是一個活物。她一手提著竹籃，內中一個破碗，空的；一手拄著一支比她更長的竹竿，下端開了裂：她分明已經純乎是一個乞丐了。〔註1〕

以上 15 組文字的平仄和音步（下加橫線表示若干音節為一個音步）依次分析如下：

（1）仄平平輕　平平輕　平仄

（2）平平　仄平　平平

（3）平仄仄　仄平　仄仄輕　平

（4）仄仄　仄平　平平

（5）平平　仄平

（6）平仄　平仄輕　平平　平平輕　平仄

（7）仄仄仄　仄仄仄輕

（8）仄仄仄　仄平　仄平　平平

（9）平仄仄　仄仄　平仄　平仄　平仄

（10）平　平仄　平輕　平平

（11）仄平　平仄　仄仄

（12）平輕

（13）平仄　仄輕　平平　仄平　仄平輕　平平

（14）仄平　平輕仄

（15）平　平平　仄平　平平　仄平仄　仄仄輕

在以上 53 個音步中，單音節音步 3 個，雙音節音步 36 個，三音節音步 12 個，四音節音步 2 個，由單音節和雙音節構成的音步占總音步數的 73.6%，而

〔註1〕魯迅，《祝福》，載《魯迅全集》第 2 卷，人民文學出版社，1981 年版，第 6 頁。

且，除 4 個 10 字以上的長句外，其餘都是 10 字以下的短句，整段文字的基調以慢節奏為主。由於節奏緩，音步包含的音節少，易上口，易記憶，文字對應的語詞所形成的意象也就容易給讀者留下較深的印記，這就為表現特定的文學風格提供了音律基礎。從音節的平仄搭配看，「五年前的花白的頭髮，即今已經全白，全不像四十上下的人」這段話的語音的對比很明顯，前面 15 字語調和緩，因為平聲字多，仄聲字少，聲音高低的變化小；後面 9 個字就不同了，3 個平聲字間插在 5 個仄聲字裏，聲音的高低和著節奏的長短變化，表現出明顯的頓挫的語音效果。加之 3 個平聲字全是上揚的陽平調，5 個仄聲字全是下滑的去聲調，聲調高低落差極為懸殊，頓挫的語音效果就更加強烈。「臉上瘦削不堪，黃中帶黑，而且消盡了先前悲哀的神色，彷彿是木刻似的」這段話的前 6 字語調低沉，因仄聲字是平聲字的 2 倍。中間 16 字語調平緩，因平聲字占絕對優勢。後 7 字沉鬱緊湊，一方面由於全是仄聲字，另一方面因為兩個音步都是多音節音步。「只有那眼珠間或一輪，還可以表示她是一個活物」這句話的前 9 個字語調由低沉變頓挫再趨於高亢，因為開頭是一個全由仄聲字構成的三音節音步，中間是兩個平仄相間的雙音節音步，最後是由兩個平聲字構成的音步。這句話的後 11 字語調低沉而頓挫，這是因為除了一個由兩個仄聲字構成的音步而外，其他音步都是平仄配搭，語音高低呈均衡間隔性變化。「她一手提著竹籃，內中一個破碗，空的」，前 7 字之中只有一個仄聲字，語調平緩，中間 6 字平仄間插而仄聲字佔優勢，故語音頓挫低沉。最後 2 字一平一輕，較舒展。「一手拄著一支比她更長的竹竿，下端開了裂：她分明已經純乎是一個乞丐了」，前 13 字中有兩個平聲音步，一個由仄聲與輕聲構成的音步，其餘音步都是平仄對立，故語調平中有起伏。中間 5 字兩個音步平仄對立，語音跌宕。最後 13 字由以平聲為主的音步漸變為以仄聲為主的音步，語調從高平轉為凝重。上列 15 組文字按平仄音節的多少可分為兩類：第 1、2、5、6、10、12、13、15 組算一類，平聲音節佔優勢，語音高低變化幅度小；第 3、4、7、8、9、11、14 組是另一類，平仄混雜，仄聲音節較多，語音的高低變化大。這兩類不同語音群交錯排列組合，構成了整個語段沉鬱頓挫的語音特色。

由於整個語段以雙音節音步為主，而雙音節音步又以平仄對立為主，這就構成了抑揚頓挫對比鮮明的短節奏基調。而由三個仄聲音節構成的音步，無疑

增加了語音的沉重感,當它們與平聲音步共現之際,自然形成了跌宕沉鬱的音樂美。試將第 7 組的兩個多音節仄聲音步與第 6 組的兩個平聲音步的語音對比,不難發現它們正是這一語段的語音反差最強烈的部分,第 8 組開頭的仄聲三音節音步進一步加強了沉鬱感,使 6、7、8 組文字成為這一語段的語音波礫變化最大、語言個性表現最鮮明的地方。不僅如此,這一語段在沉鬱頓挫之中,還給人以和諧的美感,作者在行文之際,注意到語句末字的選擇,如第 10 組的「籃」,第 11 組的「碗」,第 13 組的「竿」諧韻。如果用吳語朗誦,第 5 組的「黑」與第 6 組的「色」也諧韻。顯而易見,這一語段文字的節奏美與韻律美所造成的沉鬱、頓挫、和諧的語音特色與魯迅小說含蓄深沉的語言個性是一致的,這種語言個性是文學風格蘊藉精深的根本基石,它滲透在刻畫不同人物形象的語段中。試看魯迅對閏土形象的刻畫:

> 他身材增加了一倍;先前的紫色的圓臉,已經變作灰黃,而且加上了很深的皺紋;眼睛也像他父親一樣,周圍都腫得通紅,這我知道,在海邊種地的人,終日吹著海風,大抵是這樣的。他頭上是一頂破氈帽,身上只一件極薄的棉衣,渾身瑟索著;手裏提著一個紙包和一支長煙管,那手也不是我所記得的紅活圓實的手,卻又粗又笨而且開裂,像是松樹皮了。〔註2〕

《故鄉》的閏土與《祝福》的祥林嫂在文學語言的語音底層就顯示了作者一貫的語言個性,從而表現了蘊藉精深的文學風格。為了說明這一點,試把以上語段的平仄和音步分析如下:

(1) 平平平　平平輕　平仄
(2) 平平輕　仄仄輕　平仄
(3) 仄平　仄仄　平平
(4) 平仄　平平輕　仄平輕　仄平
(5) 仄平　仄仄　平仄平　平仄
(6) 平平　平　仄輕　平平
(7) 仄　仄平仄
(8) 仄仄平　仄仄輕　平

〔註2〕魯迅,《故鄉》,載《魯迅全集》第 1 卷,人民文學出版社,1981 年版,第 481～482頁。

（9）<u>平仄　平輕　仄平</u>

（10）<u>仄仄仄　仄仄輕</u>

（11）<u>平　平平仄　平仄　仄平仄</u>

（12）<u>平仄　仄平仄　仄平輕　平平</u>

（13）<u>平平　仄仄輕</u>

（14）<u>仄仄　平輕　平仄　仄平　平平平　平平仄</u>

（15）<u>仄仄　仄仄仄　仄仄　仄仄輕　平仄　平仄輕　仄</u>

（16）<u>仄　仄平　仄仄　平仄　平仄</u>

（17）<u>仄仄　平仄平輕</u>

　　這一語段共 61 個音步，其中單音節音步 6 個，雙音節音步 32 個，三音節音步 22 個，四音節音步 1 個，由單、雙音節構成的音步共 38 個，占總音步數的 62.3%，較《祝福》的 73.6%稍低，整個語段仍以短節奏為主，但由於三音節音步較多，節奏較《祝福》的語段更為緊湊。《故鄉》語段的平聲音步 15 個，與《祝福》的 17 個接近，但仄聲音步 18 個是《祝福》的 2 倍，因此，這一語段的基調顯然更為凝重、沉鬱。平仄錯雜構成的音步 28 個，與《祝福》的 27 個相近，平仄對立造成語音高低跌宕，自然具有頓挫變化。整個語段的語句可分為三類：第一類是平仄音節相等的 2、3、13 組；第二類是平聲音節佔優勢的 1、4、6、9、11、12、14 組；第三類是以仄聲音節佔優勢的 5、7、8、10、15、16、17 組。這三類語句交錯構成了頓宕的宏觀語音基調。《祝福》的頓宕，建立在單音節的平仄對立之上，所以該語段內的雙音節音步以「平仄」和「仄平」格式為主；而《故鄉》的頓宕，不僅基於音步內部的單音節平仄對立，而且擴展到相鄰音步之間的平仄對立，如第 2 組的「平平輕」與「仄仄輕」、第 3 組的「仄仄」與「平平」、第 13 組的「平平」與「仄仄輕」，因此，這一語段在音節和音步兩個層次上都構成了高低頓挫的語音格局，比《祝福》語段更集中地表現了作家的語言個性。《故鄉》語段由於仄聲音步為《祝福》語段的兩倍，因而具有比後者更深沉的語音效果，尤其是第 15 組接連用了 4 個仄聲音步，令人窒息的凝重之感撲面而來，與第 14 組的「平平平」音步構成強烈反差，猶如平原上的奔馬跌入萬丈深淵，把眼前的現實一下子逆轉到廿年前，既是深情的關愛，又是悲憤的控訴，這一切雖用極通俗的文字淡淡托出，然而文字底層的語音碰撞卻迸發出了激越不平之音，語音的頓挫沉鬱特色與語言個

性的含蓄深沉是水乳交融的。《故鄉》在行文時同《祝福》一樣，寓激越於沉穩，除語段以三個平聲音節構成音步開頭外，還以句尾韻協調前後文，如「皺紋」之「紋」與「種地的人」之「人」諧韻，「棉衣」之「衣」與「松樹皮」之「皮」諧韻。如果用吳語朗誦，「通紅」之「紅」與「海風」之「風」也諧韻。這就給整個語段的頡頏不平之音染上和諧沉靜的色彩，融鑄成了含蓄深沉的語言個性，同時也為表現蘊藉精深的文學風格提供了富有個性的語音基礎。由此可見，儘管刻畫不同的人物形象所運用的語句不一樣，但由不同語句構成的語段在節奏和韻律上所表現出的語音特色卻有整體上的相似性。

茅盾的《秋收》描寫老通寶的句子語音比較緊湊，以 3 個音節為一個音步的不少，甚至有 5 個音節為一個音步的：

> 那是高撐著兩根顴骨，一個瘦削的鼻頭，兩隻大廓落落的眼睛，
>
> 而又滿頭亂髮，一部灰黃的絡腮鬍子，喉結就像小拳頭似的突出來；
>
> ——這簡直七分像鬼呢！〔註3〕

這一語段的平仄和音步具體情況如下：

（1）<u>仄仄</u>　<u>平平輕</u>　<u>仄平</u>　<u>平仄</u>

（2）<u>平仄</u>　<u>仄平輕</u>　<u>仄輕</u>

（3）<u>仄平</u>　<u>仄仄仄仄輕</u>　<u>仄平</u>

（4）<u>平仄</u>　<u>仄平</u>　<u>仄仄</u>

（5）<u>平仄</u>　<u>平平輕</u>　<u>仄平</u>　<u>平輕</u>

（6）<u>平平</u>　<u>仄仄</u>　<u>仄平平仄輕</u>　<u>平平輕</u>

（7）<u>仄</u>　<u>仄仄</u>　<u>平平</u>　<u>仄仄輕</u>

以上 25 個音步中，平聲音步 6 個，仄聲音步 8 個，平仄配搭的音步 11 個。而這 11 個音步中有 10 個平仄相互對立，造成音步內部的起伏頓宕，這就為本語段通過對人物外貌的描寫揭示老通寶的情緒變化提供了合適的語音條件。「那是高撐著兩根顴骨」，其中「高撐著」這個三音節音步語音緊湊，其餘全是雙音節音步，句首連用兩個仄聲音節，語調低沉，隨即高升為三音節的平調，然後低昂迴環，一開始就表現出多變的語音特色。「一個瘦削的鼻頭」，由音節平仄相同的三個音步造成或緩或緊的高低變化，透露了在外貌形象描寫

〔註3〕茅盾，《秋收》，載《茅盾全集》第 8 卷，人民文學出版社，1985 年版，第 338 頁。

的文句之中對人物不安心緒的暗示。「兩隻大廓落落的眼睛」在語句中段連用四個仄聲音節，厚重深沉，與「小拳頭似的」前後呼應，編織成細密緊湊的音群，表現了既深沉又細膩的語音特色。「而又滿頭亂髮」節奏均衡，在平仄對比的基調上句末加以兩個仄聲音節構成的音步，語音效果抑揚沉穩。「喉結就像小拳頭似的突出來」與「這簡直七分像鬼呢」都以音步層次的平仄對比為基調先緩後緊，前者以平聲音節為主間以仄聲，語音鏗鏘搖曳；後者以仄聲音節為主間以平聲，語音沉重蒼涼。整個語段在音步層次「平平」與「仄仄」對立的基礎上，更偏重於依靠仄聲的重現加強語音的渾厚，因為仄聲音節易於表現語音的沉靜和力度。這個語段的音步所包含的音節數目差距懸殊，有一個音節為一個音步的，有五個音節為一個音步的，這就必然或拖長語音，使凝重感增強；或壓縮音程，使一個音步之內語音高度密集，從而顯示出雄強細密而多變的語音特色。透過穩中有變的語音節奏，很容易觸摸到老通寶不服老，努力想裝出少壯氣概的心靈隱秘；而以仄聲音節為主的沉重壓抑，又透露了他那掩飾不住的抑鬱悲傷。在這樣的語音格局下，茅盾筆下老通寶面貌的細膩描寫，始終伴隨著不服老又無可奈何的低沉抑鬱的旋律。這樣的語音基調與沉穩細膩的技巧融為一體，成功地塑造了老通寶這一感人的形象，同時也為表現茅盾磅礴工細的文學風格提供了富有表現力的語音基石。

與魯迅的蘊藉精深，茅盾的磅礴工細不同，趙樹理的文學風格樸素謹嚴，他的文學語言更多地來自二十世紀中期的農村現實生活，如《李有才板話》裏豐富多彩的快板詩，幾乎都是直接採自農民口語，經過作家加工而成，因此，他的文學語言比較樸素，語音比較明快活躍，形成了洗練樸實的語言個性，而這種個性又是構成其文學風格密不可分的重要因素。《小二黑結婚》裏刻畫三仙姑形象的一段文字，可以通過對其語音特徵的考察窺見趙樹理文學風格之一斑：

> 說有個打官司的老婆，四十五了，擦著粉，穿著花鞋。鄰近的女人們都跑來看，擠了半院，唧唧噥噥說：「看看！四十五了！」「看那褲腿！」「看那鞋！」三仙姑半輩沒有臉紅過，偏這會撐不住氣了，一道道熱汗在臉上流。〔註4〕

〔註4〕趙樹理，《小二黑結婚》，載工人出版社、山西大學合編《趙樹理文集》第一卷，工人出版社，1980 年 10 月版，第 14 頁。

這段文字的平仄和音步分析如下：

（1）平　　仄仄　　仄平平輕　　仄平

（2）仄平仄輕

（3）平輕　　仄

（4）平輕　　平平

（5）平仄輕　　仄平平　　平　　仄平　　仄

（6）仄輕　　仄仄

（7）平平平平　　平

（8）仄輕

（9）仄平仄輕

（10）仄　　仄　　仄仄

（11）仄　　仄　　平

（12）平平平　　仄仄　　平仄　　仄平輕

（13）平　　仄仄　　平　　仄仄　　仄輕

（14）平仄仄　　仄仄　　仄仄仄　　平

在以上 39 個音步中，單音節音步 13 個，雙音節音步 16 個，三音節音步 6 個，四音節音步 4 個，單音節音步占總音步的 33%，這就表明這一語段的語調比較舒緩，因為單音節音步與多音節音步的音程相等，單音節的發音必然拖長。這些單音節音步與多音節音步間插，或緩或急，再加上相同語音構成的音步反覆出現，這就造成了往復迴環的旋律和跳躍性的語音特色。其中平聲音步 12 個，仄聲音步 17 個，單純的音步共 29 個，占總音步的 74%，而平仄相配的音步才 12 個，平仄對立的音步顯然退居次要地位，這就使整個語段呈現出純淨明朗的語音基調。開首一句具有很大的緩急變化，一個舒緩的平聲音步之後接著一個雙仄聲的音步，又緊跟上一個平仄相配、音節密集的音步，形成一個突起的波峰，然後以一個平仄對立的音步結句，呈現出音色明朗的高低落差和語速的快慢懸殊，這種躍動的語音組合，非常適合小閨女的年齡特徵和她宣傳新鮮事兒的那種新奇雀躍的口吻。接下來的三個語句都很樸素、簡短，分別抓住年齡、化妝、穿著三個特徵進行語音組合。「四十五了」平仄相間，語速快而高低變化大；「擦著粉」語速平緩，收尾字尤其緩慢而低沉；「穿著花鞋」語速不快不慢，音色純淨，聲調響亮平和。三句話組合起來以或緊或緩的語速，

或多或少的音節組成的音步，或低或高的聲調，構成既響亮純淨，又跳躍活潑的語音節奏，既表現了小閨女轉述新奇事兒的聲口特徵，又以素描筆法勾勒出了三仙姑老來扮俏的外貌形象。短句之後緊接長句「鄰近的女人們都跑來看」，這個長句的前後都是短句，它的出現如異峰突起，不僅在語句形式上強化了長短差距造成的跳躍感，而且此句內部以兩個三音節音步與兩個單音節音步對比，快慢節奏的差別也造成了語句本身的跳躍性，顯示了一種天然活潑的語音美。從整個語段看，第 1、第 5 和箋 12、13、14 組文字排列較長，它們被第 2、3、4 等 3 個短句以及第 6、7、8、9、10、11 等 6 個短句分隔為三大塊，任一大塊中每組文字包含的音節數目，都比任一短句包含的音節數目多一倍左右，這就在宏觀上形成了三個大的波峰和兩個大的波谷，呈現語句的音節組合或多或少、分布不同的跳躍性特徵。「擠了半院」與「唧唧噥噥說」分別的兩個純仄聲音步與純平聲音步對比，形成一長串低沉音與響亮音的連奏。前者語速均衡，不緊不慢；後者語速先緊後緩，張弛自如。前者低沉的語音與擁擠的氣氛相融洽；後者長串密集的重疊音與紛擾的人聲相適應。整個語段洋溢著活潑自然的天趣，甚至多少帶有調侃的意味。活潑自然表現在不拘音節的多少，不忌諱用長串的單純音節，或三、四個音節為一個音步，或一、二個音節為一個音步，或一連串的平聲，或一連串的仄聲，好似不加雕琢，順口而出，帶有明顯的口語特徵和生活氣息。而這些似乎不假（「假」就是「借助」，古語詞）修飾的語句卻動聽悅耳，印象深刻，最根本的原因就是語音的分布構成了優美的節奏和樂感。重疊音節的運用，像「唧唧噥噥」、「看看」、「道道」這些重疊形式並不僅僅是為了表意或渲染氛圍，值得注意的是它們處於語段的「熱點」部位，其重要的功能是以重疊悅耳的聽覺感受導引或強化視覺感受引發的意象，從而使文學意象在視覺與聽覺雙信道信息的作用下，通過讀者的聯想使相關係列的文學意象立體化，生動化，形象化。相同音節的反覆出現，也不僅僅是為了強調同一語象，它的語音功能在於構成旋律。像「四十五了」、「看那」兩次重現，形成了迴環的音樂美；「擦著」、「穿著」的「著」在單音動詞末尾重現，也加強了樂感。「臉紅」與「臉上」隔句呼應，「花鞋」與「那鞋」也遙相顧盼，尤其是「看」在語段中共出現 5 次，這就使語義的表達與語音重現融為一體。音步重現與音節重現交織成的旋律，使整個語段的語音組合既具有迴環跳躍感，又具有自然靈動的天趣。語音的跳躍性還表現在平聲音步與仄聲音

步的間隔組合，如「看那褲腿！」「看那鞋！」這兩個短短的感歎句，在連用五個仄聲音步之後出現一個平聲音步，這個平聲音步後面接著一個三音節的平聲音步，緊跟著又是一個雙音節的仄聲音步，構成「仄—平—平—仄」的音步格局，又如「偏這會撐不住氣了」也是平聲與仄聲音步間隔，構成「平—仄—平—仄」的音步格局。這些格局裏不少單音節音步間插在多音節音步中，平仄與緩急交錯起伏，既具有較強的規律性，又活潑跳躍、切合聲口，從語音底層顯示了趙樹理文學風格的樸素謹嚴。

二、環境描寫的語音特色體現文學風格

環境描寫同樣從語音底層不同程度地體現了作家的文學風格。魯迅是這樣描寫 20 世紀 20 年代的故鄉的：

> 漸近故鄉時，天氣又陰晦了。冷風吹進船艙中，嗚嗚的響，從篷隙向外一望，蒼黃的天底下，遠近橫著幾個蕭索的荒村，沒有一些活氣。〔註 5〕

這 8 組文字的平仄和音步分析如下：

（1）仄　仄　仄平　平

（2）平仄　仄　平仄輕

（3）仄平　平仄　平平輕

（4）平平輕　仄

（5）平　平仄　仄仄　平仄

（6）平平輕　平　仄輕

（7）仄仄　平輕　仄仄　平仄輕　平平

（8）平仄　平平　平仄

全部 27 個音步中，單音節音步 7 個，雙音節音步 15 個，三音節音步 5 個，單音和雙音節音步占總音步數的 81%，而且，除一個 10 字以上的長句外，其餘全是 10 字以下的短句，這些短句一般只有 3、4 個音步，因而整個語段的語音基調緩慢而節奏簡短，每個音節的音程相對較長，音節對應的語詞所形成的意象容易給讀者留下較深的印象，適合於表現悠遠深沉的思緒和蘊籍精深

〔註 5〕魯迅，《故鄉》，載《魯迅全集》第 1 卷，人民文學出版社，1981 年版，第 476 頁。

的文學風格。從音節的組合和音步的搭配看，「漸近故鄉時」只有一個平仄對立的雙音節音步有聲調的高低對比，其他音步都是單音節，構成了由緩慢低沉逐漸變為高平的調子，恰如其分地表現了作者漸近故鄉時的心態變化：對故鄉的深沉的思念和臨近故鄉的迫切心情。但是，故鄉並非記憶中兒時那樣的美好，「天氣又陰晦了」在兩個平仄對立的音步中插入一個仄聲的單音節音步，抑揚不平之中增添了低沉的音調，流露出作者心緒的憂鬱與惆悵。「冷風吹進船艙中，嗚嗚的響」，一開始的「仄平」與「平仄」兩個音步既對立又連用，在語音層次上透露了作者既迫切回故鄉卻又怕見到故鄉的矛盾心情。兩組短句以兩個「平平輕」的音步相銜接，著力表現冷風的音響效果，以動態的環境和重疊的音響反襯不平的心境。「從篷隙向外一望」由兩個平仄對立的音步間插一平一仄的兩個音步構成高低頓挫的基調，由於仄聲音節佔優勢而使語句帶有沉鬱的韻味。「蒼黃的天底下」以占絕對優勢的平聲音節與一個仄聲音節對比，通過對靜態環境的描寫，映襯出了作者對故鄉深藏心底的熱愛與對眼前所見的失望。「遠近橫著幾個蕭索的荒村」其中有一個音步是平聲音節與仄聲音節對立的「平仄輕」，其餘四個音步都是雙音節音步，而且是純仄聲與純平聲間插組合，從音節到音步，兩個層次全用平仄對比的格局以靜態環境反襯作者強烈起伏不平的心境。「沒有一些活氣」在兩個平仄對比的雙音節音步中間有一個「平平」這樣的純平聲音步，於頓挫之中見平靜，在平靜之中含起伏，表現了一種深沉的韻味和哀痛複雜的情感。整個語段有 10 個音節平仄對立的音步，這就在音節層次上奠定了表現頓挫文風的語音基礎。其餘音步有 9 個平聲 8 個仄聲，平仄音步的數目大致相當，這在音步層次上也顯示了平仄對立的格局，使整個語段的語音都富於抑揚頓挫的節律。由於純仄聲音步的間插運用，使平仄起伏的音律始終蘊含著一種深沉的韻味，而純平聲音步的間插運用，又為語句平添了悠遠的聯想。作為小說文本，語句形式總是長短錯落的，而且也不可能像詩詞那樣嚴格地押韻，但是，這並不意味著小說的語句不講究韻律，為了使語句能打動人，高明的作者非常注意文本內部語音的諧調和樂感，例如上文的《祝福》和《故鄉》裏刻畫人物形象的語句，就採用隔幾句押韻的方法增強語句的韻律以構成音韻的形式美。這段描寫故鄉的文字不僅採用了鄰句諧韻的方法，如第 4 組與第 5 組句末的「響」與「望」押韻，而且還

採用了在句中隨機鑲嵌同韻字的方法，除第 2 組和第 8 組之外，其餘每個組都以同韻字相互呼應，「鄉」、「艙」、「響」、「望」、「黃」、「荒」，使整個語段中 [aŋ] 韻不斷重複，這就使文本富於韻律的美感。文本語音底層所具有的音響特徵，表現了含蓄深沉的語言個性，這種富於個性的語音特徵為蘊藉精深的文學風格提供了表演的舞臺。可見環境描寫的文字，是與文學風格相默契的。

茅盾的《春蠶》描寫的是 20 世紀 30 年代的農村圖景：

> 一條柴油引擎的小輪船很威嚴地從那繭廠後駛出來，拖著三條大船，迎面向老通寶來了。滿河平靜的水立刻激起潑剌剌的波浪，一齊向兩旁的泥岸卷過來。一條鄉下「赤膊船」趕快攏岸，船上的人攫住了泥岸上的樹根，船和人都好像在那裡打秋韆。軋軋軋的輪機聲和洋油臭，飛散在這和平的綠的田野。〔註6〕

這 10 組文字的平仄和音步是：

（1）平平　　平平仄平輕　　仄平平　　仄平平輕　　平仄　　仄仄仄　　仄仄平

（2）平輕　　平平　　仄平

（3）平仄　　仄仄平仄　　平輕

（4）仄平　　平仄輕　　仄　　仄仄　　平仄　　平平平輕　　平仄

（5）平平　　仄仄平輕　　平仄　　仄仄平

（6）平平　　平仄　　仄平平　　仄仄　　仄仄

（7）平仄輕　　平　　平仄輕　　平仄仄輕　　仄平

（8）平平平　　平　　仄仄　　仄仄仄　　仄平平

（9）平平平輕　　平平平　　平　　平平仄

（10）平仄　　仄仄　　平平輕　　仄輕　　平仄

從構成音步的音節數考察，單音節音步 4 個，雙音節音步 23 個，三音節音步 14 個，四音節音步 6 個，五音節音步 1 個，三個以上音節構成的音步有 21 個，占音步總數的 44%。顯而易見，在一個音步之中包含多個音節必然表現出細密緊湊的語音特徵。音節構成音步的方式多樣，有純平聲的，如「平平」、「平平平」；有純仄聲的，如「仄仄」、「仄仄仄」；有一個平聲對兩個仄聲或三個仄聲的，如「仄仄平」、「平仄仄輕」、「仄仄平仄」；有一個仄聲對兩個平聲

〔註6〕茅盾，《春蠶》，載《茅盾全集》第 8 卷，人民文學出版社，1985 年版，第 315 頁。

或三個平聲的，如「仄平平」、「平平仄」、「平平仄平輕」。聲調類型相近的音節疊加，增加了語音的力度，表現出雄渾強勁的語言個性，尤其是「平平平」與「仄仄仄」兩類音步的高低不同，具有鼓點似的語音節律，既顯細密，又見強勁，這類音步在這段文字中多達 6 個，在音節和音步兩個層次上提供了真切表現輪船霸道氣勢的語音基礎。「一條柴油引擎的小輪船很威嚴地從那繭廠後駛出來，拖著三條大船，迎面向老通寶來了」，這個語句由 3 組文字構成，第 1 組文字有 7 個音步，而由三個或三個以上音節構成的音步就有 5 個，音步內部音節的密集度高，節奏緊湊。其中有兩個音步以「仄平平」和「仄平平輕」連續構成強勁的氣勢，再加上一個三音節的純仄聲音步增加語音力度，有助於表現外國輪船在中國河流上橫行無忌的霸道形象。第 2 組文字的三個音步都由兩個音節構成，語音節奏均衡，音程無長短變化，且以平聲音節為主，給人以平穩的音感，與外國輪船功率大，行駛平穩的特徵相吻合。第 3 組文字於開頭和結尾各以一個雙音節音步共同烘托出一個四音節的音步，這個音步在三個仄聲音節中間插一個平聲音節，在低沉的調子中忽然出現一個高音，巧妙地利用語音的高低變化揭示了老通寶的心理感受。「滿河平靜的水立刻激起潑剌剌的波浪」，這組文字以四個平仄對立的音步構成動盪起伏的基調，進一步用兩個連續的純仄聲音步與一個「平平平輕」音步造成大起大落的鮮明對比，這表明語義層面對靜水與激浪一靜一動相互映襯的描寫有相應的語音依託，因而造成了如聞其聲，如見其形的生動效果。「一齊向兩旁的泥岸卷過來」，這組文字除用一個純平聲音步增強氣勢而外，主要依靠音步內部的平仄對立營造動感，而動感的力度主要依靠「仄仄平輕」與「仄仄平」的語音重複來加強，並以此與語義層面所描寫的激浪卷岸的內容相默蒸。「一條鄉下「赤膊船」趕快攏岸，船上的人揪住了泥岸上的樹根，船和人都好像在那裡打秋韆」，這個語句的語音重點是渲染急迫的環境氣氛，因此多音節的音步較多且連成一串，表現出來的語音特徵必然是以音節的密集度來構成緊湊的音律。這個語句一方面運用「平平」與「仄仄」、「平平平」與「仄仄仄」的對比來表現衝擊波的起伏和強度；另一方面又以單音節音步與三音節、四音節音步的連用來造成張弛有節的緩急變化，使整個語句的語音既緊湊而又適度，留有想像的空間。語義內容與語音形式結合得最為成功的是「平仄輕」—「平」—「平仄輕」和「平

平平」—「平」—「仄仄」—「仄仄仄」這兩種音步搭配。漢語的單音節音步的實際發音，就音程的長短而言，跟雙音節、三音節一樣，所不同的是單音節音步發音從容舒緩，多音節音步發音緊湊急促。以上兩種音步搭配的語音效果分別是「起伏、急」—「高、緩」—「起伏、急」;「高、急」—「高、緩」—「低、稍緩」—「低、急」，這樣的語音格局對於表現波浪的規律性衝擊以及船和人受到衝擊時發生搖擺的形象是非常合適的。「軋軋軋的輪機聲和洋油臭，飛散在這和平的綠的田野」，這兩組文字一緊一鬆，緊湊的那組文字以三、四個音節構成的音步為主，寬鬆的那組文字以雙音節的音步為主，兩組文字以語速的快慢對比，映現了外國先進的工業技術與中國農村落後的自然經濟之間的反差。第 9 組文字以長串的平聲音節連成一氣，著力描寫輪機發出的音響與氣味。第 10 組文字則以「仄—平—仄」相間的音步格局與平仄音節對立的音步相配，曲折跌宕，含蓄地從客觀描寫的語句中透露了對音響與氣味所產生的影響的主觀評價。第 9 組文字的 11 個音節中有 10 個是平聲，僅最末一個是仄聲，前三個純平聲音步宏亮高亢，既突出了轟鳴的輪機聲的音響效果，又從由急變緩的語速聯想到音響與洋油氣味的逐漸擴散。整個語段的 48 個音步中，純平聲音步有 14 個，這就使一部分語句音色傾向於響亮高亢，而全段的 9 個純仄聲音步又使一部分語句帶上了凝重雄渾的色彩。整個語段語音的基本特徵是由平聲或仄聲各自密集巧妙搭配而成，往往出現一長串平聲或一長串仄聲，在長串的語音鏈上很少出現單獨的平聲或仄聲，這種聚集相同類型的音節或音步的組合方法，易於加強語音的表現力度。本語段的 10 組文字中有 8 組的字數超過 10 字，語音鏈較長，便於對環境或事物展開細緻的描寫。三音節以上的音步多達 21 個，這些音步內的音節密集度高，與長串平聲的響亮高亢或長串仄聲的凝重雄渾相配合，是磅礴工細的文學風格在語音底層的具體表現。這段文字多長句，不僅以描寫的細膩和氣勢的雄強見長，而且鏗鏘上口，原因一是由於「潑剌剌」、「軋軋軋」造成了音韻重疊美，二是「駛出來」與「卷過來」、「攏岸」與「秋韆」押韻，三是「船」這一音節在語段中出現 5 次，「岸」出見 3 次，形成了往復迴環的旋律美。

趙樹理的《李有才板話》對 20 世紀 40 年代閻家山環境的描寫，為當地即將掀起的階級鬥爭風暴埋下伏筆：

閻家山這地方有點古怪：村西頭是磚樓房，中間是平房，東頭的老槐樹下是一排二三十孔土窯。地勢看來也還平，可是從房頂上看起來，從西到東卻是一道斜坡。〔註7〕

這段文字的平仄和音步情況如下：

（1）平平平　仄　仄平　仄仄　仄仄

（2）平平平　仄　平平平

（3）平平　仄　平平

（4）平平輕　仄平仄輕　仄　平平　仄平平仄　仄平

（5）仄仄　仄輕　仄平　平

（6）仄仄　平平仄仄　仄輕輕

（7）平平　仄平　仄仄　平仄　平平

以上 29 個音步中平仄對立的音步才 8 個，而純平聲音步和純仄聲音步卻分別有 10 個和 11 個，這表明利用音步內部的音節對立造成高低起伏不是本語段的主要特徵，它的語音特徵主要表現在音步層次。運用同類型音節構成的音步在語音序列中的組合能夠在更大跨度上凸現語音的變化，類型不同的音步的間隔性組合顯示出跳躍性特徵，易於表現活潑靈動的文學風格。第 2、4、6 組文字各個音步包含的音節數多寡懸殊，每個音節的音程變化或長或短，語音對比反差大，富於跳躍性。第 1、3、5、7 組文字以兩個音節構成的音步佔優勢，每個音節的音程長短變化不顯著，節奏較為平穩。這兩類不同特徵的語音序列恰好成奇偶格局交錯分布，形成穩中有動的語音效果。整個語段的文字按音步的平仄情況可分為三種類型，第一種以平聲為主，只有個別仄聲，如第 2、3 組，一個仄聲的單音節音步夾在兩個平聲的多音節音步之間，語音起伏很大。第二種以仄聲為主，如第 1、5、6 組，沒有或只有一個平聲音步，語音較為沉著平穩。第三種是平、仄聲音步與平仄對立的音步相互搭配，構成音節和音步兩個層次語音的高低起伏變化。這三類語音序列的配合運用，使整個語段呈現出沉穩而不失靈動的語音特色。

各組文字的語音特徵與語句的意義表達有一定的聯繫，如第 1 組「閻家山這地方有點古怪」，基本的語音格局是以較多的仄聲音步造成沉著平穩的語

〔註7〕趙樹理，《李有才板話》，載工人出版社、山西大學合編《趙樹理文集》第一卷，工人出版社，1980 年 10 月版，第 17 頁。

音效果，在沉穩之中又稍加變化，用一個三音節的純平聲音步提升語音的高度，以引起對「閻家山」的關注，又用了一個平仄對立的雙音節音步打破一連三個仄聲音步造成的凝重語調，使這組文字凝重卻不失於呆板，與階級鬥爭風暴來臨之前，閻家山沉靜之中卻蘊含革命火種的環境氛圍相融洽。第2、3組「村西頭是磚樓房，中間是平房」採用「平—仄—平」的格局構成「高—低—高」反差鮮明的語音跳躍，借助音步語音的高低變化凸顯「村西頭」與「中間」的差別在於「磚樓房」與「平房」，接著，第4組文字以一個富於平仄變化的長語音序列展現閻家山最貧苦階級的居住處所，從住房的建築形式揭示階級層次的不同。這個長語音序列一方而採用仄聲音步與平聲音步連用造成語音跌宕，另一方面靠音步內部音步的平仄對立加大語音起伏，而且，單音與雙音節音步語速舒緩，三音與四音節音步語速急促，這兩類音步交錯組合，就形成了或慢或快，或高或低，起伏多變的語音特徵，用這樣的語調表述閻家山貧苦農民的居住現況是頗有深意的，這表徵貧苦農民內心蘊含著對現實的不平之情和求變的思想，為下一步階級鬥爭的展開埋下伏筆。「地勢看來也還平」除最末是單音節的平聲音步外，其餘都是雙音節音步，語速不緊不慢，以沉穩的仄聲音步為基調，末尾語調升高，於沉靜中顯不平之意，利用同一組文字前後音步平仄造成的反差，暗示地勢雖平而不同階級的社會待遇不於。「可是從房頂上看起來」以仄聲音步為主，語調凝重。由於這組文字是由雙音節、四音節、三音節這三個音步組合而成，語速由慢變快，與第5組文字快慢適中形成對比，這就有助於凸現「從房頂上看」與從「地勢看」得出的不同觀感。「從西到東卻是一道斜坡」全由雙音節的音步構成語音序列，語速適中，節奏整齊，但語音的高低變化大。在音節層次上，「仄平」和「平仄」這兩個音步內部的音節平仄相反，在語音序列中處於「仄仄」這一音步的前面和後面，位置對伏，語音高低互補，造成整齊而靈動的音感。在音步層次上，這組文字以「平平」—「仄仄」—「平平」的語音格局為主幹，每兩個純音步之間各插入一個平仄對立的音步，使語音既具有整齊的節奏感又具有跨度不同的跳躍性。就整個語段看，既沉穩而又靈動，為表現樸素謹嚴的文學風格提供了相得益彰的語音基礎。

通過以上分析不難發現，魯迅擅長運用節奏緊迫與平仄變化大的短句，造成沉鬱頓挫的語音效果，以準確深刻而蘊含古代文言優點的語詞，融會了洗練

的句法，顯示出含蓄深沉的語言個性，這是形成魯迅蘊籍精深文學風格的基礎。茅盾喜用節奏凝重與平仄密集的長句，造成渾厚舒展的語音效果，加上綺麗細密的語詞和明晰周詳的句法，表現了雄強細密的語言個性，這是形成茅盾磅礴工細文學風格的重要因素。趙樹理善於運用節奏靈活與平仄類型多變的短句，造成活潑自然的語音效果，以生動、平易的語詞和吸收了口語菁華的簡鍊句法，構成了洗練樸實的語言個性，這種語言個性與趙樹理樸素謹嚴的文學風格有直接聯繫。魯迅、茅盾、趙樹理都是偉大的現實主義作家，他們描寫不同時代的農村題材的小說都取得了卓越的成就，但是，由於他們各自運用的文學語言的語音特色不同，聲律美學的審美效果不一樣，表現出的語言個性也就有明顯的區別。而語言個性是形成文學風格的重要基石，因此，文學語言不同的語音特色，由於提供的聲律美學基礎不一樣，反映出的文學風格也就不同。離開了文學語言的聲律美學追求和語言個性的獨創，就無所謂文學風格。

原載《廈門廣播電視大學學報》，2002 年第 2 期。

文學語言研究

　　中國最早的文學語言可以追溯到商周時期。《甲骨文合集》第 12870 版：「癸卯卜，今日雨？其自西來雨？其自東來雨？其自北來雨？其自南來雨？」這段卜問雨來自何方的語句是後世樂府詩歌文學語言的雛形。《木蘭辭》有「東市買駿馬，西市買鞍韉，南市買轡頭，北市買長鞭。」《採蓮》歌辭有：「魚戲蓮葉東，魚戲蓮葉西，魚戲蓮葉南，魚戲蓮葉北。」在這些語法結構一致、音節數目相同的排比句中，各嵌入了「東」「西」「南」「北」四字，這種言語形式是舉世公認的文學語言。在古注中被稱為「互文見義」，而陳望道的《修辭學發凡》稱之為「鑲嵌」。它們具有深長悠遠的文學意蘊。

　　文學是借助語言藝術來表現和體驗的一種人類文化形態，因此，沒有語言藝術，就沒有文學。反之，只要有語言藝術，就一定會產生文學。文學並非一定與文字符號相聯繫，在付諸文字記載之前，人類已經創造了文學，如《荷馬史詩》和《格薩爾王》，最初都沒有文字記載。因此，文學語言有兩種類型：一種是不與文字符號掛鉤的口頭文學語言；另一種是用文字符號記錄的書面文學語言。書面文學語言與口頭文學語言可以並行不悖，但口頭文學語言如果不借助現代科技手段提高信息傳播的深廣度而繼續以原始方式存在，那麼，發展的空間就會受到侷限。書面文學語言因為有文字的記錄而得以打破時空的制約，成為文學語言的主要代表。因此，通常所說的文學語言，如果沒有特別加以注明，指的就是書面文學語言。本文討論的文學語言，也指的是書面文學語言。

既然是用文字符號記錄的書面文學語言，就不可避免地涉及「文本」這一概念。

一、文學文本

在討論「文學文本」之前，應當瞭解什麼是「文本」。

「文本」是英文 text 的漢譯，也有人譯為「本文」。本意是「原文」「正文」，還有「課文」「版本」「題目」「經文」等等意義。但是，不同學科借用這個詞卻賦予其不同的內涵，這就在理解上造成一定障礙，同時在運用上也造成了混亂，以至於不同的作者在使用這個詞時，因其不同的理解而各執己見。因此，研究者面對不同的學科、不同的學派，乃至於不同的著作中所出現的「文本」詞，需要具體分析、區別對待。本節由於引文稱述不同，出現了「文本」與「本文」兩種言語形式，它們表達的是同一概念。

後結構主義的代表學者雅克·德里達（Jacques Derida）認為：

> 廣義而言，本文沒有確定性。甚至過去產生的本文也並不曾經有過確定性。……（本文的）一切都始於再生產。一切都已經存在：本文儲藏著一個永遠不露面的意義，對這個所指的確定總是被延擱下來，被後來補充上來的替代物所重構。

德里達這裡表述的只是一種觀念，即他對「本文」的哲學見解。在他看來，〔註1〕「本文」本身的意義無法確定，因為「本文」自身意義的確定性，連同它自身形式的獨立性，都在其他的「本文」裏。「本文」總是其他「本文」的移植組織，「本文」總是指另一些「本文」。為了確定一則「本文」的意義，會陷入越來越多的其他「本文」的堆積之中。從一則「本文」到另一則「本文」，從一些「本文」到另一些「本文」，這樣的追尋是永遠無窮盡的。如此看來，「本文」蘊含的不是什麼意義，而是一種自我離心、自我解構的潛能。既然「本文」的意義總是處於其他「本文」的無窮追尋之後，那就表明「本文」本身並不存在任何一種絕對的意義，那種力圖挖掘「本文」內在固有內涵的闡釋學不過是一種虛幻的徒勞。「本文」並非封閉的結構，無論從意義還是從形式上看，都不存在文學的、哲學的、批評的、創作的「本文」之分，一切「本文」其實就是一切「本文」的組織移植。德里達的這種解構主義觀點賦予「本文」的不是定義而是功能。在他看來，「本文」的解構功能在任何學科

〔註1〕孟悅、李航、李以建，《本文的策略》，花城出版社，1988 年，第 72 頁。

領域都一樣，因此，語言學、文學、哲學的「本文」都沒有區別。

筆者認為，對文學語言的研究而言，以不斷解構的觀點審視文學語言，有助於考察文學語言嬗變的系統規律，但就文學語言在特定時空的形態考察而言，則有百弊而無一利，因為在特定時空存在的本文有其特定的相對形態，它並不需要無休止地追尋其他本文。文學語言研究需要的是考察本文在一個特定時空環境裏相對具備的形態特徵，與德里達無窮盡地追尋「本文」的絕對意義正相反。因為只要人類的活動一天不停止，本文就會源源不斷地產生，對本文的追尋也就永無止息。在這個意義上，「本文」的絕對意義的確不存在，但並不表明不存在相對意義。而「本文」的相對意義與文學語言研究有密切的關係，這是我們所不能忽視的。

法國著名文藝理論批評家羅蘭・巴爾特（Roland Barthes）則把「本文」視為一種方法論。他把作品和本文區別得清清楚楚。巴爾特認為，本文是一種運動、一種活動、一種生產和轉換過程，而不是像作品那樣的固定實體。作品是具體的存在物，有一定的重量，佔據一定的空間；而本文則不然，它不是實體，甚至不具備物質重量和體積，它只是具有方法論意義的一種時空存在。在這種方法論實踐中，只能用思惟或話語來觸摸和把握本文。這種觀點的實質是引導研究者不應停留於研究對象本身，而應把研究觸角深入到文學作品引起的各種思惟和話語活動的實踐過程中去。由於「本文」的方法論性質，它就超出了體裁風格等的傳統分類，而無所謂文學、哲學、小說、詩歌之別。在巴爾特看來，本文的這種活動是不受體裁限定的，因而很難找出專屬某一類體裁的詞彙、句型、修辭方式或語義段落。巴爾特企圖以「本文」為策略追尋更高層次的東西，這對我們研究文學語言也有啟發。但是文學語言並不等於本文，因此，文學語言不但與體裁、風格有密切關係，而且與語言底層的結構也有聯繫。目前國內的文藝理論著作已把作品和文本這兩個概念區別開來，但並沒有把文本視為方法論。

巴勒斯坦著名學者愛德華・賽伊（Edward Said）著眼於本文與世界的聯繫。他認為，本文不是孤立的，本文是世界上的一個存在。針對某些學者「自足的本文」的觀點，賽伊提出：難道本文真的同產生它和作用於它的環境毫無聯繫，僅是一個神秘的本文宇宙嗎？在研究文學語言的問題時，難道就非得切斷文學語言和世界、日常語言之間的關係嗎？他進一步指出，每一本文

都帶有特定的語境，這語境約束解釋者和他的解釋行為。這並非由於語境像謎一樣藏在本文之內，而是因為語境處於本文自身的某一相對表層化的特殊層面。他認為：

> 本文有自己的存在方式。它既是理論的，又是實踐的。即使是最簡練的形式，本文也總是逃脫不了與環境、時間、地點和社會的糾纏——簡言之，本文存在於世界之中，所以，本文是世間之物。
> 〔註2〕

賽伊認為本文並非虛幻之物，而是一種現實存在。這種存在不是孤立的，而是與世界上各種因素相聯繫的。筆者認為，賽伊這種普遍聯繫的開放的本文觀點，對研究文學語言具有積極意義。但是，本文與環境的聯繫，並不限於賽伊指出的語境、時、地以及社會、文化，本文作為一種社會現實存在，它自己就置身於特定的時空十字線的交叉點。因此，研究任何一種具體的本文，必須是以時間為座標的縱向考察和以空間為座標的橫向考察的結合。就考察的層次而言，至少應當包括從自然、社會、文化、人群到語言的宏觀環境；就考察的重點而言，不能不強調特定人群對特定本文的深刻作用。本文既然不是脫離客觀世界的現實存在，偏偏不提人群與本文的聯繫是說不過去的。事實上，無論宏觀還是微觀環境，所有的環境因素與本文的關係，離開了人群的參與，都是不能發生，也是不可解釋的。

在分析以上幾位學者對「本文」不同理解的基礎上，現在可以來回答究竟什麼是「文本」。

首先，文本是「原本」意義上的、未經解釋的、組織起來的文字符號。它總是向所有的人開放，總是有待於闡釋。由於它的開放性與未定性，它既不能簡單地等同於創作者的意圖，也不能以某種權威闡釋為定本。無論是創作者的意圖，抑或是某種權威的闡釋，都只不過是對文本的多種可能的闡釋之一而已，任何闡釋都不能作為文本的唯一或最終的裁定。這樣，就為所有的人，包括讀者和批評者，提供了自由闡釋的天地，從而為文本自身灌注了生生不息的活力，進而為滿足人的心靈需求展現了前所未有的廣闊前景。至於通常所說的「作品」（work），顯然與文本不同。作品是已被創作者的意圖或權威闡釋所固

〔註2〕孟悅、李航、李以建，《本文的策略》，花城出版社，1988年，第229頁。

定了的文本，它已經給定了一個被創作者或權威闡釋認為唯一的範式，這就迫使讀者、批評者按照既定的範式去識讀，沒有給人們留下自由闡釋的空間，當然也就無法滿足人們各種各樣的心靈需求。這就是近年來為什麼「文本」的出現頻率比「作品」越來越高的根本原因。

其次，文本是與抽象的思想或情感內容相對的具體可感的形式（form）。這種形式是使內容被重新安置、變形或移位，從而加以新闡釋的處所，因而與文本形式對應的並非唯一的內容，文本為多樣化闡釋的內容提供了實在的依託。

然後，文本既然是組織起來的文字符號，而文字符號與語言內容又有約定關係，因此，文本是可以從語言角度去分析和把握的，也是可能從符號角度去分析和把握的。任何具體的文本雖然以組織起來的文字符號而存在，而實際上表徵著言語的排列秩序。對言語的具體分析是把握文本的基本策略。對於漢字文本而言，由於每個漢字都是形式本身就包含內容，因而對漢字文本的闡釋具有更為自由，更能發揮創造性的廣闊天地。

再次，文本既然不是孤立的，那就必然與環境同在。文本的意義總是在被置於特定的環境中加以闡釋。環境本身具有層次性，文本在不同的環境層次中具有不同的闡釋。在符號的層次上，有符號學的闡釋；在言語的層次上，有語言學的闡釋；在自然的層次上，有物理的、生物的、地理的等不同的闡釋；在社會的、文化的、思惟的各個層次上，更有其豐富多彩的闡釋。因此，文本涉及的環境，遠非某種特定的語境。語境不過是文本在言語層次上的內部環境而已。能夠賦予文本無窮新闡釋的，是包括語境在內的層層疊疊、相互聯繫、相互作用的歷史環境和現實環境。

最後，文本不斷獲得新闡釋的根本原因在於環境不是固定不變的。自在環境的變化使文本與環境的相互關係也處於永恆的互動狀態。作為自為環境的人群，包括讀者和批評者，也處於永恆的變化之中。這樣，就使文本永遠不可能受某一範式的制約而成為僵死的例證，恰恰是環境與文本的互動，使文本成為生生不息的新闡釋和新批評的對象，並通過這種新闡釋和新批評進而成為新的理論模式萌生的溫床。

文本可以根據性質、內容或功能的不同，劃分為若干類型。文學文本只是文本的一個類型，它與其他文本的明顯區別表現為：文學文本是具有社會審美

意識形態性質的，凝聚著人的體驗和創造的，按一定規則組織起來的，意義相對完整的一套文字符號體系。文學文本既然是文本的一個類型，當然具備了所有文本都應具備的上述五個要素。此外，它首先還必須具有社會審美意識形態性質。任何文本如果不具有審美特徵，那就不是文學文本。既然文學文本是具有審美特徵的文本，那就不受文學體裁的限制，因為說到底，體裁只是文本宏觀的組織形式；審美作為社會意識形態，是文本承載的價值屬性，而價值屬性總是尋求能夠發揮其極致的組織形式來表現。傳統的詩、賦、詞、曲經過長期的實踐考驗，被公認為具有明顯審美特徵的文學文本，但這並不意味著文學文本僅此而已。由於社會審美意識形態是一種動態的觀念，體現這種觀念的文本組織形式在理論上是無限的，因而文學文本本身就包含著體裁的創新。

文學文本不僅凝聚著個人或群體的體驗，而且還必須承載著個人或群體的創造性勞動成果。文學是人的創造力的藝術體現，如果只有體驗，沒有創造，文學就缺乏了生機。因此，藝術創新是文學文本的基本特點。藝術創新的目的是為了滿足人的不斷增長的精神需求，而人的精神需求是一個多層次多方面的變量，因而藝術創新是永無止境的。

文學文本是按一定規則組織起來的。不同的民族有不同的文化傳統，文化傳統的差異表現為文學文本中文化信息組織方式的不同。不同的民族有不同的語言，語言的差異表現為語義組合與語句結構規則的不同。在多語言或多民族環境中的文學文本，其文化信息的組織方式和語義組合與語句結構的規則顯得比較複雜，但其中必有佔主導地位的文化傳統和語言規則。文化傳統和語言規則是文學文本構成的基本條件。

每一種文學文本都是一個意義相對完整的文字符號體系。意義的完整是文學文本被接受和理解的基本前提，意義殘缺不全的文本無法被接受和理解，因而也就喪失了作為文學文本的存在價值。文學文本所具有的相對完整的意義，是由文字符號按一定規則組合成的體系來表達的。在這個意義上，每一種文學文本都是一個獨具個性特徵的文字符號體系。

文學文本不是一個平面，而是一個多層次的體系。自古以來，中國人就注意到文本的層次問題。《周易・繫辭上》記載的「書不盡言，言不盡意」「聖人立象以盡意」，就認為文本包含了「言」與「意」兩個層次。三國魏王弼《周易略例・明象》說：「故言者，所以明象，得象而忘言；象者，所以存意，得意而

忘象。」這裡雖然說的是「言」「象」「意」的關係，實際上表明作者認為文本存在「言」「象」「意」三個層次。

西方學者對文學文本也有兩種看法：一種是認為文本包含了外在的語言層面和內在的意蘊層面，代表學者如意大利著名詩人但丁和德國哲學家黑格爾。另一種認為文學文本由字音及高一級語音組合、意義單元、多重圖式化面貌、再現的客體這四個層面構成，持此看法的是波蘭現象學美學家英加登。〔註3〕中外學者的這些看法，對文學文本層次的研究提供了有益的參考。

筆者認為文學文本存在四個層次，這四個層次是：

1. 語象層次

語象即語言形象的簡稱。是表示詞或短語的文字符號所指稱的物象，這是包括文學文本在內的一切文本都具有的最基本的層次。但這一層次只是體現了一切文本的共性，還不能體現文學文本的本質屬性。需要注意的是：漢字文本與西方字母文本雖然都是以代表語詞為基本點，但漢字除了表示語詞所指稱的物象屬性而外，它自身的字形甚至構成字形的部件在特定環境中還能夠映現與其形體相關的物象，這是西方字母文本所沒有的特徵。

2. 意象層次

「意象」一詞具有多方面的含義，不少文藝理論著作把它同「表象」「形象」混為一談。這裡所說的「意象」，是「意」與「象」，即主觀意念與客觀物象的融合。所謂「意」即「意念」，是作者通過文字符號所表達的感情、趣味或思想、觀念。意念不是主觀想像的產物，而是受客觀存在的激發或啟迪而形成的。所謂「象」，即「物象」，是作者為了表達意念，精心選擇、加工之後重構出來的物象。顯然，這裡的「物象」已經不同於語象層次的「物象」。因此，文學意象是以客觀物象為原料加以主觀創造的藝術形態。這種藝術形態既可以是高度寫實的，也可以是高度理想化的。

3. 形象層次

與文學意象的單個、缺乏整體系統性不同，文學形象是生動具體的，具有藝術概括性的，體現作者審美理想的生動圖景。這一層次體現了文學文本最本質的屬性。通常情況下，這種圖景是若干意象的有機整合。所謂有機整合，

〔註3〕童慶炳主編，《文學概論》，武漢大學出版社，2000年，第119頁。

指文學形象的生成並非若干意象的簡單疊加，而是作者通過對眾多意象的分析、比較、選擇、加工、綜合、改造，創作出寄託美學追求的生動圖景。文學形象大致可分為四個層次：一是普通的文學形象；二是典型的文學形象，這就是把若干文學形象經過集中概括，抓住事物的突出個性而塑造出能充分體現同類事物本質特徵的代表性藝術形象；三是文學的藝術意境。王國維說：「何以謂之有意境？曰：寫情則沁人心脾，寫景則在人耳目，述事則如其口出是也。」〔註4〕可見意境是文本整體包容的藝術內涵，是眾多的文學形象經過藝術處理情景交融所達到的境界；四是文學的藝術特色。藝術特色不僅表現於作者所創造的文學形象和藝術意境，還表現於創造形象和意境所運用的文字技巧和藝術手段。茅盾說：「王汶石、茹志鵑、林斤瀾、胡萬春、萬國儒等的作品，都有個人的特色；這些特色（例如王的峭拔、茹的俊逸）或將發展成為固定的風格，或者別有新的發展。」〔註5〕可見藝術特色不等於藝術風格。藝術特色是指作者在藝術上有了某些個人特色，但尚未形成鮮明的個性特徵。而藝術風格不僅有鮮明的個性特徵，而且具有完整性和穩定性。

4. 風格層次

風格是文學文本的最高層次。作者運用語言材料和藝術技巧能夠塑造出生動的文學形象，卻未必能構成有豐富內涵的意境；能夠構成有一定內涵的意境，卻未必能表現出個人的藝術特色；能在個別文本中表現出自己的藝術特色，卻未必能形成個人的獨特風格。所謂風格，就是文學文本在整體上表現出的藝術獨創特色。風格總是通過語言、結構、藝術技巧等形式特徵表現出來。風格具有獨特性、多樣性、階級性、民族性、時代性。不同時代、不同民族、不同階級的作者，其創作的文本必然有不盡相同的風格；同一時代、同一民族、同一階級的作者，由於生活經驗、藝術修養、文化素質、個性特徵等的差異，風格必然多樣化。只有具備很高的思想水平、藝術素養和創作才能的作者，才可能形成自己獨特的風格。風格本身也有不同的方面：有文本的風格，有作家的風格，有流派的風格。

筆者以風格作為文學文本的最高層次，參考了中外文學家的精闢見解。德

〔註4〕王國維，《王國維戲曲論文集·元劇之文章》，中國戲劇出版社，1957年，第106頁。
〔註5〕茅盾，《反映社會主義躍進的時代，推動社會主義時代的躍進》，《茅盾全集》第25卷，人民文學出版社，1996年，第67頁。

國著名作家歌德說：

> 它（藝術）以對於依次呈現的形象的一覽無遺的觀察，就能夠
> 把各種具有不同特點的形體結合起來加以融合貫通的模仿。於是，
> 這樣一來，就產生了風格，這是藝術所能企及的最高境界，藝術可
> 以向人類最崇高的努力相抗衡的境界。〔註6〕

歌德認為風格是藝術所能企及的最高境界。而藝術的生命在於創造。我國著名作家茅盾指出：「藝術形式方面的創造性的成就，就是個別作家和作品的獨特的風格。」〔註7〕茅盾還明確指出：「一部好的文藝作品一定是高度的思想性和高度的藝術性的結合。」〔註8〕因此，筆者給「風格」所下的定義強調「整體」，就不但指文本的藝術形式，而且包括文本的思想內容；筆者強調風格的「藝術獨創特色」，同樣是從內容和形式有機融合的整體去觀照和把握作家創作的全部文本的。既然風格蘊含了文學文本的思想內容和藝術形式在整體上所表現的獨創特色，評價風格就絕不能以偏概全，把思想內容和藝術形式割裂開來，不能認為僅有思想性但缺乏藝術性，或僅有藝術性缺乏思想性的文本具有風格。按照筆者的觀點，真正能達到風格層次的文本為數不多，真正能形成個人風格的作家更是鳳毛麟角。一篇散文，一首詩歌，一部小說，如果它們表現出了思想內容與藝術形式整體融合的獨創特色，可以認為它們具有某種風格，但這僅是作品的風格，或曰單個文本的風格。只有作家創作的全部文本在整體上表現出鮮明的獨創特色，才可以評定某位作家具有個人風格，也只有某個作家群體創作的全部文本在整體上表現出獨創特色，才可以評定這一群體具有流派風格。因此，思想性強，內容進步，但公式化概念化的文本，固然談不上什麼風格；藝術性強，但思想性差，甚至反動的文本，同樣無所謂風格。例如俞萬春的《蕩寇志》就是一部有一定藝術性但思想內容反動的小說。

風格作為文學文本的最高層次，是從整體上把握的。所謂從整體上把握，就是考察文本內容與形式的融合是否達到了相當高的水平。具有獨特風格的文本並非絕對完美，毫無瑕疵。因此，對具有獨特風格的文本也需要辯證考

〔註6〕周振甫，《文學風格例話》，上海教育出版社，1989 年，第 1 頁。

〔註7〕茅盾，《新的現實和新的任務》，《茅盾全集》第 24 卷，人民文學出版社，1996 年，第 281 頁。

〔註8〕茅盾，《關於文藝工作的幾個問題》，《人民日報》，1957 年 7 月 15 日。

察。例如，《金瓶梅》，中外文學界一致認為它具有獨特風格，但是，不可否認，其內容與形式的融合雖達到了相當高的水平，卻並非完美無缺。作者以自然主義的手法描寫了大量的色情場景，這固然反映了特定時代世俗生活的社會風貌，同時也暴露了思想內容的消極陰影。這樣一來，細緻縝密的描寫技巧與低級淫穢的內容顯得很不協調，這就在整體上削弱了作品的藝術成就。由此可見，風格作為文學文本的最高層次，它本身並非鐵板一塊，也有層次高低的分別。《紅樓夢》與《金瓶梅》都是學術界公認有獨特風格的名著，但其風格和藝術成就顯然有高下之別。茅盾在《獨創與因襲》中說：「風格底高下，大概憑著天才底高下。」〔註9〕「天才」是什麼呢？他在《個性問題與天才問題》中說「天才並不是一種神秘的獨立而自在的東西」，它只是「最高的智力的代名詞」，「天才有大小」之別，「理解力，綜合力，想像力，而尤其是創造力，應當是天才之所以為天才的特徵」。〔註10〕這「四力」之中，創造力是最重要的。因此，茅盾指出：「天才作家一定有偉大的獨創的。」〔註11〕

　　文學文本的多層次特徵為文學風格的分析和評價提供了多維視角。文學文本的每一層次本身又具有層次性，如語象層次就可以細分為字形、聲音、語義、語法等。就文本自身而言，可以對文本的語象、意象和形象進行分析，也可以從題材、主題、人物、結構、藝術技巧、語言色彩、情調去考察；就文本相關因素來看，可以從時代、民族、階級環境、作者個性、藝術修養等方面去探尋。長期以來，學術界在文學風格的研究方面做了不少工作，也取得了一定的成績，但很少通過對文學語言的具體分析考察作品的文學風格，至今這仍是一個薄弱環節。茅盾很早就注意到文學語言對文學風格的重要作用，他說：

　　　　趙樹理的個人風格早已為大家所熟知，如果把他的作品的片段
　　混在別人作品之中，細心的讀者可以辨別出來。憑什麼去辨認呢？
　　憑它的獨特的文學語言。獨特何在？在於明朗雋永而時有幽默感。
　　〔註12〕

〔註9〕茅盾，《獨創與因襲》，《茅盾全集》第18卷，人民文學出版社，1989年，第154頁。
〔註10〕茅盾，《個性問題與天才問題》，《茅盾全集》第23卷，人民文學出版社，1996年，第159～160頁。
〔註11〕茅盾，《創作的準備》，《茅盾全集》第21卷，人民文學出版社，1991年，第7頁。
〔註12〕茅盾，《反映社會主義躍進的時代，推動社會主義時代的躍進》，《茅盾全集》第25卷，人民文學出版社，1996年，第68頁。

作家的個人風格由多種因素構成，在這多種因素中，獨特的文學語言是最明顯的標誌。茅盾從宏觀上指出了趙樹理文學語言的總體特色，然而這總體特色由哪些方面的特徵具體表現出來，還需要對文學語言進行更深一步的研究。

二、文學語言

（一）語言大師論文學語言

什麼是文學語言？迄今學術界還沒有一個比較公認的定義。為了對文學語言問題有一個較為全面的瞭解，有必要回顧一下我國著名文學家、語言學家對文學語言的有關論述。

1. 魯迅論文學語言

魯迅沒有告訴我們什麼是文學語言，但他對文學語言有非常明確的觀點。他說：「高爾基說，大眾語是毛胚，加了工的是文學。我想，這該是很中肯的指示了。」這裡，魯迅借高爾基的話指出了文學語言與大眾口語的區別與聯繫：其一，文學語言不同於大眾語；其二，大眾語是文學語言的原料；其三，原料必須經過加工才是文學語言。魯迅主張「博採口語」來豐富文學語言。〔註13〕他說：「從活人的嘴上，採取有生命的詞彙，搬到紙上來。」又說：

> 博取民眾的口語而存其比較的大家能懂的字句，成為四不像的
>
> 白話。這白話得是活的，活的緣故，就因為有些是從活的民眾的口
>
> 頭取來，有些是要從此注入活的民眾裏面去。〔註14〕

正如蜜蜂採集花粉進行加工製作一樣，「採」也就是甄別選擇，去粗取精，提煉加工的過程。口語若不經過提煉加工，滲入作者創造性的勞動，那就不可能有文學語言。所以，魯迅指出：

> 語文和口語不能完全相同；講話的時候，可以夾許多「這個這
>
> 個」「那個那個」之類，其實並無意義，到寫作時，為了時間，紙張
>
> 的經濟，意思的分明，就要分別刪去的，所以文章一定應該比口語

〔註13〕魯迅，《花邊文學·做文章》，《魯迅全集》第5卷，人民文學出版社，1981年，第529頁。

〔註14〕魯迅，《寫在「墳」後面》，《魯迅全集》第1卷，人民文學出版社，1981年，第286頁。

筒潔，然而明瞭，有些不同，並非文章的壞處。〔註15〕

為了形象地說明口語與文學語言的關係，他還作了生動的比喻：

> 太做不行，但不做，卻又不行，用一段大樹和四枝小樹做一隻
> 凳，在現在，未免太毛糙，總得刨光它一下才好。但如全體雕花，
> 中間挖空，卻又坐不來，也不成其為凳子了。

對於口語裏的方言成分，魯迅認為既有採用的必要，但又不宜濫用。他說：「至於舊語的復活，方言的普遍化，那自然也是必要的。」〔註16〕「方言土語裏，很有些意味深長的話，我們那裡叫『煉話』，用起來是很有意思的，恰如文言的用古典，聽者也覺得趣味津津。」〔註17〕但並非所有的口語都可以加工為文學語言，也並非口語在任何場合都適用。所以，魯迅還說：

> 太僻的土語，是不必用的。例如上海叫「打」為「吃生活」，可
> 以用於上海人的對話，卻不必特用於作者的敘事中，因為說「打」，
> 工人也一樣的能夠懂。〔註18〕

這段話有兩層意思：第一，方言土語可以作為文學語言的原料，但太僻的土語不必用；第二，如果確有運用的必要，則可用於人物的對話，不必用於敘事。魯迅在 20 世紀 30 年代的見解，對今天的作家如何吸收和運用方言土語，仍具有一定的指導意義。

魯迅一方面強調大眾口語是文學語言的源泉，另一方面又指出大眾口語並不等於文學語言，作家的選擇提煉加工，是口語轉變為文學語言的關鍵所在。有的文學文本出現了富有泥土味的語句，乍一看，似乎是從生活中照搬而來。其實，這是一種錯覺。在文學文本設定的藝術環境中，如果真的出現了與生活中的口語完全相同的語句，這語句只是在形式上保留了生活口語的外殼，而其內涵卻有本質性的改變。這種改變的關鍵在於：文學文本中出現的口語形式，是作者精心挑選、匠心獨運的安排，它具有塑造文學形象的功能；而生活中的

〔註15〕魯迅，《二心集·關於翻譯的通信》，《魯迅全集》第 4 卷，人民文學出版社，1981年，第 384 頁。

〔註16〕魯迅，《答曹聚仁先生信》，《魯迅全集》第 6 卷，人民文學出版社，1981 年，第 77頁。

〔註17〕魯迅，《且介亭雜文二集·人生識字胡塗始》，《魯迅全集》第 6 卷，人民文學出版社，1981 年，第 296 頁。

〔註18〕魯迅，《且介亭雜文集·門外文談》，《魯迅全集》第 6 卷，人民文學出版社，1981年，第 97 頁。

口語原型，既未經作者創造性處理，又未置於任何藝術環境，完全不具備藝術功能。最有說服力的例子是《紅樓夢》第四十回的這段語句：

> 賈母這邊說聲「請」，劉姥姥便站起身來，高聲說道：「老劉，老劉，食量大似牛，吃一個老母豬不抬頭。」自己卻鼓著腮不語。眾人先是發怔，後來一聽，上上下下都哈哈的大笑起來。

賈母說的話和劉姥姥說的話都完全可以相信有生活中的口語原型，但是經過曹雪芹的匠心獨運，讓特定藝術環境中的特定人物說出這樣的話，就是道道地地的文學語言。因為就是這幾句話，對塑造人物形象、表現人物的典型性格起到了畫龍點睛的作用。

不僅大眾口語可以加工為文學語言，古代漢語和外國語言成分也可以採用。魯迅說：「大眾語文可以採用文言，白話，甚至於外國話，而且在事實上，現在也已經在採用。」〔註19〕文言中有生命的東西，例如成語，魯迅就認為與死古典不一樣：「成語和死古典又不同，當是現世相的神髓，隨手拈掇，自然使文字分外精神。」〔註20〕因此，有目的地選擇運用古代書面語中有生命的語言成分，是豐富現代文學語言的手段之一。這一觀點魯迅在《寫在「墳」後面》文中表述得很清楚：

> 至於對於現在人民的語言的窮乏欠缺，如何救濟，使他豐富起來，那也是一個很大的問題，或者也須在舊文中取若干資料，以供使役……〔註21〕

同時，對於那些新穎時髦的詞語，魯迅也不排斥。他說：「我想，為大眾而練習大眾語，倒是不該禁用那些『時髦字眼』的。」〔註22〕

由此看來，魯迅認為文學語言是以大眾口語為源泉，而且包括經過選擇加工的方言土語、文言文、新造詞和外國語言成分的藝術語言。

〔註19〕魯迅，《答曹聚仁先生信》，《魯迅全集》第 6 卷，人民文學出版社，1981 年，第 77 頁。

〔註20〕魯迅，《花邊文學·「大雪紛飛」》，《魯迅全集》第 5 卷，人民文學出版社，1981 年，第 552 頁。

〔註21〕魯迅，《集外集拾遺·〈何典〉題記》，《魯迅全集》第 7 卷，人民文學出版社，1981 年，第 296 頁。

〔註22〕魯迅，《寫在「墳」後面》，《魯迅全集》第 1 卷，人民文學出版社，1981 年，第 286 頁。

2. 老舍論文學語言

魯迅為什麼提出「博採口語」？因為口語來自人民大眾的現實生活。對於這一點，老舍說得很清楚：「沒有生活，就沒有語言。」「從生活中找語言，語言就有了根。」〔註23〕「到生活裏去，那裡有語言的寶庫。」〔註24〕老舍在談到自己描寫洋車夫的秘訣時說：「明白了車夫的生活，才能發現車夫的品質，思想，與感情。這可就找到了語言的源泉。」〔註25〕

老舍非常重視對口語的吸收融會和千錘百鍊，他的文學語言堪稱吸收融會北京口語並加以精心錘鍊的典範。他說：「我願在紙上寫的和口中說的差不多。」「我寫小說也就更求與口語相合，把修辭看成怎樣從最通俗的淺近的詞彙去描寫，而不是找些漂亮文雅的字來漆飾。」〔註26〕這裡老舍所謂「紙上寫的和口中說的差不多」，指的是語言的表現形式——文字符號相近或相同，並不意味著不加以選擇提煉，照搬口語。文學文本採用的白話不能與生活中的白話劃等號，因為「白話的本身不都是金子，得由我們把它們煉成金子」〔註27〕。「沒有一位這樣的大師只紀錄人民語言，而不給它加工的。」〔註28〕因此，老舍認為：

> 文學語言，無論是在思想性上，還是在藝術性上，都須比日常生活語言高出一頭。作者須既有高深的思想，又有高度的語言藝術修養。他既能夠從生活中吸取語言，又善於加工提煉，像勤勞的蜂兒似的來往百花之間，釀成香蜜。〔註29〕

老舍不但認為從生活中吸取語言必須加工提煉，而且指出要創造性地運

〔註23〕老舍，《我怎樣學習語言》，《解放軍文藝》1951 年 8 月第 3 期。收入《老舍文集》第 16 卷，人民文學出版社，1991 年，第 287 頁。

〔註24〕老舍，《出口成章·語言與生活》，《老舍文集》第 16 卷，人民文學出版社，1991 年，第 63 頁。

〔註25〕老舍，《我怎樣學習語言》，《解放軍文藝》1951 年 8 月第 3 期。收入《老舍文集》第 16 卷，人民文學出版社，1991 年，第 287 頁。

〔註26〕老舍，《我的「話」》，《老舍文集》第 15 卷，人民文學出版社，1990 年，第 463 頁。

〔註27〕老舍，《怎樣寫通俗文藝》，《老舍文集》第 16 卷，人民文學出版社，1991 年，第 272 頁。

〔註28〕老舍，《出口成章·戲劇語言》，《老舍文集》第 16 卷，人民文學出版社，1991 年，第 79 頁。

〔註29〕老舍，《出口成章·話劇的語言》，《老舍文集》第 16 卷，人民文學出版社，1991 年，第 67 頁。

用群眾語言：「先要學習群眾語言，掌握群眾語言，然後創造性地運用它。」〔註30〕他還說：

> 所謂語言的創造並不是自己閉門造車，硬造出只有自己能懂的
> 一套語言，而是用普通的話，經過千錘百鍊，使語言得到新的生命，
> 新的光芒。就像人造絲那樣，用的是極為平常材料，而出來的是光
> 澤柔美的絲。我們應當有點石成金的願望，叫語言一經過我們的手
> 就變了樣兒，誰都能懂，誰又都感到驚異，拍案叫絕。〔註31〕

老舍重視吸收民間口語的精華，同時也不排斥古代漢語裏有生命力的語言成分。他在《文學語言問題》文中說：「我們學一些古代的語言，學會把這些有表現力的而且在生活中不可缺少的詞運用起來。」〔註32〕老舍反對一味模仿洋腔洋調的「歐化」之風，同時也強調應當「吸收世界上一切的好東西」，指出「熱愛我們自己的遺產並不排斥從世界各國文學中吸收營養」，〔註33〕他肯定「『五四』傳統有它好的一面，它吸收了外國的語法，豐富了我們的語法，使語言結構上複雜一些，使說理的文字更精密一些。」〔註34〕

老舍注意到文學語言的運用與環境的關係，這是很有啟發意義的。他說：「對話不只是交待情節用的，而要看是什麼人說的，為什麼說的，在什麼環境中說的，怎麼說的。這樣，對話才能表現人物的性格、思想、感情。」〔註35〕「語言的成功，在一本文藝作品裏，是要看在什麼情節、時機之下，用了什麼詞彙與什麼言語，而且都用得正確合適。」〔註36〕他舉了個例子：

> 把「適可而止」放在一個教授嘴裏，把「該得就得」放在一位三
> 輪車工人的口中，也許是各得其所。這一雅一俗的兩句成語並無什

〔註30〕老舍，《出口成章·關於文學的語言問題》，《老舍文集》第 16 卷，人民文學出版社，1991 年，第 102 頁。

〔註31〕老舍，《出口成章·戲劇語言》，《老舍文集》第 16 卷，人民文學出版社，1991 年，第 82 頁。

〔註32〕老舍，《文學語言問題》，《老舍文集》第 16 卷，人民文學出版社，1991 年，第 434 頁。

〔註33〕老舍，《五四給了我什麼》，《解放軍報》，1954 年 5 月 4 日。

〔註34〕老舍，《出口成章·關於文學的語言問題》，《老舍文集》第 16 卷，人民文學出版社，1991 年，第 105 頁。

〔註35〕老舍，《出口成章·關於文學的語言問題》，《老舍文集》第 16 卷，人民文學出版社，1991 年，第 101 頁。

〔註36〕老舍，《我怎樣學習語言》，《解放軍文藝》1951 年 8 月第 3 期。收入《老舍文集》第 16 卷，人民文學出版社，1991 年，第 287 頁。

麼高低之分，全看用在哪裏。〔註37〕

　　脫離了具體文本環境的語言，談不上文學語言；處於特定藝術環境內的語言哪怕從文字形式上看來是純粹的大白話，也是作者精心選用的文學語言。這是筆者的觀點。可貴的是，老舍早在 20 世紀 60 年代就已提出了文學語言所處的文本環境問題，而且指出處於特定環境內的「適可而止」與「該得就得」並無高低之分，這體現了一代語言大師非凡的學術卓見。

　　關於文學語言與文學風格的關係，老舍也有獨到見解：

　　　　及至我讀了些英文文藝名著之後，我更明白了文藝風格的勁美，

　　正是仗著簡單自然的文字來支持，而不必要花枝招展，華麗輝

　　煌。……脫去了華豔的衣衫，而露出文字的裸體美來。〔註38〕

　　文學風格仗著文字的裸體美來支持，可見文學語言對於文學風格的表現力是多麼重要。因此，老舍十分重視文學語言的運用技巧。他說：「我們應當全面利用語言，把語言的潛力都挖掘出來，聽候使用。」「全面利用語言」是什麼意思呢？他在《對話淺論》文中作了詳細論述：

　　　　所謂全面運用語言者，就是說在用語言表達思想感情的時候，

　　不忘了語言的簡練，明確，生動，也不忘了語言的節奏，聲音等等

　　方面。這並非說，我們的對話每句都該是詩，而是說在寫對話的時

　　候，應該像作詩那麼認真，那麼苦心經營。比如說，一句話裏有很

　　高的思想，或很深的感情，而說的很笨，既無節奏，又無聲音之美，

　　它就不能算作精美的戲劇語言。〔註39〕

　　詩歌講究平仄韻律等音樂美，這是常識。不少人以為散文、小說、戲劇就可以不講究音樂美，這是一個誤區。老舍就明確指出散文也要講究文學語言的聲韻美：

　　　　在漢語中，字分平仄。調動平仄，在我們的詩詞形式發展上起

　　過不小的作用。我們今天既用散文寫戲，自然就容易忽略了這一

　　端，只顧寫話，而忘了注意聲調之美。其實，即使是散文，平仄的

〔註37〕老舍，《出口成章·語言與生活》，《老舍文集》第 16 卷，人民文學出版社，1991 年，第 63 頁。
〔註38〕老舍，《我的「話」》，《老舍文集》第 15 卷，人民文學出版社，1990 年，第 461 頁。
〔註39〕老舍，《出口成章·對話我論》，《老舍文集》第 16 卷，人民文學出版社，1991 年，第 88 頁。

排列也還該考究。「張三李四」好聽,「張三王八」就不好聽。前者
是二平二仄,有起有落;後者是四字(按京音讀)皆平,缺乏揚抑。
四個字尚且如此,那麼連說幾句就更該好好安排一下了。〔註40〕

根據以上論述,可以把老舍有關文學語言的見解歸納如下:

（1）文學語言源於日常生活口語,日常生活口語經過提煉加工可以成為文
學語言;

（2）文學語言不但吸收民間口語,而且應當吸收古代漢語的精華和外國語
言的營養;

（3）文學語言的運用要與文本環境相適應;

（4）文學語言是文學風格的一種表現;

（5）文學語言要講究聲韻美。

3. 茅盾論文學語言

茅盾在《關於歇後語》一文中曾談到他對文學語言的看法:

簡單說來,民眾的語言經過作家加工而構成為作品中的文字,
這就稱為文學語言。所謂加工,就是選擇民眾語言中的詞彙,成語,
諺語,俗語等等,以及語法和修辭方法等等,不但要運用得確當(這
就是說,選擇的目的在於達成形式與內容的一致),而且要創造性地
使用它們(這就是說,要把民眾語言加以提煉)。〔註41〕

同魯迅、老舍的觀點一樣,茅盾認為民眾的語言要經過加工才能成為文學
語言。所謂加工,茅盾認為包括兩個步驟:一是選擇;二是創造性運用。選擇
是採納口語的菁華;創造性運用就是提煉。如果沒有經過選擇與提煉,生活中
的民眾口語就不能「成為作品中的文字」,而只是構成文學語言的材料。茅盾
的這一觀點,不僅適用於文學文本,同樣適用於口頭文學。像《荷馬史詩》《格
薩爾王》這類名作雖然曾以口語形式流傳,但這口語是經過數十代藝人千錘百
鍊而代代相傳的,它選擇了生活中民眾口語的菁華,又由藝人們加以創造性地
運用,這口語已不是生活中未經加工的口語,而是貨真價實的文學語言。魯迅
和老舍反覆強調的「加工」,由茅盾作出了明確的闡釋,這對於創作實踐和理

〔註40〕老舍,《出口成章·對話我論》,《老舍文集》第 16 卷,人民文學出版社,1991 年,
第 88～89 頁。

〔註41〕茅盾,《關於歇後語》,《茅盾全集》第 24 卷,人民文學出版社,1996 年,第 297 頁。

論研究都具有重要的指導意義。有的人以為生活中的歇後語就是文學語言,而茅盾認為「這些歇後語,只是可能構成為文學語言的材料」。〔註42〕道理很簡單,生活中的口語未經選擇提煉是不能成為文學語言的,這是口語與文學語言相互區別的重要標誌。因此,茅盾勉勵「作者必須善於從活的語言中提煉其精髓,經過加工,使成為「文學的語言」。〔註43〕

對於怎樣豐富文學語言,茅盾在《新的現實和新的任務》一文中引用了毛主席《反對黨八股》的幾點指示:

(1)「要向人民群眾學習語言」;

(2)「要從外國語言中吸收我們所需要的成分」;

(3)「我們還要學習古人語言中有生命的東西」。

茅盾在該文中對當時的不良傾向提出了批評:

> 事實證明:我們並沒有正確地認真地照著毛主席的指示去做。
>
> 特別是「學習古人語言中有生命的東西」這件事,我們的努力很不
>
> 夠。……魯迅的作品是儘量注意利用了古人語言中還有生氣的東西
>
> 的,現在我們的大多數作品中連魯迅所已利用過的,也沒有繼承,
>
> 更不用說自己去發掘了。〔註44〕

當時的文藝工作者對毛主席指示的理解並不深刻,有的人以為只要是群眾的口語,就可以不加選擇地使用。茅盾對這種不良傾向提出批評是完全必要的。他對吸收方言成分採取一分為二的態度,一方面抵制那種「不必要的濫用方言,不經過選擇原封不動的搬用社會生活中一些不健康語言的傾向」,〔註45〕另一方面主張「採納為文學語言的方言或俗語一定是新鮮、生動、簡練而意義深長的」。〔註46〕同時也辯證地對待外國語言成分,他在《為發展文學翻譯事業和提高翻譯質量而奮鬥》文中說:

〔註42〕茅盾,《關於歇後語》,《茅盾全集》第24卷,人民文學出版社,1996年,第297頁。

〔註43〕茅盾,《怎樣閱讀文藝作品》,《茅盾全集》第24卷,人民文學出版社,1996年,第166頁。

〔註44〕茅盾,《新的現實和新的任務》,《茅盾全集》第24卷,人民文學出版社,1996年,第280頁。

〔註45〕茅盾,《新的現實和新的任務》,《茅盾全集》第24卷,人民文學出版社,1996年,第279頁。

〔註46〕茅盾,《關於藝術的技巧》,《茅盾全集》第24卷,人民文學出版社,1996年,第417頁。

這些優秀譯本中的適當的歐化句法對於我國的語體文法的嚴密化，是起了一定的作用的。這是歐化句法帶來的好處。但也有流弊。這就是有些青年盲目模仿，以至寫出來的東西簡直不像中國語。在肯定歐化句法帶來的好處的同時，就必須指出這些流弊而努力消除它。〔註47〕

文學語言吸收各種語言成分不能全部照搬，而應棄其糟粕，取其菁華，「如果不分皂白，濫用方言、俗語，那就不是豐富了文學語言，而是使之龐雜，使之分歧」。〔註48〕文學語言也需要規範，因為「用了太多的不必要的方言、俗語，其結果雖然有了地方色彩，可惜廣大的讀者不能看懂」。〔註49〕因此，茅盾號召大家：

我們應當把學習「普通話」，今後是學習漢語規範化，看作不但是提高寫作能力的必要的措施，而且是一項政治任務。〔註50〕

茅盾還指出：

文學作品的語言應當是形象化的、富有表現力的、準確的和精練的，然後可以傳達作者所欲傳達的思想情緒，然後可以構成鮮明的形象。〔註51〕

這是茅盾對文學語言的本質形式和功能的概括。文學語言的本質是形象，這是文學語言區別於非文學語言的重要標誌。按筆者的理解，文學語言應生動具體，能傳達思想情感，應有藝術概括性，能映現審美理想的生活圖畫。這是非文學語言所不具備的。精練雖不是文學語言唯一的表現形式，但是成功的文學文本幾乎都惜墨如金，以最經濟的文學語言蘊含了最豐富的內容。「像《水滸傳》《紅樓夢》《儒林外史》等小說，往往用一二千字的篇幅，寫出

〔註47〕茅盾，《為發展文學翻譯事業和提高翻譯質量而奮鬥》，《茅盾全集》第 24 卷，人民文學出版社，1996 年，第 313 頁。

〔註48〕茅盾，《關於藝術的技巧》，《茅盾全集》第 24 卷，人民文學出版社，1996 年，第 417 頁。

〔註49〕茅盾，《關於藝術的技巧》，《茅盾全集》第 24 卷，人民文學出版社，1996 年，第 416 頁。

〔註50〕茅盾，《關於藝術的技巧》，《茅盾全集》第 24 卷，人民文學出版社，1996 年，416 頁。

〔註51〕茅盾，《新的現實和新的任務》，《茅盾全集》第 24 卷，人民文學出版社，1996 年，第 277～278 頁。

非常生動的場面。中國的舊詩，常用幾十個字寫出全部的意境，尤其具有不可比擬的精練。」〔註52〕但精練作為一種表現形式並不是文學語言獨有的，非文學語言也能做到精練。例如解放戰爭時期，鄧小平同志向毛澤東同志報告複雜的戰爭情況僅用了幾十字的電文，這電文可謂十分精練，但電文並不是文學語言。富有表現力和準確是文學語言運用的效果，運用不當，就談不上準確，更談不上表現力。可見這是從功能角度對文學語言提出的要求，不過，富有表現力和準確的語言也不一定都是文學語言，但只要是文學語言就必須形象化，否則就談不上什麼文學語言。

值得注意的是，茅盾認為「偉大作家們的文學語言是有『個性』的；這個性就構成了他們的各自的獨特的風格。」〔註53〕如魯迅的風格「洗煉，峭拔而又幽默」，因為「魯迅的文學語言同我國古典文學（文言的和白話的）作品有其一脈相通之處，然而又是完全新的文學語言」。〔註54〕老舍的風格「有鮮明的北京地區的地方色彩，他的文學語言，形象生動，音調鏗鏘」。〔註55〕趙樹理的風格「明朗雋永」，「憑什麼去辨認呢？憑它的獨特的文學語言。」〔註56〕茅盾還認為，作家具有統一的獨特的風格，並不妨礙作家在不同題材的文學文本中表現多種多樣的藝術意境。他在《聯繫實際，學習魯迅》文中說：

> 統一的獨特的風格只是魯迅作品的一面。在另一方面，魯迅作品的藝術意境卻又是多種多樣的。舉例而言：金剛怒目的《狂人日記》不同於談言微中的《端午節》，含淚微笑的《在酒樓上》亦有別於沉痛控訴的《祝福》。〔註57〕

茅盾對文學語言的有關論述，深化了魯迅和老舍的主要觀點。在文學語言

〔註52〕茅盾，《新的現實和新的任務》，《茅盾全集》第24卷，人民文學出版社，1996年，第277～278頁。

〔註53〕茅盾，《關於歇後語》，《茅盾全集》第24卷，人民文學出版社，1996年，第297頁。

〔註54〕茅盾，《聯繫實際，學習魯迅》，《茅盾全集》第26卷，人民文學出版社，1996年，第231頁。

〔註55〕茅盾，《反映社會主義躍進的時代，推動社會主義時代的躍進》，《茅盾全集》第25卷，人民文學出版社，1996年，第67～68頁。

〔註56〕茅盾，《反映社會主義躍進的時代，推動社會主義時代的躍進》，《茅盾全集》第25卷，人民文學出版社，1996年，第67～68頁。

〔註57〕茅盾，《聯繫實際，學習魯迅》，《茅盾全集》第26卷，人民文學出版社，1996年，第231頁。

定義，文學語言規範，方言、文言文、外國語的加工提煉，文學風格等一系列問題上提出了新見解，為文學語言的深入研究指明了方向。

4. 其他作家、學者論文學語言

著名作家丁玲同魯迅、老舍、茅盾的觀點一致，她也認為文學語言來自群眾的語言，並且主張作家應當深入生活，學習、吸取群眾的語言，創造性地運用於自己的作品中。她說：

> 作家深入生活，和群眾一起鬥爭，親身體會群眾的思想、感情，
> 同時也要學習和吸取各種人物在表達自己思想情緒時所用的語言，
> 創造性地用在自己的作品中。在生活中學習活的語言，在創作中把
> 語言用活，使語言飽含生機、新意。〔註58〕

同茅盾一樣，丁玲也注意到「群眾運用的語言，不一定全是好的美的，其中也有不好的、不健康的」，〔註59〕因此，這就需要「作家像蜜蜂那樣，在無邊的花海中勤勞地、一點一滴地採擷、釀製，去粗取精，區別美醜」。〔註60〕「不能把群眾的語言都拿來不加選擇地用到我們作品的行文裏。」〔註61〕丁玲還提倡學習古代文學作品的語言。她說：「學習怎樣運用語言，也可以從我們古典作品裏學習的。」〔註62〕她以《水滸傳》武松詢向何九叔一段話為例，稱讚「這樣的語言何等驚人！何等有力！這些生動的語言在《水滸傳》裏多得很，都是很有感情，很有氣派，有血有肉的」。〔註63〕

丁玲認為文學文本「起碼要有藝術性，要迷住讀者」，〔註64〕藝術性與思想性高度統一才能產生優秀作品。她說：「哪個作品不是有高度的政治性，它才更

〔註58〕丁玲：《文學天才意味著什麼美的語言從哪裏來》，北方文藝出版社，1985 年，第77 頁。

〔註59〕丁玲：《文學天才意味著什麼美的語言從哪裏來》，北方文藝出版社，1985 年，第77 頁。

〔註60〕丁玲：《文學天才意味著什麼美的語言從哪裏來》，北方文藝出版社，1985 年，第77 頁。

〔註61〕丁玲，《談寫作·我的生平與創作》，四川人民出版社，1983 年，第 136 頁。

〔註62〕丁玲，《談與創作有關諸問題》，《生活·創作·修養》，人民文學出版社，1981 年，第 101 頁。

〔註63〕丁玲，《談與創作有關諸問題》，《生活·創作·修養》，人民文學出版社，1981 年，第 102 頁。

〔註64〕丁玲，《談寫作·我的生平與創作》，四川人民出版社，1983 年，第 137 頁。

富有藝術生命？作品的藝術生命是跟著政治思想來的。」〔註65〕她還認為文學語言應當個性化。例如《紅樓夢》，「它就是普通話，但是你總覺得每一個人物的腔調、每一個人物的個性，都從語言裏面出來了。你聽：簾子還沒有打開，一聽講話就知道，啊，是鳳姐來了！林黛玉就是林黛玉的話，薛寶釵就是薛寶釵的話。他們的講話都是個性化。」〔註66〕

　　丁玲雖然沒有給文學語言下定義，但她認為文學語言應當「寫得準確鮮明生動」，〔註67〕「寫得精練一些，深刻一些」。〔註68〕謂生動，就是茅盾所說的形象化，這是文學語言的本質表現。精練，指用最少的語言涵蓋盡可能豐富的內容，是文學語言的形式表現。準確鮮明、深刻，文學語言的功能表現，這涉及到文學語言的運用技巧。沒有高超的藝術手段，就不能發揮文學語言在文學文本中的藝術功能。

　　著名學者季羨林在給《文學語言概論》所作的序言中說：

　　　　所謂文學語言，內容極為豐富，但是，以我淺見，不出兩邊：一

　　　是修辭，二是風格，二者有密切聯繫，但又截然可分。二者相較，

　　　風格尤重於修辭。修辭，一兩句內就可以看出，而風格則必須綜覽

　　　全篇，甚至若干篇，才能夠顯現。〔註69〕

　　老舍所說「語言的簡練，明確，生動」，「語言的節奏，聲音」，〔註70〕茅盾所說「語言應當是形象化的、富有表現力的、準確的和精練的」，〔註71〕丁鈴所說「要把文字寫好，寫得準確鮮明、生動」，「寫得精練一些，深刻一些」，〔註72〕這些都是從文學語言藝術性的具體表現著眼，較多地注意到遣詞造句的藝術感染力。而季羨林則把眼光轉向駕馭文學語言的藝術手段和文學文本的最高層次——文學風格。藝術手段多種多樣，不僅僅是修辭，但謀篇佈局，

〔註65〕丁玲，《談寫作・我的生平與創作》，四川人民出版社，1983 年，第 135 頁。

〔註66〕丁玲，《談寫作・我的生平與創作》，四川人民出版社，1983 年，第 135 頁。

〔註67〕丁玲，《漫談散文》，《光明日報》1984 年 5 月 24 日。

〔註68〕丁玲，《漫談散文》，《光明日報》1984 年 5 月 24 日。

〔註69〕李潤新，《文學語言概論・序》，北京語言學院出版社，1994 年。

〔註70〕老舍，《出口成章・對話我論》，《老舍文集》第 16 卷，人民文學出版社，1991 年，第 88 頁。

〔註71〕茅盾，《新的現實和新的任務》，《茅盾全集》第 24 卷，人民文學出版社，1996 年，第 279 頁。

〔註72〕丁玲，《漫談散文》，《光明日報》1984 年 5 月 24 日。

遣詞造句是否能產生準確、鮮明、生動的藝術效果，文學語言是否具有藝術性，則多半靠修辭。筆者認為，形象是文學語言的本質屬性，但這本質屬性並非語言本身固有的，而是文藝工作者對生活中的語言材料進行加工提煉，創造性運用的結果（有的語詞本身有具象性，在文本中映現為語象，但語象並非作家創造的文學形象。故語言形象與文學形象不能混為一談）。歸根結蒂，形象也是藝術性的一種表現。而修辭是賦予語言藝術性的主要手段，因此，季羨林把修辭作為文學語言的第一個特徵，是有方法論意義的。受季羨林這一見解的啟發，筆者把藝術性列為文學語言的基本特徵，並且著重論述修辭手段如何賦予語段、語篇以形象性。

同老舍、茅盾一樣，季羨林高度重視文學風格。他認為文學風格是文學文本的宏觀表現，「必須綜覽全篇，甚至若干篇，才能夠顯現」。文學風格不等於語言風格，但語言風格是文學風格最直接的表現，正如老舍所說：「文藝風格的勁美，正是仗著簡單自然的文字來支持。」〔註73〕茅盾也說，趙樹理的風格「憑什麼去辨認呢？憑它的獨特的文學語言」〔註74〕。在這個意義上，季羨林把文學風格作為文學語言的另一個更重要的特徵，具有高屋建瓴的學術眼光。但文學風格處於文學文本的最高層次，並不是一般的文學文本都具有風格，也不是任何文學語言都能形成風格，而且文學風格涵蓋了較多的內容，因此，這是一個複雜的問題，尚可作進一步的探討。

季美林認為文學語言與「好文字」不是一個概念。有的文字雖然寫得好，卻不一定是文學語言。他說：「作為公牘文書、新聞記錄，未始不是好文字。然而說它們是文學，則不侫期期以為不可。」〔註75〕

顯然，季美林並不贊成那種把書面語言一律視為文學語言的觀點。

同老舍、丁玲的觀點一致，季羨林認為文學語言應當是藝術性與思想性的融合。他對抹煞藝術性的錯誤傾向深惡痛絕：「標準的說法是，思想性與藝術性並重。實則思想性霸佔了壟斷地位，藝術性只成了句空話。」「近四五十年以來文學只重視所謂思想性，而根本抹煞了藝術性」，所以，季羨林「號召人們重視

〔註73〕老舍，《我的「話」》，《老舍文集》第 15 卷，人民文學出版社，1990 年，第 461 頁。
〔註74〕茅盾，《反映社會主義躍進的時代，推動社會主義時代的躍進》，《茅盾全集》第 25 卷，人民文學出版社，1996 年，第 65 頁。
〔註75〕李潤新，《文學語言概論·序》，北京語言學院出版社，1994 年。

文學語言，重視文學風格」。〔註76〕

著名語言學家邢公畹對風格問題有深刻見解，他主張「把語言學的風格學和文藝學的風格學區別開來。前者研究語言（全民共同語）的風格；後者研究作家的風格。『語言風格』跟『作家風格』不是一回事，但是作家作品的語言風格卻是形成作家風格的因素之一。」〔註77〕邢公畹明確指出作家的文學風格與語言風格不是一回事，同時又指出語言風格是形成作家文學風格的因素之一，這具有重要的理論意義。因為語言風格實質上就是「語言運用上的具體特點」，〔註78〕只是形成文學風格的一種表現，與文學風格處於完全不同的層次。

邢公畹認為：「作家風格是一個作家在寫作內容上和形式上區別於其他作家的一系列特點。首先是作家創作裏形象體系的特點。」「其次是作家的藝術技巧上的特點。」〔註79〕一個作家塑造的一系列人物形象都與其他作家塑造的不同，這就體現了這個作家的獨特風格；一個作家在題材、結構、人物語言、形象塑造以及藝術構思等方面與眾不同，也就體現了這個作家的獨特風格。但是所有的一切，都必須通過語言的運用來實現。而文學文本裏「語言的每一個要素：詞、語段、句式和語音，除了它們在全民語言的通常功能，還具備了藝術的構成作家風格的要素的功能；除了通常的意義，還和著非通常的美學意義——象徵性的，意味深長的繪聲繪色的魅力」。〔註80〕因此，探索作者如何選擇語音、語詞；怎樣構造語句、句群、語段組成篇章；運用哪些技巧來塑造形象，營造意境，是研究文學風格的必由之路。

語言大師們有關文學語言問題的系統理論，為進一步探索文學語言，研究文學語言鋪墊了牢固的基石。

〔註76〕李潤新，《文學語言概論·序》，北京語言學院出版社，1994年。

〔註77〕邢公畹，《〈紅樓夢〉語言風格分析上的幾個先決條件》，《紅樓夢的語言藝術》，語文出版社，1985年，第6～7頁。

〔註78〕邢公畹，《〈紅樓夢〉語言風格分析上的幾個先決條件》，《紅樓夢的語言藝術》，語文出版社，1985年，第4頁。

〔註79〕邢公畹，《〈紅樓夢〉語言風格分析上的幾個先決條件》，《紅樓夢的語言藝術》，語文出版社，1985年，第7頁。

〔註80〕邢公畹，《〈紅樓夢〉語言風格分析上的幾個先決條件》，《紅樓夢的語言藝術》，語文出版社，1985年，第7頁。

（二）文學語言的定義

文學語言包括兩大類別，其中有一類是不與文字符號掛鉤的口頭文學語言，這一類文學語言與文學文本沒有直接關係；另一類是靠文字符號負載信息的書面文學語言，這一類文學語言與文學文本關係密切，因而是研究的主要對象。研究文學語言，首先得弄清什麼是文學語言；而要給文學語言提出一種比較科學的解釋，必先分清「語言」與「言語」這兩個概念。

語言指的是完整的信息系統。某種語言必定是由這種語言的語音、詞彙、語法、語義等子系統共同組成的完整信息系統。語言系統對於言語來說，是高度概括的、相對抽象的。言語指的是人們說話的行為和說出來的話。語言是特定社會全體成員共同運用的信息系統，而言語則是個人對語言系統的具體運用及運用的結果。可見語言與運用語言的行為及運用結果是兩回事，不能混為一談。人們所講的話叫言語，也可稱為言語作品。用文字符號把所講的話記錄下來，這記錄講話的文字符號也可稱為言語作品。可見言語作品也可分為口頭的和書面的兩大類。但是，言語講出來是讓人聽的，記下來也是讓人去理解的，除非講出來或記下來的言語從一開始就存心不讓人聽，不讓人理解。因此，從言語的功能角度著眼，用文字符號記下來的話與其稱為言語作品，毋寧叫做言語文本。因為言語是個人行為和行為的結果，所以，運用同一種語言的人不一定會有同樣的言語。實際上，幾乎每一個人在運用語言時，都不可能100%完全按社會約定的語言系統規則說話，而往往有越軌之處，如創造一些新詞，或創造一些獨特的句法。這些標新立異的東西別人聽不懂，社會不承認，就不能算是該語言系統的成分。但語言系統並非封閉體系，語言系統自身也在揚棄一些舊的成分，吸收一些新的成分。新的成分就是從人們具體運用語言的言語活動中吸取的。一些對社會活動有相當影響的個人創造的言語成分，一旦得到社會的承認，就成為語言系統更新的養料。文學文本，尤其是一些重要文學家創作的文學文本，是推動語言系統更新的重要材料。

文學文本之所以是推動語言系統更新的重要材料，是因為文學文本不像普通文本，它所提供的文本具有高度的形象性和個人獨創性，這些具有高度形象性和個人獨創性的文本，很大程度上是活躍在人們口頭上的言語經過藝術加工之後以文字符號形式構成的系統。因為文學文本與言語的這種關係，又因為要

把具有形象性的藝術文本與一般的言語文本區別開來，人們習慣上把經過藝術加工的言語稱為文學語言。顯然，言語並不等於語言。不過，對於非語言工作者而言，言語和語言這兩個概念的區別似乎並不很重要，何況兩千多年前荀子就已說過「約定俗成謂之宜」這樣的名言，所以，不一定要把文學語言改稱文學言語，但是，文學語言這一概念究竟包含什麼內容卻不能含糊。

李潤新在他所著的《文學語言概論》一書中，針對有關文學語言的兩種主要觀點提出了不同意見。一種觀點是把文學語言等同於書面語言。如以群的《文學的基本原理》認為：

> 廣義的文學語言，是指在民族共同語基礎上經過加工的書面語言，它包括文學作品的語言，也包括科學著作、政治論文和報章雜誌上所用的一切書面語言，以及經過加工的口頭的語言。〔註81〕

另一種觀點認為文學語言是「特殊階層」專用的「特別語言」。如法國語言學家房德利耶斯在《語言論》中說：

> 在許多國家，文學家、詩人和說書者構成了一個特殊的階層，具有他們自己的傳統、習慣和特殊權利，所以他們的語言就具有特別語言的一切特性，需要傳授，從事這種職業的人必須從師學習。
> 〔註82〕

李潤新認為：

> 文學語言是作家用來描繪人生圖畫的特殊工具，是集中傳達人們審美意識的物質手段。為了生動地、真實地描繪人生圖畫，文學語言必須具有高度的形象性和直觀性。文學語言的這種藝術特性，就決定了不能把它同「書面語言」混同起來。
>
> 把文學語言說成是「特殊階層」所專用的「特別語言」，更是一種錯誤的文學語言觀……這種文學語言觀，是唯心史觀在語言學上的一種表現。人民是文學工作者的母親。作為文學第一要素的語言，必須跟它的母體保持血肉聯繫。一切文學語言，既不是脫離大眾口語之外的「特別的語言」，也不是作家們憑空創造出來的。唯有人民

〔註81〕李潤新，《文學語言概論》，北京語言學院出版社，1994年，第6頁。
〔註82〕李潤新，《文學語言概論》，北京語言學院出版社，1994年，第7頁。

　　大眾的口語。才是文學語言唯一取之不盡，用之不竭的源泉。〔註83〕

　　李潤新既不同意文學語言等同於書面語言的說法，更不贊成文學語言是「特殊階層」專用的「特別語言」的觀點，他認為：

　　　所謂文學語言，就是指大眾口語的結晶，是文學家用來塑造藝術形象的語言。〔註84〕

　　對於這個定義，仍有不少問題值得探討。

　　首先，文學語言指的是語言系統還是個人的具體言語行為及其結果，李潤新沒有說明。民族語言是嚴整的、系統的，如漢語有漢語系統，苗語有苗語系統。如果籠統地講文學語言，那麼文學語言包括世界上所有民族運用的文學語言，這些文學語言都各自與該民族的語言系統有非常密切的聯繫。文學語言是否本身也是一個系統？這是一個值得深思的問題。在筆者看來，文學語言絕不是毫無秩序的言語材料的堆積，它必定是一個井然有序的系統。這個系統是以民族語言系統為基礎，創造出新成分，從而構建起來的新系統。如它的語音系統，既在很大程度上遵循民族語的語音系統，同時又創造出新的語音變體，甚至創建新的音位；它的詞彙系統，除了沿用民族語的現成詞彙，還會不斷創造出新詞彙以構建新的詞彙系統。語義系統、語法系統亦復如是。假如文學語言不是一個系統，很難設想許多舉世聞名的文學文本所反映的言語信息能夠安排得有條不紊、富有魅力；許多新的語音成分、詞彙成分、語法成分、語義成分能夠不斷地從文學文本中映現出來，推動民族語言系統的新陳代謝。但是，迄今為止，還沒有見到任何把文學語言作為系統來認真加以研究的成果發表。假定文學語言是一個系統，這個系統由哪些子系統構成？子系統之間的相互關係如何？這些子系統如何相互協調發揮系統的整體功能？文學語言系統與該民族的語言系統之間的相互關係如何？諸如此類的許多問題都尚待研究。

　　如果不從語言的意義上去闡釋文學語言，而把語言權且當作言語來理解，那麼，文學語言指的是個人的具體言語行為及其結果。特定文學言語是特定聲音與特定意義的結合體，這一點與普通的言語完全相同。不同之處僅僅在於，文學言語是自然言語中經過藝術加工的形象性言語。這裡所說的文學言語，與

〔註83〕李潤新，《文學語言概論》，北京語言學院出版社，1994年，第7頁。
〔註84〕李潤新，《文學語言概論》，北京語言學院出版社，1994年，第7頁。

李潤新給文學語言下的定義有相同點，但也有一定距離。說文學語言是「大眾口語的結晶」，這是不錯的，但這個「大眾」必須包括文學創作者在內，而且所謂「結晶」必須是文學創作者的言語獨創成果。如果只有大眾口語而缺乏文學創作者的獨創成果，就不成其為文學語言。直言之，大眾口語只是文學語言的前提，沒有口語就沒有文學語言；但口語並不等於文學語言，文學創作者把口語和歷史上的書面語以及外來語作為素材，經過獨立加工創造出來構築藝術境界的言語，才是文學言語即通常所說的文學語言。

其次，是否只有「文學家用來塑造藝術形象的語言」才是文學語言？說得準確些應當是包括所有的人，不僅僅是文學家，只要人們用來塑造藝術形象的言語，而且這些言語出現在特定的藝術環境之中，就都是文學語言。環境與語言是一個整體。世界上沒有脫離環境的語言系統和言語。語言系統也好，言語也好，它們總是與其生存的環境同在，沒有語言系統和言語相應的環境，語言系統和言語也就不復存在。文學語言也是如此，沒有與之相應的環境，也就沒有文學語言。既然有文學語言的存在，就必然有它存在的環境。因此，脫離具體環境討論什麼是文學語言，什麼不是文學語言，是完全不得要領，沒有任何意義的。

不難發現把文學語言孤立起來的後果：一是誤以為它是文學家的專利；二是誤以為它是規範化了的書面語。如童慶炳主編的《文學概論》說：

> 文學語言，即西文 Literary language，又譯標準語，是加工過的、規範化了的書面語，它通常與口語或土語相對，是一定社會和教學情境中的標準語言形態。一般電影、電視、話劇、廣播、教育、科學和政府機關所用的書面語，都是文學語言。〔註85〕

第一，這段話把經過藝術加工的口頭言語排除在外，這是不符合事實的。因為迄今為止還沒有人能舉出像《荷馬史詩》《格薩爾王》這樣的口頭傳說不是用文學語言創作的證據。

第二，規範化並不是文學語言的本質特徵。從古到今無論中外的文學語言都很難判定它們曾接受何種規範。倒是創新的文學語言往往替人為的規範提供了樣板，成為人們制定規範的榜樣。甚至可以說，文學語言是言語大家庭中最

〔註85〕童慶炳主編，《文學概論》，武漢大學出版社，2000 年，第 122 頁。

不守規範的野馬，比起科學語言或政府機關所用的語言來，文學語言最不循規蹈矩，最喜歡創造新詞，發明新語法。總之，文學語言既是建立新規範的優秀榜樣，又是破壞舊規範的先驅者，用規範化了的書面語來稱述文學語言不能真實反映文學語言的本質特徵。

第三，文學語言並不是「與口語或土語相對」的概念。不論口語、土語或書面語，也不論書面語是當代的還是歷史的，只要置於特定的藝術環境之中並用來創造藝術意象、藝術形象或藝術意境，它們就是文學語言。這些口語、土語或書面語一旦脫離了特定藝術環境，不被用來創造藝術意象、藝術形象或藝術意境，它們就不是文學語言。正如《文學概論》一書節錄的魯迅小說《肥皂》的一段文本，其中既有文言詞語，也有白話口語，這些言語既已被組織起來出現在特定的藝術環境中，就表明它們的確是文學語言，而不是游離於藝術環境之外的白話口語或文言詞語。〔註86〕文學語言本身猶如海納百川，它永無休止地吸納一切言語來壯大自身，任何言語只要與藝術環境同在，只要作為創作藝術意境的素材，它就是文學語言。離開了與之相應的環境，就談不上文學語言。

第四，一般電影、電視、話劇、廣播、教育、科學和政府機關所用的書面語，並不一定都是文學語言。其中參與構成藝術意象、藝術形象或藝術意境，並出現在特定藝術環境中的語言，是文學語言；那些並不參與構成藝術意境，也未置於特定藝術環境的語言，就不是文學語言。一般說來，電影、電視、話劇裏文學語言會多些，因為它們包含有較多的藝術創作的因素；廣播、教育、科學和政府機關所用的書面語裏文學語言相對較少，因為它們很少含有藝術創作的因素。對具體的文本應作具體分析，不宜根據體裁就輕易下結論。

還有一種比較普遍的看法是把科技語言與文學語言對立起來，認為科技語言具有指稱性，文學語言具有非指稱性。指稱性語言陳述了某個真實的事實，而非指稱性語言只是擬陳述某個不與現實對應的東西。實際上，指稱並不是語詞的普遍性質。比如「紅」，它只是一種色彩狀態的抽象概念，並不具體地指稱特定狀態。「走」也是一種行為狀態的抽象概念，沒有指稱任何具體的特定狀態。像「不但」「而且」之類只有語法意義的語詞固然無所謂指稱性，

〔註86〕童慶炳主編，《文學概論》，武漢大學出版社，2000年，第123頁。

即使名詞、代詞的所謂指稱性其實也只是一種抽象的概括。例如「車」，是對不同的車的一般概括；「我」，也是對不同的「我」的一般概括。只有在特定的語境中，語詞的指稱性才會明確起來，這無論是科技語言還是文學語言都一樣。因此，用所謂「指稱性」與「非指稱性」來劃分科技語言與文學語言是不妥當的。

至於把語句陳述的內容與現實世界中的事實是否對應來作為區別科技語言與文學語言的標準，這更缺乏依據。因為言語本質上是信息的載體，而信息只是傳遞事物某個側面的某種特徵，它並不能夠完全反映現實，也並不要求現實作證。即使是極為嚴肅的科技文本，也不能要求現實作證，因為言語本身的抽象性就表明它不是現實的翻版，它所陳述的內容也不可能與現實世界中的事實對應。現實經過人群主體的認知和處理，然後用言語表達出來，已經遠非現實本身，而是認知主體與現實客體相互作用的產物，是一種新創造的信息，言語就是這種新創造的信息的載體。要求主觀融匯的言語所負載的內容與現實世界中的事實對應，無論科技語言還是文學語言都辦不到。既然如此，用這樣的標準又如何能區別科技語言與文學語言呢？

那麼，文學語言與科技語言是否毫無區別，可以混為一談呢？回答是否定的。兩者的根本區別不在指稱性的有無，而在於言語功能目的的差異。言語的功能差異是言語成分與特定言語環境的相互作用所限定的。文學語言是特定藝術環境與言語結構相互作用而產生的言語變體；科技語言是特定學術環境與言語結構相互作用產生的言語變體。這些變體的產生是有條件的，而且是有不同功能目的的。事實上，無論文學語言還是科技語言，都是言語在特定環境條件作用下的有不同功能指向的變體。因此，文學語言與科技語言的本質區別是功能區別。「奧布浪斯基家裏一切都混亂了」與「林彪家裏一切都混亂了」這兩個語句，憑現實生活中不存在奧布浪斯基其人就斷定該語句是文學語言，林彪實有其人就斷定該語句不是文學語言，顯然未能揭示文學語言與普通言語的不同實質，因而是不得要領的。這裡的關鍵在於環境條件。前者出現在文學文本《安娜·卡列尼娜》中，處於托爾斯泰設定的藝術環境內，以言語的藝術形式而存在，其功能在於構築藝術世界，它就是文學語言。如果後者出現在現實生活環境中，陳述一種客觀情形，其功能在於交際性表達，那就不是文學語言；如果出現在口頭或書面（如故事或小說）設定的藝術環境中，作為構築藝術境界的

基本要素，那麼它的存在就是言語的一種藝術形式，因而是文學語言。可見，離開了環境，無論言語是否指稱或是否與現實對應，都不能判定言語是否具有藝術功能，當然也就無法認定它究竟是不是文學語言。文學語言的功能不只體現在音響、韻律、情感色彩、符號組合等方面，它還有更深層的東西。對文學語言深層內涵的發掘並不意味著表層的特點無關緊要，相反，忽視表層的特點，就無法去體驗和感知它的深層意蘊。文學語言與科技語言、教學語言、政府機關語言等其他言語變體的分水嶺，在於不同環境條件下功能目的的差異。

總括以上討論，文學語言的定義應包含如下兩個要點：

1. 文學語言在宏觀上是一個嚴整的系統，在微觀上包括經過藝術加工的口頭言語和經過藝術處理的書面言語；

2. 無論口頭言語，還是書面言語，都必須與特定環境相整合，用來創造藝術意象、形象或意境。

由此可以得出這樣一個定義：文學語言是與特定環境相整合，用來創造藝術意象、形象或意境的，經過藝術加工的，口頭與書面的言語系統或言語功能變體。

文學語言作為系統或言語功能變體，既可以口語形式存在，又可以書面形式存在。以口語形式存在的文學語言，嚴格說來，應稱為文學言語；以書面形式存在的文學語言，嚴格說來，應稱為文學言語文本。為了稱述的方便，也考慮到目前學術界的習慣，本文除特別需要之處外，一律稱為文學語言。

三、文學語言的基本特徵

漢語與其他語言，尤其是西方語言存在明顯差異，所以研究漢語的文學語言對世界文學語言的研究具有重要意義。漢語的文學語言以加工過的口語和書面語這兩種形式存在，這裡只討論其書面形式的基本特徵。

（一）漢字字形

漢語文學語言的書面形式即文學語言文本是由漢字排列組織起來的信息系統。漢字的獨特之處在於，它不僅在符號的組織中承載言語信息，而且漢字字形本身也包含信息。在通常的社會書面交際中，漢字表達的是交際信息，字形本身的信息沒有被激發出來。如果漢字符號處於特定的藝術環境之中，出於藝術表達的需要，漢字字形本身包含的信息也會具有藝術功能。《紅樓夢》

第七十六回有史湘雲與林黛玉聯詩的一段文字：

> 湘雲笑道：「這句不好，是你杜撰，用俗筆來難我了。」黛玉
> 笑道：「我說你不曾見過書呢。吃餅是舊典，唐書、唐志你看了來
> 再說。」
> 湘雲笑道：「這也難不倒我，我也有了。」因聯道：「分瓜笑綠
> 媛。香新榮玉桂。」
> 黛玉笑道：「分瓜可是實實的你杜撰了。」

黛玉認為「分瓜」是湘雲毫無依據的杜撰，原因在於她只注意到「分瓜」在言語組織中的語義信息而忽視了「瓜」字字形本身包含的信息。「瓜」字分拆，似兩個「八」字形，指女子十六歲。唐人段成式《戲高侍郎》詩：「猶憐最小分瓜日，奈許迎春得藕時。」又《燕京歲時記》載：「八月十五日祭月。其祭，果餅必圓，分瓜必牙錯。」可見湘雲明用「分瓜」代「祭月」，暗指少女正值妙齡。

《聊齋誌異‧狐諧》也有一段文字：

> 一日，置酒高會。萬居主人位，孫與二客分左右座，上設一榻屈狐。狐辭不善酒。咸請坐談。狐笑曰：「我故不飲，願陳一典，以佐諸公飲。」孫掩耳不樂聞。客皆言曰：「罵人者當罰。」狐笑曰：「我罵狐何如？」眾曰：「可。」於是傾耳共聽。狐曰：「昔一大臣出使紅毛國，著狐腋冠，見國王。王見而異之，問：『何皮毛溫厚乃爾？』大臣以狐對。王言：『此物生平未曾得聞，狐字字畫何等？』使臣書空而奏曰：『右邊是一大瓜，左邊是一小犬。』」主客又復哄堂。

「狐」字左偏旁「犬」所佔面積較小，是為小犬，右偏旁「瓜」所佔面積較大，是為大瓜。這是「狐」的字形本身包含的信息。但一經揭示，在特定環境中卻造成了新的旨意：那就等於把分坐在主人左右的客人孫得言和陳氏兄弟視為小狗和大傻瓜。雖然漢字字形所包含的信息並非在任何藝術環境內都能被激發利用，但漢字字形本身畢竟是構成文學語言文本的物質基礎，它在一定條件下能夠參與藝術形象的塑造，具有一定的藝術功能。

（二）語　音

漢語文學語言文本是用漢字排列組織起來的，這些漢字都有一定的讀音，

而且這些讀音是與人們在言語活動中的語音基本上對應的，因此，用漢字排列組織起來的文本總是與一定的語音系列同步映現，總是構成一定的音響效果和節奏層次。音響效果和節奏層次對古今中外任何文學語言文本都是至關緊要的，即使是口頭文學語言，也不能不重視音響和節奏。漢語從古到今儘管語詞從單音節演變到以雙音節為主，但幾乎每個雙音節語詞的結構成分都有獨立的意義和聲音，而且幾乎每個音節都至少有一個元音，這就使漢語音節在宏觀上呈現元音化趨向，為文學語言文本映現聲音形象提供了得天獨厚的便利條件。

中國的傳統韻文文本包括詩、賦、詞、曲，除此而外，還有許多講究音響和節奏的散文以及其他形式的文本，它們在語音層次上為了造成一定音響和節奏，選取的漢字往往具有如下關係：

1. 雙聲：兩個漢字對應的音節聲母相同；
2. 疊韻：兩個漢字對應的音節韻母相同；
3. 疊音：兩個漢字對應的音節聲母韻母聲調都相同，而且這兩個漢字對應的音節不能獨立，必須共同表達某種意義。

這第三種情況實際上就是單純詞。如《詩經・王風・黍離》：「彼黍離離，彼稷之苗。行邁靡靡，中心搖搖。知我者，謂我心憂；不知我者，謂我何求。悠悠蒼天，此何人哉？」其中「離離」「靡靡」「搖搖」「悠悠」都是相同的兩個音節構成的單純詞。現代漢語中有的兩個音節也可以分別重疊，如「高興」——「高高興興」，「大方」——「大大方方」。疊音詞也可以附在單音詞根後構成三音節詞，如「綠油油」「紅彤彤」；也可以用在單音詞根前邊構成三音節詞，如「悄悄話」「叭叭車」。這些構詞方式無疑增強了漢語語詞在文學文本中的音響效果和節奏感。

高於語詞的層次，往往借助於重複、音的長短、高低輕重、平仄停頓，造成節奏和音響效果。

先說重複。重複不同於疊音，疊音是兩個音節疊加共同表達一個意義，是一種構詞的手段；重複是同一個詞或句多次出現，是構句或構篇的手段。唐人王昌齡《塞上曲》：「出塞入塞寒，處處黃蘆草。」「塞」字重見，與「出」「入」相配。構成隔字節奏。諸如「載歌載舞」「百戰百勝」「將心比心」「出爾反爾」都是隔字重複。有的相隔不止一字，如「好上加好」「微乎其微」。隔

字重複視文本環境不同而變化多端，如《長恨歌》：「歸來池苑皆依舊，太掖芙蓉未央柳。芙蓉如面柳如眉，對此如何不淚垂。」「芙蓉」與「柳」都按一定的音律要求相間重複。至於「處處」則是「處」的重複，「處處」不是一個詞，而是兩個相同的單音詞連用。如白居易《長恨歌》：「蜀江水碧蜀山青，聖主朝朝暮暮情。」「蜀」隔三字重複，「朝朝」「暮暮」分別是「朝」與「暮」重複。有的重複分屬不同語義段，但在文本形式上仍然構成同音連續。如唐人李頎《琴歌》：「銅爐華燭燭增輝，初彈淥水後楚妃。」其中兩個「燭」字分屬前後兩個語義段。李白《宣州謝朓樓餞別校書叔雲》「抽刀斷水水更流，舉杯消愁愁更愁」裏的「水」和「愁」的重複也與「處處」「朝朝」「暮暮」在語義邏輯上不一樣。李清照《聲聲慢》：「尋尋覓覓，冷冷清清，淒淒慘慘戚戚……到黃昏，點點滴滴」，詞首連用九字重複。還有杭州孤山公園楹聯：「水水山山處處明明秀秀；晴晴雨雨時時好好奇奇。」兩聯共有十字重複，這可以算是單字重複運用的優秀範例。

兩字重複早在《詩經》中就已普遍運用，如《周南·關雎》「悠哉悠哉，輾轉反側」中的「悠哉」。《魏風·碩鼠》第一章：「碩鼠碩鼠，無食我黍。三歲貫女，莫我肯顧。逝將去女，適彼樂土。樂土樂土，爰得我所。」其中的「碩鼠」和「樂土」都是兩字重複。重複不限於單字和兩字，與整個語句對應的文字都可以有規律地重複出現。《魏風·碩鼠》的「碩鼠碩鼠」「三歲貫女」「逝將去女」都在每一章的相同位置重複出現三次。重複運用到極致的是整個文本只變動幾個字，其餘文本完全有規律地重現，而且變動的幾個漢字語音非常接近，最大限度地發揮了音響和節奏的藝術功能。如《陳風·月出》：

月出皎兮，佼人僚兮。舒窈糾兮，勞心悄兮。

月出皓兮，佼人懰兮。舒憂受兮，勞心慅兮。

月出照兮，佼人燎兮。舒夭紹兮，勞心慘兮。

在文本的相應位置上，「皎」「照」屬宵部[o]，「皓」屬幽部[u]，韻母都是後圓唇元音，只有舌位高低的差別，語音相近。「僚」「燎」同音，都屬宵部，「懰」屬幽部，語音相近。「悄」「慅」「慘」也是宵、幽合韻。「窈糾」「憂受」「夭紹」音近義近。可見重複是構成《月出》整個篇章音韻格局的主要特徵。

其次說長短。語音有長短之分，那是在言語中才能聽出來的。在文學語言文本中，除非文本有說明或符號標注，一般難以區別音節的長短。描述火車的

汽笛聲，文本如作「嗚──」，可視為長音；如作「嗚，嗚，嗚」，可視為短音。
這是根據標點「──」和「，」所提示的音節長短來確定的。文學文本中音的長
短具體表現為漢字組合序列的長短，長字列對應長音列，短字列對應短音列，
長短音列按一定組合秩序構成一定的節奏。音列的長短一般按文本標點區分。
如新加坡作家白荷和李建所寫的散文：〔註87〕

> 輕快地、短促地、不停地向四面擴散的，是喜訊，是婚鐘；緩慢
> 地、漫長地、不斷地在空中繚繞不去的，是哀訊，是喪鐘。（白荷：
> 《鐘的眷戀》）

> 千佛山的佛，主要是石刻，在石壁上，在岩石上，雕刻著一尊
> 尊的佛像。或站立，或側臥，姿態優美，神似逼真。（李建：《旅遊
> 小點》）

根據標點的提示，前句的音節序列是由 3 音節──3 音節──9 音節──3 音節──
3 音節；3 音節──3 音節──11 音節──3 音節──3 音節組合而成的。每一個音列的
音節都是奇數，所有音列按「短──短──長──短──短；短──短──長──短──短」構
成整齊對稱的節奏。後句的音節序列是由 5 音節──5 音節──4 音節──4 音節──9
音節；3 音節──3 音節──4 音節──4 音節組合而成的。這個音節序列的奇偶配置
是：奇──奇──偶──偶──奇；奇──奇──偶──偶。長短的宏觀格局是：長──長──短
──短──長；短──短──長──長。位於中心位置的長音列比任何一個音列都長。如
果更細緻地檢查，這是一個長短漸變的音列，其變化序列是：長──長──短──短
──最長；最短──最短──短──短。音的長短變化決定文本宏觀節奏的基調。

再次說高低。漢字對應的音節由於有聲調，組成的音節序列必然有高低曲
折的變化。但是在語句中，每個漢字不一定完全念它本來的讀音，而往往有變
音。或變聲母，或變韻母，或變聲調。變音的目的，無非一是求情調，二是要
動聽。就具體語句看，語句之間也要求諧調動聽，因而句調必然也有高低的變
化。《漢語節律學》摘引華羅庚《在困境中更要發憤求進》裏的一段話，並做了
如下分析：

> 今天，→我就給在座的同學，↗談談我的經歷，↘也就是我的
> 學歷。↘我的經歷，↗或者說我的學歷，↗講起來→也簡單，↗也

〔註87〕《新華 98 年度文選》，新加坡文藝協會，1999 年，第 21 頁。

不簡單。↘說簡單，↗就是三個字：→靠自學。↘說不簡單，↗又
就是一生中，→遭受過許多「劫難」。↘〔註88〕

以上語句中的→表示平調，↗表示升調，↘表示降調。《漢語節律學》把
句詞的揚、抑、平、曲等調形有規律地對立統一的週期性組合，稱為揚抑律。
任何一段語句，發音時採取何種句調，雖然有一定的音律和節奏律，但並非
僵死不變。華羅庚的這段話，完全可以不採用上面的句調模式，而用另一種
句調朗誦，句調高低節奏不同，效果也會不一樣。由於大多數文本不是發言
稿，因此，對語句句調高低的分析，難免帶有更多的個性色彩。這也是同一
文本由不同的人朗誦產生不同效果的原因之一。如果分析得更細緻些就很難
簡單地用揚或抑來概括一個語句的音高變化，因為一個語句很可能同時包含
高低平曲等語音形態，從而構成一個各種語音形態隨時間展開的動態序列。
如「我就給在座的同學」可以分析為：「我↘就給↗在座的↘同學↗」，它的
高低變化是：降—升—降—升。顯然，不好簡單地說它的句調是揚或是抑。
不論句調高低如何變化，它總是文學語言聲音圖像的基本構成因素。

至於輕重是漢語音節在語流中發音的強弱變化。由於發音時能量不可能均
勻分配，或重聲母輕韻母，或重韻母輕聲母，或輕此音節，或重彼音節，輕重
的分別大多出於發音的自然習慣。但是口頭文學語言的輕重變化則往往出於藝
術表現的需要，如快板、三句半、繞口令，順口溜、對口調、說書、講演，輕
重的變化都比較明顯。如《紅樓夢》第一回：

　　忽見那邊來了一個跛足道人，瘋癲落拓，麻屣鶉衣，口內念著
幾句言詞，道是：

　　'世人　都曉　神仙'好，
　　'惟有　功名　忘不'了；
　　'古今　將相　在何'方？
　　'荒塚　一堆　草沒'了。

　　'世人　都曉　神仙'好，
　　'只有　金銀　忘不'了；
　　'終朝　只恨　聚無'多，

〔註88〕吳潔敏、朱宏達，《漢語節律學》，語文出版社，2001年，第102頁。

'及到 多時 眼閉'了。

'世人 都曉 神仙'好，
'只有 姣妻 忘不'了；
'君生 日日 說恩'情，
'君死 又隨 人去'了。

'世人 都曉 神仙'好，
'只有 兒孫 忘不'了；
'癡心 父母 古來'多，
'孝順 兒孫 誰見'了？

　　士隱聽了，便迎上來道：「你滿口說些什麼？——只聽見些『好』『了』『好』『了』。」

　　這段文字中前加「'」號，表示重讀；字下畫的「＿」，表示一個音步。為什麼甄士隱只聽見「好」「了」？就是因為這首順口溜每個語句的第三個音步最後一字重讀，「好」字重讀 4 次，「了」字重讀 8 次，所以「好」「了」這兩個音節聽得特別清楚。文學文本如詩、詞等韻文音律性很強，音步的劃分和重音的確定都比較容易，但其他文學文本輕重節奏的確定就見仁見智，很難給人某種固定不變的框架。如《漢語節律學》對諶容《人到中年》兩個語句重音的確定是：

　　　　與其說他們喝的是'酒，不如說他們喝的是'淚。與其說他們吃的

　　　是美味佳餚，不如說他們嚼的是人生的苦果。〔註89〕

　　以此證明散文和口語中的重輕律往往是由對比重音組成的。應該說，這樣的對比重音並不是任何文本都適用的。以上兩個語句各自包含的兩個分句只是因為語法結構相同，文字符號大同小異且相互對應，這才給重音對比提供了條件。如果隨意抄錄一段散文，這段散文湊巧沒有對偶句或接近對偶的語句，那就很難確定它們是否具有對比重音。但是，讀音的輕重差別是肯定存在的，只不過輕重音更多的是按輕重相間的規律和閱讀者的意向來確定，而

〔註89〕吳洁敏、朱宏達，《漢語節律學》，語文出版社，2001 年，第 101 頁。

並非一定構成對比。下面是筆者對新加坡作家範瑞忠《故鄉的小屋》中一個語句重音的確定：

> 我所住的小屋是'半土'半坯'半青磚'壘起來的一座房子，木窗已被煙火'薰得油黑，用麥杆'和著泥巴'抹上去的牆皮也'塊塊'脫落。

〔註90〕

雖然這個語句的動詞幾乎都重讀，但並未構成對比。原因之一是文本的句式不是對偶句或排比句，缺乏構成對比重音的基本條件。然而讀起來仍然有輕重節奏。散文應當是輕重節奏變化最大最靈活的文本，它遠不止對比重音這一種模式。

現在說平仄。平仄是指漢字所對應音節的聲調性質的類別。就現代漢語普通話而論，輕聲之外，聲調有高平（55）、中升（35）、降升（214）、高降（51）四種。這四種聲調可歸納為兩類：高平中升調值較高，降升高降調值較低，這就構成了高低的對立。但這是單就音節而言，並不是前面所討論的句調的高低變化。句調的高低很大程度上帶有個性色彩。同一語句由不同的人來朗誦句調可能完全不同，而音節的平仄則是相對穩定的，除語流中的連讀變調外，不容許毫無理由地把平聲讀成仄聲，也不允許任意把仄聲讀成平聲。中國古代韻文對平仄的要求很嚴格，並且形成了一定的模式。其實，無論古今，如果注意到音節平仄變化時文本整體效果的作用，就不難發現，即使小說、散文也有其平仄分布的特徵，只不過不像韻文那樣嚴整且有一定模式罷了。小說、散文之類的非韻文文本，音節平仄的分布特徵與整個文本的藝術風格有關。試看魯迅《祝福》描寫人物的一段文字（其中語句編號是筆者所加）：

> （1）五年前的花白的頭髮，（2）即今已經全白，（3）全不像四十上下的人；（4）臉上瘦削不堪，（5）黃中要黑，（6）而且消盡了先前悲哀的神色，（7）彷彿是木刻似的；（8）只有那眼珠間或一輪，（9）還可以表示她是一個活物。（10）她一手提著竹籃，（11）內中一個破碗，（12）空的；（13）一手挂著一支比她更長的竹竿，（14）下端開了裂：（15）她分明已經純乎是一個乞丐了。

以上15組文字的平仄和音步如下：

〔註90〕《新華98年度文選》，新加坡文藝協會，1999年，第90頁。

（1）<u>仄平平輕</u>　<u>平平輕</u>　<u>平仄</u>

（2）<u>平平</u>　<u>仄平</u>　<u>平平</u>

（3）<u>平仄仄</u>　<u>仄平</u>　<u>仄仄輕</u>　<u>平</u>

（4）<u>仄仄</u>　<u>仄平</u>　<u>仄平</u>

（5）<u>平平</u>　<u>仄平</u>

（6）<u>平仄</u>　<u>平仄輕</u>　<u>平平</u>　<u>平平輕</u>　<u>平仄</u>

（7）<u>仄仄仄</u>　<u>仄仄仄輕</u>

（8）<u>仄仄仄</u>　<u>仄平</u>　<u>仄平</u>　<u>平平</u>

（9）<u>平仄仄</u>　<u>仄仄</u>　<u>平仄</u>　<u>平仄</u>　<u>平仄</u>

（10）<u>平</u>　<u>平仄</u>　<u>平輕</u>　<u>平平</u>

（11）<u>仄平</u>　<u>平仄</u>　<u>仄仄</u>

（12）<u>平輕</u>

（13）<u>平仄</u>　<u>仄輕</u>　<u>平平</u>　<u>仄平</u>　<u>仄平輕</u>　<u>平平</u>

（14）<u>仄平</u>　<u>平輕仄</u>

（15）<u>平</u>　<u>平平</u>　<u>仄平</u>　<u>平平</u>　<u>仄平仄</u>　<u>仄仄輕</u>

　　在以上 53 個音步中，單音節音步 3 個，雙音節音步 36 個，三音節音步 12 個，四音節音步 2 個，由單音節和雙音節構成的音步佔總音步數的 73.6%，整段文字的基調以短節奏為主。由於節奏短，易上口，易記憶，文字對應的語詞所形成的意象也就容易給讀者留下較深的印記，這就為表現特定的藝術風格提供了音律基礎。從音節的平仄搭配看，「五年前的花白的頭髮，即今已經全白，全不像四十上下的人」這段話的語音對比很明顯，前面 15 字語調和緩，因為平聲字多，仄聲字少，聲音高低的變化小；後面 9 個字就不同了，3 個平聲字間插在 5 個仄聲字裏，聲音的高低和節奏的長短落差表現出明顯的頓挫緊湊的語音效果。加之 3 個平聲字全是上揚的陽平調，5 個仄聲字全是下滑的去聲調，聲調高低落差極為懸殊頓挫的語音效果就更加強烈。「臉上瘦削不堪，黃中帶黑，而且消盡了先前悲哀的神色，彷彿是木刻似的」這段話的前 6 字語調低沉，因仄聲字是平聲字的 2 倍。中間 16 字語調平緩，因平聲字佔絕對優勢，且有兩個長音步間插其中。後 7 字沉鬱緩慢，一方面由於全是仄聲字，另一方面因為兩個音步都是長音步。「只有那眼珠間或一輪，還可以表示她是一個活物」，這句話的前 9 個字語調由低沉變頓挫再趨於平緩，因

為開頭是個全由仄聲字構成的長音步，中間是兩個平仄相間的短音步，最後是由兩個平聲字構成的短音步。這句話的後 11 字語調低沉而頓挫，這是因為除了一個由兩個仄聲字構成的短音節而外，其他音節都是平仄搭配，語音高低變化緊湊且反差大。「她一手提著竹籃，內中一個飯碗，空的」，前 7 字之中只有一個仄聲字，語調平緩，中間 6 字平仄間插而仄聲字佔優勢，故語音頓挫低沉。最後 2 字平緩，較舒展。「一手拄著一支比她更長的竹竿，下端開了裂：她分明已經純乎是一個乞丐了。」前 13 字中有兩個平聲音步，一個由仄聲與輕聲構成的音步，其餘音步都是平仄對立，故語調平中有起伏。中間 5 字兩個音步平仄對立，語音跌宕。最後 13 字由以平聲為主的短音步轉為以仄聲為主的長音步，語調從平短轉為凝重。上列 15 組文字按平仄音節的多少可分為兩類。第 1、2、5、6、10、12、13、15 組算一類，平聲音節佔優勢，語音高低變化幅度小；第 3、4、7、8、9、11、14 組是另一類，平仄混雜，仄聲音節較多，語音的高低變化大。這兩類不同語音群交錯排列組合，構成了整個語段沉鬱頓挫的語音特色。這種語音特色與含蓄深沉的藝術風格是一致的。

最後說停頓。停頓有三種情形。第一種是自然停頓。自然停頓是按照語詞的結構特徵而自然形成的停頓。自漢代以來，漢語裏的複音詞不斷增長，其中雙音語詞和詞組所佔比例最大，現代漢語不論口語還是書面語，由兩個音節構成的音步都佔絕對優勢，這樣，兩個音節停頓就成為現代漢語自然停頓的主要表現形式。在語流和文本中，往往一個音步之後就意味著有一個自然停頓的機會。第二種情況是語義停頓。文本中的標點符號絕大多數是語義停頓的標誌。文字排列起來，只要表達了相對完整的語義，就可以打上一種標點以示停頓。而表述某種相對完整的語義，有時難免會借助一長串文字。這長串的文字必然包含較多的音步，理論上所有的音步之後都可以停頓，事實上，一個長句之中如果有多個可以停頓之處，不同的人選擇停頓的地方往往不一致，這就是第三種停頓，心理停頓。心理停頓是在人的主觀語感引導下所作的停頓。這種停頓也能造成一定的節奏和語音效果。舉個流傳很廣的例子：有人看到一張紙條上寫著「養豬大如山耗子頭頭死」。因為沒加標點，讀到「耗子」這個音步後停頓，結果全句的節奏就是：短─短─長，一長。音步為：2─2─3，一3。平仄搭配為：仄平仄平平仄仄，平平仄。「山」與「耗子」結合為一個三音節的音步，其義為「田鼠」（西南方言稱田鼠為「山耗子」），這與寫紙條者的初衷相去甚遠，

語義與節奏都不同了。如果讀到「山」之後停頓，全句的節奏就是：短—長；短—長。音步為：2—3；2—3。平仄搭配為：仄平仄平平；仄仄平平仄。由此可見，心理停頓不同，同一語句的語義、節奏和平仄也會發生變化。

（三）結　構

書面語言的文字符號結構包括語詞、語句和語篇。文學語言文本是書面語言的一種藝術形式，在文字符號體系層面上，它同樣具有這三個層次。

文學語言在語詞層次上可以語詞或短語的形式存在，除單純詞之外，語詞或短語內部的結構關係有主謂、述賓、補充、偏正、聯合、附加、重疊等。普通語詞或短語一旦進入文學文本中作家設定的特定環境，成為塑造特定藝術意象形象或意境的成分，它們就不再是通常社會交際意義上的語詞或短語，儘管其形式並沒有改變，但功能則有所不同了。因此，孤立地說某些語詞是或不是文學語言是不科學的。因為文學只是語言的一種功能體現，而這種功能又只能在特定的環境條件下體現，離開了特定的藝術環境，一切所謂文學語言都無從談起。但是，在普通的語詞中，畢竟存在形象性強弱有無的差別，那些形象性較強的語詞，有更多參與藝術環境，塑造藝術形象的便利。例如偏正結構的「瞎說」「瓜分」「席捲」「雪白」「冰涼」「火紅」「筆直」等語詞，本身就高於語言形象；而重疊結構的「爸爸」「媽媽」「個個」「條條」「棵棵」「常常」「漸漸」「乾乾淨淨」「叮叮噹當」等語詞，本身就富於語音形象。而語言形象和語音形象是塑造藝術形象的重要因素，一旦普通語詞進入文學文本成為構築藝術境界的材料，那些本身就高於形象性的語詞就是文學語言形象性的最佳表徵。

文學語言的形象性並不只表現於語詞層次，多個語詞的藝術組合，或多個語句的藝術組合，同樣能夠在語句層次或語篇層次上映現其形象與音樂功能。語調不分雅俗也不計其本身是否富於語言形象或語音形象，要旨在於其參與構成的藝術意象形象或意境能感動人。因此，文學文本不僅需要煉字、煉詞，也需要煉句、煉篇，否則難以產生動人的效果。趙樹理的小說《小二黑結婚》有句話：

> 三仙姑 半輩 沒有 臉紅 過，偏 這會 撐 不住 氣 了，一道道
> 熱汗 在 臉上 流。〔註91〕

〔註91〕工人出版社、山西大學合編，《趙樹理文集》（第 1 卷），工人出版社，1980 年，第 14 頁。

下加橫線表示語詞單位。就語詞層次而言，其中「臉紅」「熱汗」「撐」「流」都具有語言形象，「一道道」不僅具有語言形象，還具有明顯的語音形象，而其餘語詞都很難引起直接的形象或音樂聯想，但當它們被作家巧妙地組合在一起，在語句層次上，一個久經世故的半老女人的尷尬形象就躍然紙上，誰也不能否認這個語句的形象性。因此，語詞本身不富於語言形象，並不意味著它們進入語句層次後不能產生形象效果。每個語詞都有語音，但不是每一個孤立的語音單位都能引起語音形象的聯想。「一道道」之所以有樂感，是因為一平二仄對比，且同音重疊所致。《李有才板話》有個順口溜：

> 模範不模範，
>
> 從西往東看：
>
> 西頭吃烙餅，
>
> 東頭喝稀飯。〔註92〕

單就語詞而論，「模範」「稀飯」都有平仄對比，雖有聲調的變化，但還說不上樂感。孤立的談不上什麼樂感的語詞，一旦組成語句或語篇，情況就不同了。這個順口溜為什麼順口，不就因為有韻味嘛，這韻味在語音上的體現示意如下：

> 平仄　仄　平仄
>
> 平平　仄平　仄
>
> 平平　仄　仄仄
>
> 平平　仄　平仄

橫線表示音步，粗體字表示韻腳。除第 2 組的音步是 2—2—1 之外，其餘都是 2—1—2，雙音節音步與單音節音步相間，節奏為長—短—長。第 2 組和第 4 組聲調平仄完全相同，且「範」「看」「飯」押韻，沒有樂感的語詞配合得當也就產生了節奏和音韻效果。

在文學文本中，組成語句的語詞比社交環境條件下有更大的自由度。艾青《黎明的通知》有「請你忠實於時間的詩人，帶給人類以慰安的消息」；《野火》有「伸出你的光焰的手，去撫捫夜的寬闊的胸脯」；《樹》有「一棵樹，一棵樹，

〔註92〕工人出版社、山西大學合編，《趙樹理文集》（第 1 卷），工人出版社，1980 年，第 46 頁。

彼此孤離地兀立著」；《曠野》有「昨天黃昏時還聽見過的，那窄長的夾谷裏的流水聲」。〔註93〕其中的「慰安」「撫捫」「窄長」，通常寫為「安慰」「撫摸」「狹長」，而「孤離」則是普通文本罕用的語詞。這些語詞除了顯示詩人的個性特徵外，更多的是著眼於藝術意境的經營，因而文本語詞的重構和創造體現了文學語言的求新特徵。通常社交環境條件下不能或很少出現的語調組合，在文學文本的語句層次上卻不難發現：

歷觀文囿，泛覽辭林，未嘗不心遊目想，移晷忘倦。（南朝，梁，
蕭統《文選·序》）

有別必怨，有怨必盈。使人意奪神駭，心折骨驚。（南朝，梁，
江淹《別賦》）

臨溪而漁，溪深而魚肥；釀泉為酒，泉香而酒洌。（北宋，歐陽
修《醉翁亭記》）

在以上語句中，「心遊目想」從語義邏輯看是不能組合的，正常語序應是「心想目遊」，作者為了追求「平平仄仄」的語音效果而改變了語詞排列次序。「心折骨驚」則是為了諧調整個語段的語音平仄押韻以及語義在韻文中的對應。心」與「意」，義相近，平對仄；「骨」與「神」，義相關，仄對平。同時，「驚」又與「盈」諧韻。「臨溪而漁」與「釀泉為酒」兩句末的音節平仄相反，為了音韻的諧調，把「泉洌」「酒香」改換為「泉香」「酒洌」，這樣，「魚肥」與「酒洌」就構成平平對仄仄的音韻格局，同「漁」與「酒」的平對仄相融洽。

漢語的文學語言文本在語句層次上形成了一定的形式。《詩·秦風·蒹葭》：「蒹葭蒼蒼，白露為霜。所謂伊人，在水一方。」這是《詩經》出現最多的四字句形式。王勃《滕王閣序》：「漁舟唱晚，響窮彭蠡之濱；雁陣驚寒，聲斷衡陽之浦。」這是駢體文最典型的「四六」句型。另外，近體詩的五字句與七字句型，一直影響到現代詩的語句形式。現代詩雖然沒有古代詩歌那樣強調句型，但並非不注意語句的形式美。例如，艾青《下雪的早晨》的第一段：

雪下著，下著，沒有聲音，

雪下著，下著，一刻不停。

〔註93〕葉櫓，《艾青詩歌欣賞》，廣西教育出版社，1990年，第103、113、121、131頁。

> 潔白的雪，蓋滿了院子，
>
> 潔白的雪，蓋滿了屋頂，
>
> 整個世界多麼靜，多麼靜。〔註94〕

　　這段詩歌雖然用現代口語寫成，但在語句形式上顯然不乏匠心，第 1 行與第 2 行形式和字數相同；第 3 行與第 4 行不僅形式、字數，而且句法結構也完全相同；第 5 行雖自成一格，但「多麼靜」的三字格與第 1、2 行的「雪下著」在形式上相互呼應，且「靜」字與「停」「頂」押韻，構成了本段詩歌在形式和音韻上的和諧美。不僅現代詩，現代散文或小說也並非不講究句型，只是現代散文或小說的句型比詩歌更自由罷了。請看茅盾的《春蠶》描寫 20 世紀 30 年代農村圖景的一段文字：

> 　　一條柴油引擎的小輪船很威嚴地從那繭廠後駛出來，拖著三條大船，迎面向老通寶來了。滿河平靜的水立刻激起潑剌剌的波浪，一齊向兩旁的泥岸卷過來。一條鄉下「赤膊船」趕快攏岸，船上的人揪住了泥岸上的茅草，船和人都好像在那裡打秋韆。軋軋軋的輪機聲和洋油臭，飛散在這和平的綠的田野。

　　這段文字共包括 4 個長句，第 1 和第 3 句都有兩個語音停頓，字數相等；第 2 和第 4 句都有一個語音停頓，字數大致接近。除第 1、3 兩句字數相等可能是偶然情況而外，這種有規律的句式間插格局則絕非偶然，整段文字就因為這兩種不同句式的交錯而產生了張弛適度的節奏。若從音韻著眼，小說文本固然不像詩歌那樣押韻，但同樣重視語音的平仄分布和節奏基調。如第 1 句的第 1 組音節群，前一半平聲音節多，後一半仄聲音節多，第 2 組平聲音節佔優勢，第 3 組仄聲音節佔優勢，語音的平仄對比顯示了平緩與急促的節奏變化。對第 2、3、4 句的考察結果表明，這些語句中的音節搭配基本上都是一長串平聲音節與一長串仄聲音節相間，構成張弛適度的節奏，與語句句式的排列是一致的，同時又與文本中描寫的平靜自然風貌被不平靜的人為景觀衝破的環境動態相一致。由此可見，小說文本的文學語言在句法層次上的格局並非孤立，而是與意境、語音節奏融為一體的。

　　中國古代文學語言文本在語篇上也有一定的形式。《詩經》的語篇就是由一

〔註94〕葉櫓，《艾青詩歌欣賞》，廣西教育出版社，1990 年，第 144 頁。

定數量的語句按一定的模式排列構成的。例如《秦風·無衣》：

> 豈曰無衣？與子同袍。王于興師，修我戈矛，與子同仇。
>
> 豈曰無衣？與子同澤。王于興師，修我矛戟，與子偕作。
>
> 豈曰無衣？與子同裳。王于興師，修我甲兵，與子偕行。

4字一組，每句8字或12字。兩句一章，整個語篇由形式完全相同的三章文本構成，其中只有少量語詞不同，這是很典型的語篇形式。近體詩也有嚴整的語篇形式。五絕和七絕以5字和7字分別為組，每兩組為句，由兩句構成獨立的語篇。而五律和七律也是由5字和7字分別為一組，由8組即4句構成語篇，而且頷聯和頸聯（即中間兩句）要求對仗。各種不同詞牌的長短句也有規定的形式，由一定字數的語句構成。總之，文學語言文本在語詞、語句、語篇三個層次上都凝成了一定的藝術表現形式。即使現代詩歌、現代散文和小說不受古代語篇形式的限制，也不等於現代文學語言文本沒有語篇層次上的藝術表現形式。應當說，現代文學語言文本在語篇層次上的藝術形式較之古代更為多樣化，更自由了。

（四）藝術性

語言大師們認為文學語言應當形象、準確、精練，這些都是文學語言藝術性的具體表現。但文學語言的藝術性必須在具體的文本環境中才能表現出來。表現文學語言藝術性的常用手段是修辭。所謂修辭其實就是對言語材料的藝術處理。藝術處理有不同的層次。就語篇層次而言，常見的有寓言、詩歌等。寓言是以講故事的方式寄託某種思想道理或教訓，整個語篇的語言材料實際上已被作者做了藝術處理。常用的有擬人、比喻、象徵等手段。《戰國策·趙策》載有如下一段文字：

> 虎求百獸而食之，得狐。狐曰：「子無敢食我也。天帝使我長百獸，今子食我，是逆天帝命也。子以我為不信，吾為子先行，子隨吾後，觀百獸之見我而敢不走乎！」虎以為然，故遂與之行，獸見之皆走。虎不知獸畏己而走也，以為畏狐也。

這段文字既以狐虎擬人，又以此比喻那些憑藉他人勢力欺壓別人的人。

郭沫若的詩歌《爐中煤》，全詩運用擬人、比喻和象徵手法，以燃燒的煤象徵作者的激情，以年青的女郎象徵五四以後新生的祖國，賦予爐中煤以情感和人格，使整篇文字充滿藝術魅力。

就語句層次而言，無論何種體裁的文本，都可以修辭手段使整個語句富於藝術性。《史記‧滑稽列傳》載有如下一段文字：

> 楚莊王之時，有所愛馬，衣以文繡，置之華屋之下，席以露床，啖以棗脯。馬病肥死，使群臣喪之，欲以棺槨大夫禮葬之。左右爭之，以為不可。王下令曰：「有敢以馬諫者，罪至死。」優孟聞之，入殿門，仰天大哭。王驚而問其故。優孟曰：「馬者，王之所愛也，以楚國堂堂之大，何求不得？而以大夫禮葬之，薄，請以人君禮葬之。」王曰：「何如？」對曰：「臣請以雕玉為棺，文梓為槨，楩楓豫章為題湊，發甲卒為穿壙，老弱負土，齊、趙陪位於前，韓、魏翼衛其後，廟食太牢，奉以萬戶之邑。諸侯聞之，皆知大王賤人而貴馬也。」王曰：「寡人之過一至此乎！為之奈何？」

優孟的兩段對話都運用了反諷手法，其藝術效果顯然比正面陳述強烈得多。

蘇伯玉妻所作《盤中詩》開頭幾句是：「山樹高，鳥鳴悲；泉水深，鯉魚肥；空倉雀，常苦饑；吏人婦，會夫稀。」一連用了幾個意象借喻遠離丈夫的妻子的愁苦心緒。而且，樹高鳥鳴與水深魚肥的對比構成強烈反差，這使語句更具形象的藝術魅力。

在語詞層次上，歷來注重語詞的選擇既要適合語言和語句環境，又要富於藝術形象。因此，煉字的目的在於通過形象的經營達到最佳的藝術效果。唐代詩人賈島對「鳥宿池邊樹，僧敲月下門」中「推」「敲」二字的斟酌，還有宋代王安石對「春風又綠江南岸」句中的「綠」，最初用「到」，後改為「過」，再改為「入」，又改為「滿」，最後才定為「綠」，都表現了對語詞藝術性的不懈追求。語詞的藝術性對於古今中外的任何文學文本都是必不可少的，缺少了對語詞藝術性的經營，就等於抽掉了文學文本的基石。因此，無論閱讀任何文學文本，都不難覺察到字裏行間作家匠心經營的苦心。請看新加坡作家駱明的散文《寧靜的溪頭》中的一段文字：

> 樹是靜的，山是靜的，雲將它跟天拉得更近了。
>
> 云是很不守本分的，總是在流動著，一個不小心，它就闖了出去，散開了，擴大了，包圍了整個園地。
>
> 也許有雨意，也許是颱風將來的關係，才是下午四點多鐘，霧

已經將光線驅走了，自己則悄悄地來了。

也許是霧，也許是雲，將樹的空隙，將路的間隔填滿了。

到處是雲，到處是霧。雲霧將樹與山都覆蓋了。

也許是樹承擔不了，也許是惱怒了，於是向雲霧發威。

雲霧是膽小鬼，於是跌跌撞撞往外闖，驚動了其他的雲霧，也跟著波動。

於是，天空就不安分起來了，樹也不安分起來了。山呢？像一個入定的老和尚，靜止不動。〔註95〕

且不說整個語段採用了擬人、比喻等手法，僅就語詞層次而言，如「拉」「闖」「散開」「擴大」「包圍」「驅」「填」「承擔」「惱怒」「發威」「驚動」「波動」等一系列動詞，在文本中是將自然物象人格化的點睛之筆，具有不可置換的藝術功能。其中的狀態詞「悄悄地」「跌跌撞撞」「靜止」配合著動詞展現了雲霧、樹、山這三個意象，這三個意象又構成了雲山樹海的意境。如果缺乏對語詞的精心雕琢，就無法凸現特色鮮明的意象，當然也就談不上什麼意境了。

中國傳統的修辭手法豐富多樣，在文學文本中的運用千姿百態，不勝枚舉。修辭是增強語篇、語句藝術表現力的重要手段，也是體現文學語言藝術特徵的一種標誌。

原載《東南亞華文文學語言研究》，廈門大學出版社，2002 年 4 月版。

〔註95〕《新華 98 年度文選》，新加坡文藝協會，1999 年，第 162～163 頁。